UND TÄGLICH GRÜSST DIE MÖRDERMITZI

Isabella Archan wurde 1965 in Graz geboren. Nach Abitur und Schauspieldiplom folgten Theaterengagements in Österreich, der Schweiz und in Deutschland. Seit 2002 lebt sie in Köln, wo sie eine zweite Karriere als Autorin begann. Neben dem Schreiben ist Isabella Archan immer wieder in Rollen in TV und Film zu sehen. www.isabella-archan.de

ISABELLA ARCHAN

UND TÄGLICH GRÜSST DIE MÖRDERMITZI

Kriminalroman

emons:

Bibliografische Information der Deutschen Nationalbibliothek
Die Deutsche Nationalbibliothek verzeichnet diese Publikation
in der Deutschen Nationalbibliografie; detaillierte bibliografische
Daten sind im Internet über http://dnb.d-nb.de abrufbar.

© Emons Verlag GmbH
Alle Rechte vorbehalten
Umschlagmotiv: mauritius images/Martin Thomas Photography/
Alamy/Alamy Stock Photos
Umschlaggestaltung: Nina Schäfer, nach einem Konzept
von Leonardo Magrelli und Nina Schäfer
Umsetzung: Tobias Doetsch
Gestaltung Innenteil: DÜDE Satz und Grafik, Odenthal
Karte S. 282: shutterstock.com/Nook Hok
Lektorat: Hilla Czinczoll
Druck und Bindung: CPI – Clausen & Bosse, Leck
Printed in Germany 2024
ISBN 978-3-7408-2011-4
Originalausgabe

Unser Newsletter informiert Sie
regelmäßig über Neues von emons:
Kostenlos bestellen unter
www.emons-verlag.de

Dieser Roman wurde vermittelt durch die Autoren- und
Verlagsagentur Peter Molden, Köln.

Hass ist die furchtbarste, die einfältigste
und die gefährlichste Haltung der Welt.

Ferdinand von Schirach

Man hat halt oft so eine Sehnsucht in sich –
aber dann kehrt man zurück
mit gebrochenen Flügeln
und das Leben geht weiter,
als wär man nie dabei gewesen.

Ödön von Horváth,
»Kasimir und Karoline«, 1932

Prolog

Er sah aus dem Fenster. Die Eisenstäbe ließen den blauen Himmel in feine Längsstreifen zerschnitten erscheinen. Sam, dem Auftragsmörder hinter Gittern, war langweilig. Das Gefühl mochte er nicht. Im Gefängnis zu sein, einzusitzen, machte ihm prinzipiell wenig aus. Er hatte sich schnell eingelebt. Nach seiner Verhaftung hatte es keine Woche gedauert, bis er die Spielregeln kannte und sich durchgesetzt hatte in der Hackordnung, die hier herrschte. Sein Doppelleben als Killer und braver Familienvater vermisste er nicht. Diese Tür war zugefallen und würde wohl in der Form nie wieder aufgehen.

Er wünschte seiner – inzwischen – Ex-Frau und den Kindern, die mit dieser Enthüllung fertigwerden mussten, alles Gute. Wirklich und wahrhaftig und von Herzen. Die erste schwere Zeit hatten sie überstanden, irgendwann würde der Abgrund, in den sie gefallen waren, weit hinter ihnen liegen. Servus und baba, wie er die Verabschiedung in Österreich gelernt hatte. Und: Pfiat euch!

Was er allerdings vermisste, war eine kalte Dusche in der zurzeit herrschenden Hitzewelle. Im Waschraum wurde das Wasser nie richtig eisig, höchstens laukalt.

Laukalt, ein schönes Wort. Er sammelte Worte, kostete sie eine Weile aus, wandte sie bei Gelegenheit an. Das war geblieben.

Was ihn hingegen richtig schmerzte, war das abrupte Ende seiner Tätigkeit. Nicht das Töten fehlte ihm, sondern das Aufsteigen der Seelen aus der Körperlichkeit. So hatte er den letzten Atemzug jeder Zielperson genannt, wenn sie in seinen Armen darniedersank, den letzten Augenaufschlag, der ihm zu gelten schien. Das Ableben der anderen hatte er stets als heiligen Moment angesehen, sich regelrecht darauf gefreut. Vielleicht hatte er deshalb so lange diesen Job ausgeübt. Denn eine bezahlte Arbeit war es. Darüber konnte man erzittern, sich ängstlich aufregen oder sogar Zeter und Mordio schreien, aber er hatte gearbeitet für sein Geld. Gezielt zu morden war nie ein Leichtes gewesen, es bedurfte der Organisation, Planung und Geduld, wenn man nicht direkt geschnappt werden wollte.

Nun, er war verhaftet worden. Zwar erst nach Jahren, aber letztendlich hatte es ihn doch erwischt. Ein Urteil war gefällt worden.

Jetzt hockte er hier.

Ein Spatz setzte sich außen auf den Fenstersims. Er pickte gegen einen der Gitterstäbe, was belustigend war.

»Ist dir auch laukalt, Vögelchen?«, fragte er und grinste.

Das zarte Geschöpf ließ ihn einmal mehr an Mitzi denken.

Mitzi vermisste er tatsächlich. Sie, die ihren Anteil an der ultimativen Wende in seinem Dasein gehabt hatte. Wenn er ehrlich war, hatte er ohnehin nie daran geglaubt, dass die Sache zwischen ihnen lange aufrechtzuerhalten gewesen wäre. Bedauern darüber, dass er sie nicht getötet hatte, empfand er erstaunlicherweise nie.

Höchstwahrscheinlich hatte er in Mitzi seine Achillesferse gefunden. Für unverwundbar und unangreifbar hatte er sich gehalten. Im Nachhinein schimpfte er sich für seine Arroganz einen unbelehrbaren Idioten.

Oder Deppen, wie Mitzi sagen würde.

Manchmal träumte er von ihr. Öfter noch sah er sich Fotos an, die ihm regelmäßig geschickt wurden. Ein Mann wie er schaffte es ziemlich rasch, sich im Gefängnis ein Netzwerk aufzubauen.

Eines der Bilder zeigte Mitzi auf einer Bank sitzend. Der Ort war nicht zu erkennen, nur die Frau mit den kurzen blonden Haaren, die ein wenig verwuschelt wirkten. Sie trug eine rote Bluse und eine ausgewaschene Jeans. An den Füßen Sneakers mit roten Streifen. Neben ihr der gelbe Rucksack. Gelb war ihre Lieblingsfarbe, erinnerte er sich. Den Kopf hatte sie leicht erhoben, die Augen aber geschlossen. Nicht wie eine schlafende

Person, sondern wie jemand, der denkt oder jemandem zuhört. Die Farbe ihrer Augen war grün, das wusste er. Ein intensives Grün, das einem im Gedächtnis blieb. Die Hände lagen gefaltet auf ihrem Schoß. Nicht zu einem Gebet, mehr so, als ob Mitzi um etwas bitten würde. Weder das eine noch das andere interessierte ihn. Nein. Faszinierend war der Ausdruck ihrer gesamten Haltung. Entspannung drückte das aus. Wohlbefinden. Eine Ruhe, die er an ihr zu seiner Zeit nie gespürt hatte. Das Drängende, das Flatternde war verschwunden. Die Schuld, die sie stets umgeben hatte wie ein trauriges Mäntelchen, schien sie abgelegt zu haben. Und doch. Eines war immer da und übte auf ihn eine Anziehung aus wie beim ersten Mal, als er sie getroffen hatte. Vor so langer Zeit. Wobei das Vergehen von Stunden, Tagen, Wochen, Monaten und Jahren keine Rolle spielte. Laukalte Gefühle, die sich, einer spiegelglatten Seeoberfläche gleich, nicht änderten. In ihm gab es keinen Sturm, nicht den geringsten Windhauch, bloß die Gewissheit, dass er mit Mitzi noch nicht fertig war.

Er kannte den Tod in all seinen Facetten. Sie jedoch hatte etwas an sich und in sich, das Leben und Sterben verband, sie umschloss im Herzen das Zwischenstück.

Nicht umsonst waren er und Mitzi sich das erste Mal auf einer Brücke begegnet. Auf der Innbrücke in Kufstein. Nachts. Das Wasser des Inns war schwarz, der Sternenhimmel mit silbernen Glitzerscherben übersät gewesen. Die Verkörperungen von Leben und Tod, die sich getroffen hatten.

Schicksalhaft.

Der Spatz plusterte sich auf und flog im nächsten Moment davon.

In der Sekunde wusste er es. Es stand ihm glasklar vor Augen.

Er überlegte. Berechnete, kalkulierte, plante. War es möglich, dass er, wie eben der Spatz, einfach entflog? Entfloh war wohl das passendere Wort.

Ja und nein. Vielleicht doch. Einen Versuch wert. Zumindest würde es ein nächstes Unternehmen gegen die Langeweile sein.

Sollte es klappen, dann, ja dann wäre er ein glücklicher und zufriedener Mann.

»Mitzi«, hauchte Sam.

Er blies seinen Atem, in dem ihr Name eingehüllt war, Richtung Fenster. Dort draußen war sie.

I.
PalatschinkenGräuel

Mitzi erinnert sich. Über fünf Jahre ist es her.
Kufstein in Tirol, nachts.
Der Inn, der durch die Stadt rauscht, kann ein wilder Fluss sein.
In der besagten Nacht benimmt er sich wie ein wütender Stier.
Sein tosendes Wasser wirkt schwarz unter dem Sternenhimmel.
Die Brücke, die über den Inn führt, liegt verlassen.
Nein, nicht ganz.
Im kreisrunden Licht einer der Laternen stehen zwei Männer.
Auch das nicht ganz richtig. Ein großer Mann mit einem Cowboy-
hut steht. Der andere fällt. In das tiefschwarze, wütende Gewässer.
Später wird Mitzi erfahren, dass der Mann mit dem Messer – ja,
er hat eines, und er hat es dem anderen in den Bauch gestoßen –
ein Auftragskiller ist. Wahrhaftig.
»Sam.«
Immer wenn Mitzi seinen Namen ausspricht, klingt es so, als
würde sie auf ein Stück Schokolade beißen, das süß und zugleich
scharf ist. Dazu einen heißen, bitteren Nachgeschmack hat, der
in der Kehle brennt.
»Sam.«
So heißt der Auftragskiller.
Mitzi kennt seinen Namen, weiß, wie es aussieht, was er getan
hat.
Sie hat ihn begleitet, damals. Eine Weile hat sie an seiner Seite
einen Abgrund in ihrer Seele ausgelotet. Eine innere Schlucht, an
deren tiefster Stelle sie sich selbst fast geopfert hätte.
Das alles nur, weil ihr Spitzname MörderMitzi lautet.
Lang ist es her und doch wie eben erst – Himmel, steh ihr bei!

1

Die Spitze des Pfeils verschwand auf Herzhöhe in der Brust, als würde sie in Marmelade versinken. Der Körper als Zielscheibe begann kurz wild zu schaukeln, hin und her, her und hin.

Die Person auf der anderen Seite der Lichtung, abseits des Wanderwegs, hielt den Bogen gespannt und verharrte einen Augenblick regungslos, bis die Kraft in den Armen nachzulassen begann. Gänsehaut lief ihr über den Rücken, doch das Frieren kam eindeutig von den niedrigen Temperaturen. Spätherbst. Trübes Wetter in den Bergen um Kufstein, erste Nachtfröste. Auch heute zeigte sich die Sonne nicht.

Dem Ziel fehlten Kopf und Beine. Der Torso samt Armen war mit einem festen Seil um beide Achselhöhlen herum an einem stabilen Ast festgebunden. Das Bild ähnelte einer menschlichen Schaukel. Ein Szenario wie aus einem Horrorfilm. Jeder Vorbeikommende hätte nach dem ersten Schreck die Flucht ergriffen.

Ein »Wow« entkam hingegen dem Mund der Person, die geschossen hatte und den Bogen nun sinken ließ. Drei Versuche und einmal fast ins Herz getroffen.

»Nicht schlecht, nicht schlecht, nicht schlecht.« Ein dreimaliges Murmeln folgte, einer Beschwörungsformel gleich.

Die Person kam näher und blieb vor dem Ziel stehen.

Der kopflose Körper bewegte sich immer noch. Er baumelte weiter im Wind des späten Herbstes. Der Ast, an dem er hing, hatte – bis auf eines – alle Blätter verloren. Doch dieses eine leuchtete in einer tiefroten Farbe, die an dunkles Blut erinnerte.

Eine rote Flüssigkeit quoll auch aus dem durch den Pfeil entstandenen Einschussloch, tropfte über das karierte Hemd. Einzelne Tropfen liefen träge bis an den Bund der alten Jeans und verloren sich an der Knopfleiste. Dieses Rot war hell und dickflüssig. Eine geniale Mischung aus Ketchup und dem Lebenssaft einer toten Ratte.

Nun ja, ein paar Tropfen Rattenblut bloß, mehr hatte das Vieh nicht hergegeben, als die Person es zufällig tot in einer Ecke des Kellers entdeckt hatte. Aber es ging mehr um das Symbol des Blutens. Für den heutigen Tag reichte es aus.

»Wow«, wiederholte die Person lauter und staunte eine Weile über die eigene Fertigkeit. »Das haut mich um. Genial!«

Nach nur einem halben Dutzend Einzelstunden im Bogenschießen bei einer Trainerin in den letzten Wochen gelang das Zielen und Treffen wesentlich besser als erträumt.

Wobei die ersten beiden Versuche heute Fehlschüsse gewesen waren, das gehörte ebenfalls zur Wahrheit. Die Pfeile waren jedes Mal an dem Körper vorbeigesaust und auf dem kargen Waldboden der Lichtung gelandet. Sie wurden aufgesammelt und zurück in den Köcher über der Schulter gesteckt. Aber der letzte Abschuss hatte ins Schwarze getroffen, fast genau den Zielpunkt des Herzens. Ließ man das »fast« einfach weg, wurde die Übung mehr und mehr zum Triumph.

Eine Weile blieb die Person unbewegt stehen, konnte sich an dem finalen Erfolg kaum sattsehen.

»Alle Achtung!« Ein eigenes Schulterklopfen folgte. Dazu ein Streicheln über die eigene Wange. Das Material der Latexhandschuhe an den Händen fühlte sich seltsam an. Ein wenig so, als würde jemand Fremdes die Gesten des Lobes und der Zuneigung zuteilwerden lassen.

»Alle Achtung, alle Achtung.«

An der Zahl Drei schien ein Hauch von Magie zu hängen, wie es oft in Märchen beschrieben wurde. Denn auf den Tag genau vor drei Monaten war die Idee entstanden, und vor exakt drei Wochen hatten sich Schicksal und Gelegenheit ergeben, die Sache voranzutreiben.

Zumindest das Vorspiel. Dass noch eine weite Wegstrecke vor der Person lag, war hier und heute, nach dem erfolgreichen Testlauf, völlig in Ordnung. Zeit spielte eine untergeordnete Rolle. Magie und der Glaube an sich und das Vorhaben waren wichtiger.

Wegen der magischen Drei setzte sie auch ein weiteres »Wow!«

in die kalte Luft ab. Der Atem stieg auf und hinterließ eine milchige Nebelspur, dem Aushauchen nach dem Zug an einer Zigarette gleich.

»Rauchen, das wär's jetzt«, sprach die Person den kopflosen Körper an, der am Ast hing. Ein heiterer Klang kam in ihre Stimme, der nicht zum Szenario passen wollte. Heiter und ein wenig gemein hörte es sich an. Nein, sie lachte auf, sehr, sehr gemein. Hinterhältig geradezu. Was hier als Versuchsanordnung aufgebaut worden war, gefiel der Person auf eine perfide Weise ausnehmend gut. Ein wenig schade, dass es niemand sehen konnte. »Ich hätte mir vorher eine Packung Zigaretten kaufen sollen, meinst nicht?«

Der Blick richtete sich auf die Brust des Torsos, weil es ohne Schädel ja kein Gesicht gab, das man hätte ansprechen können. Das Ganze erschien der Person wie ein genial-infernaler Witz.

»Dann zumindest was Süßes, wenn schon nicht rauchen. Einen Kakao mit Schlagobers. Bist einverstanden? Sag Ja, du Dummerl, du.«

Der leicht baumelnde Körper mit dem Pfeil auf Höhe des Herzens und den inzwischen geronnenen roten Tropfen auf Brust und Bauch gab keine Antwort.

Wie denn, haha. Dachte die Person und lachte wieder, diesmal lauter und länger. In der Stille des späten Herbsttages klang das Lachen eher rau, dem Krächzen eines Raben ähnlich. Auch ein schöner Vergleich. War nicht der schwarze Vogel ein Bote des Todes?

»Ein Kakao, ein Tschick und was Extrasüßes dazu.« Und nach einer kurzen Überlegung. »Du, Dummerl! Ich hab's: Palatschinken. Das ist es. Genau. Wenn wir hier fertig sind, gehen wir Palatschinken essen.«

Wir, haha. Die Pointe schlechthin. Mit dem kopflosen Körper über der Schulter wären sie wohl eine makabre Sensation in jedem Lokal.

»Palatschinken mit Füllung! Schlag ein. Oder hast was dagegen, Dummerl?«

Natürlich kam kein Widerspruch. Die Person hob beide latexbehandschuhten Hände und stupste den Torso noch einmal an. Das Schaukeln nahm von Neuem Fahrt auf.

»Wir zwei. Ein bisserl noch üben, und wir sind wirklich perfekt. Oder?«

Von oben erfolgte ein lautes Krächzen. Echt diesmal.

Die Person zuckte zusammen. Die perfide Heiterkeit war schlagartig verschwunden. Sie drehte sich einmal im Kreis, ihr Herzschlag gewann an Tempo, und sie hob den Bogen über ihren Kopf, um damit zur Not zuschlagen zu können.

Tatsächlich flog ein Kolkrabe auf und wechselte vom obersten Ast des Baumes auf einen der unteren. »Scheißviech«, zischte die Person ihm zu. »Hau ab!«

Das Tier blieb, wo es war, nicht bereit, seine Position aufzugeben. Vielleicht erhoffte es sich Futter. Zum ersten gesellte sich ein zweiter Kolkrabe.

Die Person gab auf. Es war ohnehin an der Zeit, einzupacken und abzuziehen. Sie umrundete das Ziel, den kopflosen Körper, und zerrte am Stab des Pfeils. Was zur Folge hatte, dass doch noch etwas mehr von der dicken roten Flüssigkeit herauslief. Diesmal floss das Rinnsal über den Bauchbereich hinweg und sammelte sich auf dem Jeansstoff auf der Höhe, auf der das Knie gewesen wäre. Der Fleck dort breitete sich aus.

Und der Pfeil steckte mit der Spitze fest.

»So ein Mist!«

Krächzen und Flügelschlagen folgten, als wollten sich die zwei Vögel über die Bemühungen lustig machen. Ein Moment des Zögerns, dann legte die Person einen neuen Pfeil an, spannte den Bogen und schoss.

Es war ein lächerlicher Versuch. Das Wurfgeschoss sauste weit unterhalb der Kolkraben durch die kahlen Äste, wurde allerdings am Stamm abgelenkt und verschwand in einer Gruppe Sträucher, die hinter einem großen Stein aufragten. Rabe eins breitete daraufhin gemächlich seine Schwingen aus und erhob sich in den grauen Novemberhimmel. Rabe zwei sah die Person von seiner unerreichbaren Position aus mit seinen schwarzen Augen ungerührt an.

»Kruzifix! Der Teufel soll euch holen.«

Die Person blickte sich hektisch um. Der Pfeil war weg. Also blieb nichts anderes übrig, als ihn zu suchen. Die Person bewegte sich über die Lichtung auf das Gebüsch zu. Einzelne vertrocknete Beeren hingen zwischen braunen Blättern. Steine am Boden, auf denen braunes Moos wucherte, sonst nichts zu erkennen.

Die Person stampfte mit dem Fuß auf und ballte die Finger zu Fäusten. Der Latex spannte sich über die Fingerknöchel. Aufräumen, sauber machen, einpacken, abziehen. Diese vier Schritte sollten jetzt folgen, kein Suchspiel in der Botanik.

Das Auto stand weit weg auf dem offiziellen Parkplatz, zur Sicherheit in der hintersten Ecke, um nicht aufzufallen. Allein das Tragen des Torsos im alten Koffer zur Lichtung hoch war schweißtreibend gewesen. Bogen und Pfeile mitsamt dem Köcher hatten zusätzlich Gewicht. Der Rückweg würde ebenfalls Kraft kosten.

All die Freude und der Stolz von vorhin waren verschwunden. Wegen zwei dummer Raben. Auch sie hätten den Tod verdient.

»Zigarette, Kakao und Palatschinken«, murmelte die Person, während sie sich gebückt und wegen des spitzen Geästs mit Vorsicht durch das Strauchwerk wühlte. Genau diese drei Genussmittel würde sie sich gönnen, wenn alles erledigt und verstaut war.

Nach ein paar Minuten weiterer frustrierender Suche entdeckte die Person mit einem leisen Jubelschrei die roten Federn am Ende des Pfeils. Ihn schließlich herauszufischen, gestaltete sich noch einmal schwierig. Es galt, sich durchzukämpfen. Einer der Latexhandschuhe riss ein. Fluchend, aber schließlich erfolgreich bekam die Person die Federn zu fassen.

Alles war wieder gut.

Leider nur fast. Wieder dieses vermaledeite Wort der Einschränkung.

Denn als die Person endlich unter dem Torso samt Pfeil in der Plastikbrust stand und am Seil zu ziehen begann, merkte sie nicht nur, wie ihr der Schweiß unter der Jacke über den Rücken lief. Auch brannte ein frischer Kratzer an der eingerissenen Stelle am Daumen. All die Vorsichtsmaßnahmen, was Spuren anging, konnten durch dieses Pech zunichtegemacht worden sein.

In dem Moment knackte es laut, nicht oben im Baum, sondern auf der anderen Seite der Lichtung.

Erneut fuhr ein Schrecken in das Herz der Person. Größer diesmal, intensiver. Eine gehörige Portion Angst kam dazu. Das Herz begann nun zu rasen, ein Brausen in den Ohren kündigte die schlechteste aller Optionen im Ablauf an.

Denn es waren keine Vögel, die neugierig störten, sondern tatsächlich ein Mensch auf dem Pfad vor dem Wäldchen, der sich seinen Weg bahnte. Eindeutig Schritte.

Gleich würde sich der Störenfried zeigen.

Die Person erstarrte. In ihrem Kopf aber startete das weitere Szenario.

Was war zu tun?

Sich zeigen und das Ganze zum makabren Scherz erklären war so gut wie ausgeschlossen. Obwohl es interessant gewesen wäre zu sehen, wie ein Fremder oder eine Fremde auf diese Inszenierung reagieren würde. Schreiend davonlaufen würde der zufällige Besuch, dessen war sich die Person sicher.

Denn alles wirkte, zugegeben, grausig.

Selbst weglaufen.

Die einzige verbleibende Möglichkeit.

Obwohl das hieße, dass der am Baum baumelnde Plastikkörper samt Pfeil zurückgelassen werden musste. Welche Konsequenzen würde das haben?

Auf jeden Fall weniger gravierende, als wenn der Mensch, der in den nächsten Sekunden auftauchen würde, die Person genau beschreiben könnte.

Herrgott, sakra und alle Scheiße auf einmal, dachte die Person. Sie schulterte den Bogen, umklammerte den Gurt des Köchers und stieg beherzt einen Abhang auf der anderen Seite hinunter, der in ein Waldstück führte. Über einen weiten Umweg wäre der Parkplatz wieder erreichbar.

Noch bevor der oder die Wandernde den Schauplatz betrat, kam der erste Kolkrabe zurück. Setzte sich auf den obersten Ast, krächzte dem zweiten zu.

Es schien, als würden die beiden den weiteren Verlauf mit Interesse verfolgen.

2

Mitzi hatte das Mädchen schon die ganze Zeit über beobachtet. Es war erst vor knapp zehn Minuten in Linz am Hauptbahnhof in den Zug eingestiegen und lief nun bereits das vierte Mal durch das Abteil. Davor stand es jedes Mal aufs Neue an der Schiebetür und schien darauf zu warten, dass die Toiletten frei würden. Wenn einer der Mitreisenden gerade seinen Platz verlassen hatte, setzte es zur nächsten Durchquerung an.

Dann war es so weit. Schneller, als Mitzi ihn erwartet hatte, startete der versuchte Diebstahl.

Ein Mann, der sich entweder die Beine vertreten, auf Toilette gehen oder sich einen Kaffee holen wollte, hatte seine Tasche auf dem Nebensitz liegen gelassen. Unklugerweise, musste man sagen. Denn das Mädchen setzte sich, wie selbstverständlich, genau dort auf die Kante, zog rasch den Reißverschluss auf und spitzte hinein.

Mit drei großen Schritten stand Mitzi neben ihr. »Suchst du was?«

Draußen war es ziemlich neblig, was die vorbeiziehende Landschaft in ein undurchsichtiges, fremdes Gebiet verwandelte. Sie fuhren nicht mehr durch Oberösterreich, sondern die Bahn hätte auch Avalon durchqueren können. Oder Mittelerde. Ein Gedanke, der Mitzi gefiel. In Linz hatte sie sich gestern Abend ein Theaterstück angesehen, dann im Hostel übernachtet. In der Inszenierung des »Sommernachtstraums« von Shakespeare hatten ebenfalls magische Gestalten die anderen Figuren beeinflusst.

Das Mädchen sah hoch. Ihre Augen waren grün wie Mitzis eigene. Ihr Haar allerdings dunkelbraun und nicht blond. Mitzi schätzte den Teenager auf maximal fünfzehn, wenn nicht jünger.

»Nix. Wollt mich nur einmal setzen. Steig gleich in St. Valentin aus.« Kein Erschrecken im Gesicht, keine Furcht, nur eine minimale Irritation war der Kleinen anzumerken.

»Gehörst du zu dem Herrn, der eben kurz weg is?«

Der Zug ruckelte. Mitzi hielt sich an der Sitzlehne fest, um nicht das Gleichgewicht zu verlieren. Sie hatte sich vor den Zweiersitz gestellt, sodass das Mädchen nicht aufspringen und die Flucht ergreifen konnte. »Brauchst du was dadraus? Gehört die Tasche am Ende dir?«

»Nein. Weder noch.« Langsam wurde das Mädchen sichtlich nervöser. »Ich hab mich bloß hing'setzt. Mehr nicht.«

»Und der Reißverschluss?«

»War schon offen.« Es fuhr sich durch das dunkle Haar. »Darf ich bitte wieder aufstehen? Ich möchte raus.«

»Nicht hudeln.« Mitzi dachte nicht daran lockerzulassen. »Bist du allein unterwegs?«

»Im Speisewagen sitzt die Mama. Dort will ich hin.«

»Ich hab gedacht, du steigst gleich aus?«

»Ja, eh.« Der Gesichtsausdruck verfinsterte sich. »Belästigen Sie mich nicht. Sonst ruf ich.«

»Wen? Den Schaffner?«

»Nein. Nur so. Ich hab eine laute Stimme, wissen Sie.«

Mit einem Augenzwinkern beugte sich Mitzi zu der Kleinen hin. Ohne sie anzufassen, aber ganz nah an ihr Gesicht. »Wetten, dass ich lauter sein könnte.«

Erst jetzt entdeckte Mitzi die Bauchtasche, die der Teenager sich unter der Jacke um die Hüften gebunden hatte. »Hör mir zu. Ich bin die Mitzi. Und du?«

»Sag ich nicht.« Das Mädchen zog die Mundwinkel nach unten. »Woher weiß ich denn, ob Mitzi überhaupt Ihr Name is?«

»Maria Konstanze im Ganzen. Mitzi im Kurzen. MörderMitzi als Nickname.«

Das brachte die Kleine zum Schmunzeln. »Wie Sie reden, is komisch. Auch, was Sie sagen.«

»Stimmt. Aber jetzt du.«

»Okay. Ich bin die Lilly. Aber Ihnen zuhören is blöd. Mag ich nicht.«

»Das is mir ziemlich wurscht.« Mitzi wechselte zu einer gewissen Strenge. »Wenn ich dir ganz kurz und knapp was sagen darf, Lilly. Danach kannst du gehen, ohne dass ich selbst den Zugbegleiter verständige. Okay?«

Lilly sah auf ihre Knie und zeigte nun einen Schmollmund, nickte aber.

»Pass auf.« Mitzi holte Luft. »Als ich sieben war, hab ich den Campinggasherd im Blockhaus meiner Familie aufgedreht. Ich wollte Spaghetti kochen für uns alle, dann aber hat mich eine Spinne erschreckt. Ich bin weggelaufen, das Gas is ausgeströmt. Es hat eine Explosion gegeben, ein Feuer, und alle sind gestorben. Mama, Papa und mein kleiner Bruder Benni. Meine Schuld.«

Lilly hob den Blick wieder. Er drückte Skepsis aus. »Was, echt? Wild.«

»Ja, echt. Und voll wild.« Mit einem Seufzen machte Mitzi weiter. Bis zur nächsten Station blieben ihr nur wenige Minuten. »In der Volksschule hat man mich deshalb MörderMitzi gerufen.«

»Klingt eher cool, würd ich sagen.«

»Nein. Überhaupt nicht, Lilly. Sondern bös. Ganz bös. Jedenfalls bin ich bei Oma und Opa aufgewachsen. Die sind inzwischen auch gestorben, nicht meinetwegen, Gott sei Dank. Aber darauf will ich nicht hinaus. Sondern dass ich glaube, dass jeder Mensch, auch nach Schicksalsschlägen, es in der Hand hat, wie sein Leben ausschauen soll. Ich hab oft total viel Blödsinn gemacht. Ich bin mit einem Auftragskiller quer durch Österreich gefahren.«

»Das denkst du dir aus.« Lilly duzte Mitzi, ohne es zu merken. Mehr und mehr schien sie Mitzis Geschichte in den Bann zu ziehen. »So was gibt es nicht.«

»Klar gibt es Auftragsmörder.«

»Das ja. Aber niemals, dass du mit einem unterwegs warst, Mitzi.«

»Ich schwör es dir, Lilly.«

»Der war nicht echt.«

»Oh, der war echt. Hat ein paar Menschen abgemurkst. Ich wollt ihn bekehren, ähnlich wie dich heut.«

»Mich? Ich stehl doch nur. Ehrlich!« Das Mädchen legte sich die Hand ans Herz. Eine rührende Geste, wie Mitzi fand. »Ich tu niemandem was.«

»Das brauchst du nicht extra zu erklären, Lilly. Das is doch klar. Aber vielleicht hat auch Sam – so heißt der – früher einmal bloß mit Stehlen angefangen, ich weiß es nicht. Am Ende wurde er jedenfalls verhaftet und verurteilt. Hat ebenfalls mit mir zu tun, wäre heut aber zu lang, um es zu erzählen. Kürzlich is er jedoch leider wieder ausgebrochen. Vielleicht sucht er nach mir. Gut möglich.«

»Die G'schicht haben Sie grad eben erfunden.« Unvermutet ging Lilly wieder zum Sie über. »Oder?«

Rasch hob Mitzi Zeigefinger und Mittelfinger zu einem V hoch. »Bleib ruhig beim Du, Lilly. Hoch und heilig schwör ich, meine Begegnung mit Sam is wahr.«

»Mega. Wow.«

»Dann aber hab ich meine beste Freundin kennengelernt. Die is Inspektorin.«

»Scheiße.« Lilly zuckte zurück und reckte den Kopf nach oben, um nachzuschauen, ob Mitzi vielleicht doch nicht allein war.

»Die is nicht im Railjet, keine Bange.« Mitzi winkte ab. »Hör mir zu: Agnes war der Anstoß, dass ich mich verändert hab. Zum Positiven. Ich wohn jetzt in Salzburg, arbeite als Korrektorin für eine Zeitschrift und hab einen Freund, den Rudolfo. Der lebt aber in Lilienfeld. Es is eine Fernbeziehung, was mir entgegenkommt. Dazu die Agnes in Kufstein. Drei wunderschöne Orte, zwischen denen ich pendle. Mir geht's ziemlich gut. Also, wenn du Hilfe brauchst, weil du von jemandem gezwungen wirst zu stehlen, steig ich mit dir aus, und wir überlegen, was wir am besten tun.«

Ein Kichern von Lilly unterbrach Mitzis Rede. »Du bist ja lustig. Aber auch irgendwie nett. Nein, mir geht's gut. Ich frisch hin und wieder mein Taschengeld auf. Verkauf was auf eBay. Nix Schlimmes is dadran. Bitte, verpfeif mich nicht, ja?«

»Darum geht es nicht, Lilly. Du musst damit aufhören.«

»Was, wenn nicht? Ich werd dich nie mehr wiedersehen, Mitzi.«

»Höchstwahrscheinlich nicht, Lilly. Aber du wirst an mich und meine Geschichte denken. Ab sofort jedes Mal, wenn du wieder was fladern willst. Ich wette, ab einem gewissen Punkt macht es dir keinen Spaß mehr.« Mit dem Zeigefinger deutete Mitzi Richtung Tasche. »Und niemand kann sagen, ob der Mann, der eben weg is und aus dem seiner Tasche du was stibitzen willst, nicht auch ein zweiter Sam is. Ein Killer eben. Ich wär vorsichtig.«

Die Durchsage ertönte. Der Zug wurde langsamer. Das Mädchen stand auf. »Ich muss wirklich raus.«

»Mach's gut, Lilly. Servus und baba.« Mitzi gab den Weg frei. Die Kleine huschte zurück Richtung Ausgang. Mitzi sah Lilly hinterher. An der Schiebetür traf das Mädchen auf den Mann, der gerade zurückkam. Er nahm Lilly überhaupt nicht wahr. Die drehte sich auch nicht mehr zu Mitzi um.

Mitzi setzte sich in Richtung ihres Platzes in Bewegung. Einmal in St. Pölten in den Bus umsteigen, noch eine Stunde fahren, und sie würde Lilienfeld erreichen.

Dort wartete ihr Freund, Rudolfo. Mit einer überraschenden Idee, wie er ihr getextet hatte. Mitzi freute sich auf ihn und seinen neuen Lebensplan. Es ging um ein Café, so viel wusste sie bereits.

Alles andere, was sie dem Mädchen erzählt hatte, stimmte haargenau. Weggelassen hatte sie, dass Rudolfo ein Springmesser besaß, von dem sie als seine Freundin nur durch einen Zufall wusste. Noch hatte sie ihn nicht danach gefragt, aber der Zeitpunkt würde kommen.

Und Sam? Mitzi hatte in den letzten Wochen mehrfach gegrübelt, ob sie sich auch eine Waffe zulegen sollte, falls der Auftragsmörder ein Wiedersehen mit ihr plante. Aber Mitzi mochte Waffen nicht, allein eine anzufassen, verabscheute sie.

Jemand fasste sie am Unterarm.

Erschrocken fuhr Mitzi zusammen. Doch es war nur eine ältere Dame, die eine Reihe vor dem Mann mit der Tasche ihren Sitz hatte.

»Ich hab gelauscht«, sagte sie mit einem unfassbar interessierten Gesichtsausdruck. »Das alles war erfunden, geben Sie's zu. Oder?«

Mitzi schenkte ihr ein geheimnisvolles Lächeln, mehr nicht.

3

»Ich bin heilfroh, dass wir die Schlagzeilen nicht haben: ›Fassadenkletterer überfällt bereits viertes Ehepaar in Kitzbühel.‹« Bastian kam mit seinem iPhone zwischen den Fingern zu Agnes' Schreibtisch hinüber. »Sie schreiben, dass die dortigen Kollegen massiv beschimpft werden. Nix geht weiter.«

Im Großraumbüro dominierte eine ziemliche Schwüle. Die Heizung war seit dem Morgen zum ersten Mal in diesem Spätherbst gestartet worden und ließ sich momentan nicht regulieren. Im Raum herrschten Sommertemperaturen.

Agnes wirbelte mit ihrem Drehstuhl einmal im Kreis, das verschaffte einen Hauch von Kühle. In der einen Hand hatte sie die Wochenzeitung für die Region Kufstein, mit der sie sich zusätzlich Luft zufächelte. »Dafür haben wir diese andere prekäre Nachricht, die zum Glück bisher nicht mit Kufstein in Verbindung gebracht worden ist. Aber die unserem Sepp nicht gefallen wird. Das vermasselt dem Chef noch die Abschiedsfeier.«

»Du bist der Boss.«

»Noch ist der Sepp nicht weg. Erst feiern wir, dann will er ein paar ungeklärte Fälle bearbeiten, und erst danach geht er in den Ruhestand. Bis du mich Chefin nennen kannst, wird's noch dauern, Basti.«

Agnes fragte sich, ob es ein Problem sein würde, dass sie – a – mit Inspektor Bastian Klawinder bei ihrem Start am Kufsteiner Polizeirevier ein kurzes Gspusi gehabt und er – b – nicht die Leitung angetragen bekommen hatte, obwohl er länger Dienst tat als sie. Inständig hoffte sie, dass er und die Kollegenschaft es ohne Murren akzeptieren würden, dass die noch nicht einmal dreißigjährige Agnes Kirschnagel bald das Sagen haben würde.

»Darf ich dich auch Bossin nennen?« Bastian machte wieder einmal seine Scherze. »Vielleicht noch besser: Bossierende, haha.«

»Bastian. Es reicht. Lass uns zum Wichtigen kommen.«

Der immer noch brandaktuelle Ausbruch setzte Agnes zu. Seit Wochen war der Auftragsmörder und Serientäter Hannes Delgau wieder auf freiem Fuß. Sam, wie er sich in seinen aktiven Zeiten genannt hatte. Sam war ausgebrochen aus der JVA in Köln, wo er einige Jahre eingesessen hatte. Lebenslänglich. Mit besonderer Schwere der Schuld. Zumindest war er dazu rechtskräftig verurteilt worden. Niemand hatte mit einer gelingenden Flucht gerechnet. Der gefährliche Verbrecher, der in Kufstein verhaftet worden war, konnte nun überall sein. Zwar nahm Agnes nicht an, dass er sich erneut nach Österreich abgesetzt hatte, aber mit Sicherheit behaupten würde es keiner. Weder die deutsche Polizei noch das Landeskriminalamt in Wien, über das Agnes verständigt worden war. Ein internationaler Haftbefehl war ausgestellt worden, doch das bedeutete nicht viel.

Der Auftragsmörder, der unter dem einfachen Tarnnamen Sam durch die Lande gereist war und Dienste erledigt hatte, war jahrelang unter dem Radar der Behörden geflogen. Bis heute kannten die Ermittler nicht alle Identitäten, die er im Laufe seiner mörderischen Karriere verwendet hatte. Agnes ging davon aus, dass er direkt nach seinem Ausbruch eine nächste falsche angenommen hatte.

»Dass der Kerl g'schafft hat zu entkommen, is unglaublich, find ich. Wer hat da geschlampt?«, wiederholte Bastian die Frage, die sich nicht nur die Behörden stellten. »Im Netz wird wild spekuliert. Schon sehen wieder einige eine Verschwörung. Andere Korruption. Es gibt sogar welche, die bewundern solche Leut.«

Agnes drehte mit dem Sessel eine weitere Runde und verdrehte die Augen. »Er hat sich von einem Mitinsassen verletzen lassen und ist aus der Krankenstation verschwunden. Anzunehmen, dass er dort ebenfalls einen Helfer hatte. Aber die Ermittlungen laufen ja auf Hochtouren. Ich muss mich beherrschen, damit ich nicht ständig im Intranet der deutschen Polizei die neuesten Informationen abrufe.«

»Kruzifix.« Bastian stieß einen Fluch aus. »Wie in einem verdammten Actionfilm.«

Beim Stichwort Film musste Agnes an ihre Freundin Mitzi denken, die Filme aller Genres und Bücher aller Art liebte und wie keine Zweite darin versinken konnte. Nur durch ihre Mithilfe war es damals gelungen, Sam dingfest zu machen. Obwohl sich Mitzi immer noch mutig und angstfrei gab, war Agnes in Sorge um sie.

Dass Mitzi Verbrechen und Verbrecher anzog wie das Licht die Motten, war Agnes schon beim ersten Zusammentreffen schnell klar geworden. Doch bisher hatten sie beide es immer wieder geschafft, sich mehr und minder heil aus gefährlichen Situationen herauszuschaufeln.

Wenigstens hatte Mitzi viel dazugelernt und sich weiterentwickelt. Bei all dem Trauma, das sie seit ihrer Kindheit mit sich herumschleppte wie einen Rucksack voller Steine, ein kleines Wunder. Sich allerdings, jederzeit bereit, dem Unrecht entgegenzustellen und zu versuchen, die bösen Buben und Mädels dieser Welt auf rechte Pfade zurückzuführen, war immer noch Mitzis Passion, ja auch Berufung. Aber ihre Naivität hatte sich zum Glück in einen gesunden Selbsterhaltungstrieb umgewandelt.

Sollte sich also Sam wieder Mitzi annähern, wie er es schon einmal getan hatte, würde sie keine Sekunde zögern und die Polizei verständigen. Sprich: Agnes. Zumindest wollte Agnes fest daran glauben. Am besten, ihr Glaube würde nie unter Beweis gestellt und der entflohene Mehrfachmörder machte einen großen Bogen um Mitzi. Und um Kufstein ebenfalls.

Die Gedankenschleife endete wie die Drehung des Bürostuhls wieder vor Bastian.

»Ernsthaft, Basti. Zurück zu deinen witzigen Anwandlungen. Nenn mich nie Bossierende oder sonst was Komisches. Das untergräbt meine Autorität. Ich brauch von dir vor allem anderen Unterstützung.«

»Nur unter uns, BossHoss.«

»Hör auf. Sonst verdonnere ich dich dazu, mich zu siezen und mit Frau Inspektor anzusprechen.«

»Revierinspektorin Frau Kirschnagel … Du wirst nicht mehr bei uns im Großraumbüro hocken, sondern im Chefzimmer. Und ich werd anklopfen müssen, wenn ich dir was mitteilen möcht. Alles neu mit der Agnes.«

Es stimmte. Sepp Renner, ihr Noch-Vorgesetzter, hatte Agnes erst gestern erzählt, dass der Raum vor ihrem Einzug frisch gestrichen werden würde. Die Beförderung würde dazu eine Titeländerung mit sich bringen. Plus mehr Gehalt.

Nicht dass Agnes es wegen des Geldes machte. Ihr Ehrgeiz verband sich mit dem tiefen Bedürfnis, Kriminalfälle aufzuklären, das Recht über die Untat gewinnen zu machen.

Ihre Beförderung hatte sie bereits mit ihrem Lebensgefährten diskutiert. Erst danach zugesagt. Axel Brecht, der Vater ihrer kleinen Tochter, war Privatdetektiv. Für sie war er aus der Domstadt Köln in die Alpenregion gewechselt, sein Büro in Nordrhein-Westfalen hatte er seinem erwachsenen Sohn Patrick aus einer früheren Beziehung übergeben. Er arbeitete seither hauptsächlich von zu Hause aus, recherchierte im Netz und war dabei, sich auf Onlinebetrugsmaschen und deren Verfolgung zu spezialisieren.

Somit war die süße kleine Konstanze durch ihren Papa meist gut versorgt, während Mama ihren Dienst tat. Dazu kam Mitzi, die Patentante, die in Notzeiten jederzeit mit einem strahlenden Lächeln auf dem Gesicht bereit war, als Babysitterin einzuspringen.

Mitzi und ein weiteres Mal Mitzi – manchmal sinnierte Agnes mehr über Mitzi als über jede andere Person in ihrem Leben.

»Zurück zu diesem Sam.« Bastian schien fasziniert zu sein. Er scrollte durch das Netz und all die Tausenden Beiträge, die dort zu sichten waren. »Meinst, wir sollten unsere Truppe aufstocken? Drei oder vier mehr von uns? Wär nicht schlecht.«

»Keine Chance bei dem Budget. Einer oder eine höchstens, Basti. Sepp Renner hat es schon versucht die letzten Jahre. Fachkräftemangel und Sparmaßnahmen. Damit muss ich mich demnächst auch herumschlagen.« Mit einem Seufzen unterstrich

Agnes die Mühen ihrer Beförderung, um bei Bastian jeden Neid im Keim zu ersticken. »Mehr Beamte prinzipiell und jederzeit gern, aber im Fall Sam würde es nichts bringen. Und zaubern, was neue Stellen angeht, können weder Sepp noch ich.«

»Schind kein Mitleid, Agnes. Du hättest die Beförderung ablehnen können. Jetzt bist du verantwortlich, wenn unter den Touristen vielleicht bald ein Auftragskiller herumschwirrt.«

»Bitte verschrei es nicht.« Sie klopfte auf das Holz der Schreibtischplatte. »Was mich zu der Sache bringt, die in unserer unmittelbaren Nähe geschehen ist.«

»Du meinst den Irren, der mit einem Pfeil die lebensgroße Puppe beschossen hat. Ohne Kopf und ohne Beine. So was hab ich auch noch nicht erlebt, seit ich hier bin.«

»Du warst ja dort oben im Wald. Wie schaut's aus? Ich hab deinen Bericht nicht gefunden.«

»Weil ich ihn noch nicht geschrieben hab. Der Kollege aus Erl hat mich bei der Sache um Beistand gebeten, mit dem muss ich mich noch absprechen. Er hat sogar ins LKA nach Innsbruck eine Meldung abgegeben.« Er kratzte sich am Kopf. »Aber Folgendes, Agnes. Die Puppe war an einem Baum auf einer Lichtung befestigt. Abseits des Wanderwegs, unterhalb der Altkaser Alm. Weißt, der Aufstieg, der zum Spitzstein hochführt. Wo du über den Inn schauen kannst, den Chiemsee im Rücken.«

»Kenn ich. Ist sehr beliebt und meistens gut besucht. Kaum zu glauben, dass sich einer traut, dort ein solches Szenario aufzubauen.«

»Der oder die, falls es mehrere waren, was ich annehme, haben sich ein schön verstecktes Eckerl ausgesucht. Dazu is das Wetter im Moment nicht sonderlich gut zum Wandern. Da, die Fotos vom Tatort.« Er hielt Agnes sein Handy unter die Nase. »Du kannst auch selber hoch. Die Kollegen sind noch dabei, diese Installation abzuräumen. Wenn ich anruf, warten sie auf dich.«

»Unglaublich. Und ekelhaft.« Sie wischte über das Display. »Wenigstens ist niemand zu Schaden gekommen. Gibt es Zeugen?«

»So abseits wirken die Bäume und das hohe Gebüsch wie ein Sichtschutz. Die haben die Puppe mit dem Pfeil in der Brust und dem roten Sirup ganz unbemerkt aufhängen können. Ich tipp bei der Flüssigkeit auf Ketchup, riecht ein bisserl danach. Könnte aber auch Tierblut sein. Hoffentlich nicht von einem Menschen. Mal schauen. Eine Probe davon wird untersucht werden. Makaber, echt. Wenn sich nicht eine Wanderin hätte erleichtern wollen, ganz versteckt, wär es überhaupt nicht entdeckt worden.«

»Wozu überhaupt?«

»Ein Gag für ein TikTok-Video? Für ein schräges Selfie? Eine Challenge?« Bastian zog die Schultern hoch. »Ein alter Rollkoffer war auch noch da. Ich geh davon aus, dass sie gestört worden sind. Also, wenn es mehrere waren.«

»Du wirst recht haben, Basti. Warum sollte einer allein auf so eine Idee kommen?« Agnes schüttelte ihrerseits den Kopf. »Vielleicht wollten die alles wieder abbauen, bevor es jemand findet. Haben es nach einer Feier vielleicht spaßig gefunden, so was zu machen.«

»Denk ich nicht, Agnes. Zu viel Aufwand, als dass es spontan gewesen sein könnt. Auf jeden Fall war's schaurig.«

»Kann ich mir vorstellen.«

»Der rote Sirup, aus was auch immer, war in eine Kapsel gefüllt, die im Brustkorb gesteckt hat. Deshalb hat es auch zuerst wie echtes Blut ausg'schaut. Die Wanderin hat den Schrecken ihres Lebens bekommen, weil sie gedacht hat, da hängt eine echte Person. Ich hab ihre Personalien und ihre Aussage aufgenommen und sie dann gehen lassen. Zu einem Arzt wollte sie nicht. Ihr Mann war bei ihr, der hat die Polizei angerufen. Jetzt sind die zwei in ihrer Unterkunft. Vielleicht war es doch nur ein Spaßvogel, der mit Absicht die Szene aufgebaut und sich dabei lässig g'fühlt hat. Es gibt mehr Spinner, als man denkt.«

»Und konnten schon Spuren gesichert werden?«

»Wie gesagt, die sind noch oben und arbeiten. Mit Fußabdrücken wird's schwierig, weil es dort steinig is. Von der Puppe wissen wir nicht genau, wie lange die da schon gehangen hat.

Lang nicht, weil die rote Flüssigkeit nicht völlig eingetrocknet war. Wir werden am besten alles herunterbringen. Eine Probe der Flüssigkeit und den kopflosen Körper mit dem Pfeil verfrachten wir nach Innsbruck. Ebenso den alten Koffer. In dem is die Puppe höchstwahrscheinlich transportiert worden. Auch wenn es sich nicht um ein wahres Verbrechen handelt, sondern nur um den Mord an einem Plastikmenschen.«

»So eine Inszenierung ist eine Straftat. Vandalismus. Erregung öffentlichen Ärgernisses. Sollte es Blut von einem Tier sein, werden wir gegen unbekannt wegen Tierquälerei ermitteln. Ganz abgesehen davon, dass wir die Puppe als illegal abgelegten Müll deklarieren können. Gut gemacht, Basti. Wenn du den Bericht fertig hast, lese ich ihn durch. Weil du ohnehin alles im Griff hast, muss ich nicht auch noch hinauf. Genauso wäre ich auch vorgegangen.«

»Danke, baldige Chefin. Den richtigen Ton hast du bereits drauf.«

»Ich wollte nicht …«

»Ach, Agnes. Dich kann man schön aufziehen.« Bastian kam spontan ganz nah zu Agnes hin und drückte ihr unerwartet einen Kuss auf die Wange.

Sie bog sich zurück. »Was war das jetzt, Basti?«

»Das Bussi ist für dein Töchterl, gib's weiter.«

Auf Bastians Wangen zog ein rötlicher Glanz auf, er kehrte Agnes den Rücken zu und ging rasch Richtung Tür. »Ich muss zum Erler Kollegen, der wartet. Pfiat di, Agnes.«

»Tschau, Bastian.«

Agnes setzte zu einer dritten Drehung an. Und stoppte im Ansatz ab.

Wäre es möglich, dass diese Installation im Wald, diese Puppe mit einem Pfeil im Körper, etwas mit Sam zu tun hatte?

Nein, widersprach sie sich ohne Zögern. Ein dummer Streich eines sehr dummen Spaßvogels. Oder eben mehrerer Spaßvögel. Davon gab es auf der Welt genug.

Einmal mehr meldete sie sich im polizeilichen Intranet an, um einen möglichen Fortschritt bei der Fahndung nach dem Auftragsmörder nachzulesen.

Noch kein Erfolg.

Trotz der Schwüle im Zimmer fröstelte es Agnes auf einmal doch.

Es war nach sieben Uhr abends, als Agnes schließlich zu Hause ankam. Obwohl ihr Kollege Bastian Klawinder den merkwürdigen Fall der aufgehängten Puppe mit dem Pfeil in der Brust übernommen hatte, war sie wegen einer anderen Sache nicht bei Dienstschluss fertig gewesen.

Ein aufgewühlter Mann war im Revier erschienen und hatte steif und fest behauptet, er hätte oben auf der Festung, im Freiareal, einen Leoparden gesichtet. Das Handyfoto dazu war verschwommen, weil der Mann laut eigener Angabe stark gezittert hatte, und hätte auch die Abbildung einer aufgeplusterten Picknickdecke im Leopardenmuster sein können.

Agnes erinnerte sich an eine ähnliche Geschichte aus Deutschland im vergangenen Sommer. Da hatten ganze Hundertschaften an Polizeibeamten nach einer Löwin gesucht, die sich am Ende als Wildschwein herausgestellt hatte.

Es war allerdings die falsche Jahreszeit für eine Sommerloch-Story, und Agnes hatte sich sofort bereit erklärt, der Sache auf den Grund zu gehen. Auf eine Räumung hatte sie nach Rücksprache mit ihrem Noch-Chef, Revierinspektor Sepp Renner, verzichtet, um eine Panik wie auch einen Auflauf von Journalisten und Schaulustigen zu vermeiden.

Zwei Mitglieder der freiwilligen Feuerwehr hatten Agnes begleitet. Kurz vor siebzehn Uhr waren sie mit der Panoramabahn hochgefahren. Beim Tiefen Brunnen, im Felsengang und auch im Nutz- und Kräutergarten waren die gefährlichsten Tiere ein paar Spatzen gewesen. Trotzdem waren sie mehrfach das Außen- sowie Innengelände samt den Museen abgelaufen. Nach über einer Stunde ohne Ergebnis waren sie wieder abgerückt.

Jetzt freute sich Agnes auf eine Dusche, auf einen Gute-Nacht-Kuss von ihrer Tochter und eine Umarmung von ihrem Lebensgefährten. Ruhe und Feierabendidylle.

Aus dem Garten drang fröhliches Quietschen von Konstanze, dazu Gelächter von einem Mann und einer Frau. Was bedeutete, dass die Abendroutine abgesagt war. Wer, wenn nicht Mitzi, würde sonst zu einem Überraschungsbesuch auftauchen! Allerdings gab es einen zusätzlichen Laut, den Agnes mit Verwunderung wahrnahm: Hundegebell. Hatte sich Mitzi ein Tier zugelegt? Vielleicht, um sich von dem Gefängnisausbruch des Auftragsmörders abzulenken und gleichzeitig zu schützen. Doch davon hätte Agnes längst gewusst, Mitzi hätte kein anderes Thema mehr gehabt. Oder sie hatte auf dem Weg einen Streuner gerettet, was gut zu ihr passen würde.

»Was ist denn hier los?« Agnes schlug einen strengen Ton an, der im allgemeinen Lärm unterging. »Patentante Mitzi und ein fremder Hund?«

»Fremd? Er ist da, Liebling«, rief Axel, während Konstanze, bereits in ihrem Schlafanzug, auf Mitzis Arm freudig krähte und der Hund weiterbellte.

Er war ein schwarzes Knäuel mit ein paar weißen Flecken im Fell, einem stürmisch wedelnden Schwanz und dunklen Augen. Kläffend umrundete er die Dreiergruppe und versuchte an Mitzi hochzuspringen.

Axel strahlte. »Ich konnte Rio schon heute abholen. Zwei Wochen vor der geplanten Übergabe. Wir haben unseren Hund. Toll, oder, Agnes?«

»Und es steht fest: Ich werde Besitzerin eines Cafés«, eröffnete eine Sekunde darauf Mitzi mit einem Juchzer. »Ich werde es nach meiner Oma benennen: Café Therese. Was sagst du, Agnes?«

Plötzlich musste Agnes an den vermeintlichen Leoparden denken. Und an die Fotos von dem Torso am Baum mit dem Pfeil und dem Ketchup. Vor ihr drehte sich der Garten. Sie musste sich rasch auf einen der Gartenstühle setzen. Sofort kam der Hund zu ihr und leckte an ihrem linken Schuh.

»Liebling, alles in Ordnung?« Als Nächster war Axel bei ihr, kniete sich neben sie hin.

»Zu viel Information und zu viel Chaos.« Sie hob beschwichtigend die Hände. »Ich bin ja noch nicht einmal ganz zu Hause angekommen.«

Der Hund. Natürlich. Länger schon hatten sie sich dazu entschlossen, beim Tierschutzverein einen für die kleine Familie zu suchen. Vor allem, nachdem Agnes' geliebter Hamster Jo gestorben war. An Altersschwäche und nach einem langen, erfüllten Hamsterleben, aber tief betrauert von seinem Frauchen und auch von Mitzi.

Axel hatte die Suche nach einem neuen Haustier übernommen und war beim Tierschutzverein Tirol fündig geworden. Rio, ein einjähriger Mischlingsrüde, der abgegeben worden war, sollte der Richtige für sie sein. Dass er bereits heute in ihr Zuhause eingezogen war, war wirklich eine ziemliche Überraschung.

»Rio passt nicht zu ihm«, stellte Mitzi ohne Umschweife fest. »Der muss anders heißen.«

»Das habe ich auch überlegt.« Axel nickte. »Agnes soll den Namen aussuchen.«

Konstanze deutete erst auf den Hund, dann streckte sie die Arme nach ihrer Mutter aus. »Wau, wau. Mam. Hundi bellt, Mam.«

Nicht Mama, nicht Mami, sondern Mam. Trotzdem ein Wort, das Agnes, seit Konstanze es zum ersten Mal ausgesprochen hatte, mit Seligkeit erfüllte. Kaum auf Agnes' Schoß, sah das Kind zu Mitzi hoch und sagte: »Mimi, Bussi.«

Mitzi klatschte. »Bussi, mein Stanzerl. Mam und Mimi. Auch ein guter Name für das Café.«

Drinnen begann Axels Handy zu klingeln. »Sorry, die Damen. Ich muss da kurz ran. Ein neuer Auftrag winkt.«

»Bringst du mir danach ein Glas Wasser mit?« Agnes war immer noch flau im Magen.

»Klar doch!« Axel rannte ins Haus, der Hund folgte ihm.

»Es wird sein Hund werden, Agnes«, stellte Mitzi fest und nahm neben ihrer Freundin Platz.

»Gut so, ich bin jeden Tag im Revier, die Arbeit wird nach meiner Beförderung sicherlich zunehmen. Rio passt perfekt zu

Axel. Und zu Konstanze. Meine Schwester und ich sind auch mit einem Hund groß geworden. Das ist toll. Obwohl mir Jo immer noch fehlt.«

»Versteh ich. Er war höflicher im Umgang und nachtaktiv.« Damit brachte Mitzi Agnes zum Lachen. »Du kannst einen Hund nicht mit einem Hamster vergleichen.«

»Was sagst du zum Café?«

So war Mitzi. Jederzeit konnte ein Themenumschwung stattfinden. Ohne Übergang. »Ist es das Projekt, von dem Rudolfo dich nun doch überzeugt hat? Der brandneue Lebensplan?«

Der immer noch relativ neue Freund von Mitzi, der als Nachtportier in der Pension der Naturfreunde in Lilienfeld in der Wachau jobbte, hatte das Ladenlokal aufgetan. Es lag beim Bezirks-Heimatmuseum, nah am Fluss Traisen. Weil seine eigentliche Karriere als Songwriter nicht vorankam, hatte er die neue Idee entwickelt. Mitzi die Caféinhaberin, er der Geschäftsführer. Kaffee und Kultur sollte es geben.

»Ich bin total begeistert, Agnes.« Sie klatschte wieder, und Konstanze machte es ihr nach. »Wobei, ehrlich gesagt sind die Räumlichkeiten ziemlich heruntergekommen. Seit Jahren is dort nix mehr passiert. Früher war eine Schneiderei drinnen, dann ein Papiergeschäft. Rudolfo müsste es komplett sanieren und renovieren, aber er meint, es würd sich lohnen. Wenn er auch die Genehmigung für eine Außengastronomie erhalten würd, wäre es ideal. Klein, aber fein.«

»Bist du dir sicher, dass du dafür dein Erbe aufbrauchen willst?«

»Das Grundstück, das mir die Oma vererbt hat, wird eine gute Summe einbringen. Ich reinvestiere, Agnes.«

»Ein derartiges Wort aus deinem Mund zu hören, macht mir etwas Angst. Wenn Rudolfo sich irrt und es kein Erfolg wird?«

»Keine Sorge, Agnes. Das wird. Ich glaub an ihn.«

Gab es einen Menschen auf der Welt, an den Mitzi nicht glaubte? Agnes bezweifelte es. Die Eigenschaft war der Freundin hoch anzurechnen, obwohl Mitzis Vertrauensseligkeit sie oft schon in gefährliche Situationen gebracht hatte. Wieder musste Agnes an den Leoparden denken, den es nicht gegeben hatte. Von dem Raubtier kam sie auf den Auftragsmörder Sam. Mitzi redete kaum über dessen Ausbruch. Das Projekt von Rudolfo mit dem Café mochte eine willkommene Ablenkung für sie sein, um sich nicht mit dem gefährlichen Mann aus ihrer Vergangenheit beschäftigen zu müssen.

Konstanze legte ihren Kopf an Agnes' Schulter und nuckelte an ihrem Daumen. »Ich muss das Kind ins Bett bringen, Mitzi. Komm mit.«

»Agnes, der Hund!«

»Was ist damit?«

»Bitte nicht Rio. Das passt einfach nicht.«

»Lass mich überlegen.« Sie schaukelte Konstanze, der Kleinen fielen die Augen zu. Das neue Haustier und der Besuch von Mitzi waren viel für einen Abend.

Axel kam zurück, ohne das Glas Wasser. Kind, Hund, Arbeit und Mitzi überforderten wohl auch seine Aufnahmefähigkeit. Das neue Familienmitglied, ihm dicht auf den Fersen, hatte immerhin aufgehört zu bellen.

»Morgen ist Wochenende, Liebling. Da ruht die Arbeit. Versprochen.« Axel küsste Agnes. Sein dunkler Vollbart kitzelte auf den Lippen. »Soll ich uns dreien noch Pizza bestellen? Wir reden und essen, wenn Konstanze eingeschlafen ist. Dazu ein Fläschchen Wein zur Feier der Ankunft von Rio.«

»Pizza ja. Wein gerne. Zuerst aber Wasser.« Agnes atmete durch. »Und dann stoßen wir auf Barnaby an.«

»Auf wen?« Axel stutzte.

»Barnaby, das passt perfekt!« Mitzi klatschte zum dritten Mal in die Hände. Auch sie war ein Fan von märchenhafter Magie, die in einer dreimaligen Wiederholung lag.

5

Es war ein eher zufälliges Zusammentreffen, das mit Überraschungsrufen und einem spontanen Zusammensitzen begonnen hatte.

Jeder in der Runde schien sich wohlzufühlen.

Die Person aus anderen Gründen als die anderen, das stand fest. Seit der fast schiefgegangenen Übung war etwas Zeit verstrichen, sie brauchte einen neuen Anlauf. Trotzdem fühlte sich der Gedanke an die echte Durchführung immer aufs Neue wohlig an.

Dazu die Vorstellung des Zufügens von Schmerz. Sie brachte mehr und mehr Genuss in die weitere Planung.

In Gedanken hatte sich die Person eine geniale neue Bezeichnung gegeben: »Täterfigur« – das passte angegossen wie Schuhe, in die man beim Anprobieren hineinschlüpfte und mit denen man direkt lostanzen könnte.

Nach wenigen Stunden hatte sich die Bezeichnung verfestigt und einen festen Platz im Denken eingenommen. Im Kopf hallte das Wort wider, ein Echo, wie gemacht, um sich aufkeimende Ängste und Emotionen vom Leib zu halten. Als Täterfigur trug man nur bedingt Verantwortung. Man war ja wie ein Charakter aus einem Theaterstück, trotzdem zugleich als ausführende Person der aktive Teil. Distanz und Nähe ohne Schuldgefühl. Passte herrlich.

Sogar eine gewisse Erotik ging von den wuchernden Möglichkeiten aus, die sich am Horizont zeigten. Es hatte Träume gegeben, Träume, die süß und bitter waren und wie Sternschnuppen aus Blut hinter dem Horizont verglühten.

Auch sammelten sich Puzzleteile an.

Das ganze Bild der weiteren Aktionen hatte noch viele weiße Flecken. Einiges war in der Schwebe, aber die ungeklärten Dinge würden sich nach und nach finden. Zeit und Spucke brauchte man.

Vorfreude und Antrieb. Mut und Verwegenheit. Der Weg war das Ziel. Das stimmte auf absurde Weise, denn sie alle konnten früher oder später Ziele sein.

Was für ein Spaß! Was für eine Aufgabe! Es konnte losgehen. Nicht sofort, nicht in diesem Winter. Vielleicht im Frühjahr, wenn das Herz, der Bauch und das Hirn zusammen es für richtig befanden. Bis dahin liefe die Schleife des geplanten Vorgehens immer und immer wieder ab, wechselte die Orte, die Abfolge und Reihenfolge. Am Ende aber würde das brillante Stück stehen, in dem jeder seine Rolle zugeteilt bekam. Vorhang auf!

»Niemand wird mich verdächtigen. Niemand auf mich tippen«, hatte die Täterfigur erst leise, nach und nach lauter wiederholt und schließlich, am Berg, an einsamen Lichtungen oder in verborgenen Wäldchen, aus sich herausgeschrien.

»Niemand!«

Diese Sicherheit hätte sich die Täterfigur schon früher gewünscht. Dann hätte es nicht so weit kommen müssen. Und doch lag in der bevorstehenden Eskalation dieses vorfreudige Kribbeln. Ein wenig mehr Übung, damit die Präzision nicht unter einer vielleicht zitternden Hand leiden würde. Bald aber reales Handeln, reale Ziele, Opfer.

»Magst du noch etwas trinken? Ich hole für alle nach.«

Die Ansprache riss die Täterfigur aus ihrem Sinnieren. Immer öfter verselbstständigte sich das Denken, nahm der große Plan den gesamten Raum ein. Man vergaß, wo man war und mit wem.

»Bitte?«

»Was trinken? Einen Cocktail oder lieber ein Bier?«

Die Stimme war freundlich, angenehm. Trotzdem würde die Täterfigur kein Pardon kennen, hätte sie das Gegenüber im Visier. Keine Gnade für keinen von ihnen. So würde es sein. Zu tief eiterte der Stachel im Fleisch der verwundeten Seele. Keiner hatte sich je darum gekümmert, ihn herauszuziehen.

Wie sie da saßen und lachten. Sich gegenseitig zuprosteten. Allein die Begrüßung, die vielen Umarmungen waren unangenehm und unehrlich gewesen. Hätte nur einer von ihnen sich erinnert und diese Erinnerung laut ausgesprochen, hätten sie alle vor Scham und Reue im Boden versinken müssen. Pfeile auf sie zu schießen wäre das Mindeste, was zur Wiedergutmachung beitragen konnte. Schmerz zu verbreiten, Schmerz und auch Tod.

Nur zu gern nahm die Täterfigur alle Anwesenden auf ihre sogenannte Abschussliste. Denn im Prinzip gab es niemanden mehr, der es nicht verdient hätte, von einem spitzen Wurfgeschoss durchbohrt zu werden. Nicht einmal die Barkeeperin, die gerade Getränke mixte und mit einem neutralen Lächeln in die Runde blickte. Auch sie wäre ein Ziel, wenn es hier und heute schon geschehen könnte. Reine Unschuld gab es nicht, bei niemandem. Der Gedanke loderte auf und verfestigte sich gleichermaßen.

Die Täterfigur hatte die Transformation zu einem Wesen ohne Gewissen geschafft, nun galt es, vom Denken und Üben zum finalen Handeln zu marschieren.

»Einen Aperol Spritz, bitte.«

Im Moment war es zumindest herrlich, als Täterfigur mehr zu wissen als das Gegenüber. Schon in Gedanken zu zielen und zu schießen, machte Freude. Ja, große Freude sogar.

Das Beste an der Idee war, dass man selbst nie mehr zum Opferlamm wurde, sich nie mehr verkriechen musste mit rot geweinten Augen, nie wieder die Zähne zusammenbeißen, um gute Miene zum bösen Spiel zu machen.

»Bring ich dir!«

»Danke.«

Je weiter der Abend fortschritt, je mehr getrunken und gelacht wurde, desto sicherer war sich die Täterfigur, dass das Vorhaben klappen würde. Wundervoller, guter Plan.

Dann, gegen Mitternacht, sagte einer in der Runde: »Ein Prost auf jeden Einzelnen. Schade, dass man sich so auseinanderlebt. Von den meisten weiß man ja gar nix.«

Oh ja. Jetzt, genau jetzt, war wieder ein wichtiges Puzzleteilchen dazugekommen, es fügte sich zu einem anderen. Das Bild schärfte sich.

So gern hätte die Täterfigur statt Aperol Spritz weichen Kakao, süße Palatschinken und eine Zigarette gehabt. Aber manche Wünsche mussten warten.

Ich hasse euch, kreischte die Täterfigur ohne Ton. Laut aber sagte sie: »Prosit!« Gefolgt von einem »Auf uns!«.

Eine kopflose Puppe baumelte an einem Baum, ein Pfeil steckte in ihrer Brust. Rote Flüssigkeit tropfte herab.

Es bräuchte mehr Bäume, mehr Pfeile und mehr Blut.

»Auf uns!«, echoten die vorgesehenen Opfer, die keine Ahnung hatten.

Opfer, die sich selbst auf einem Servierteller präsentierten. Nein, besser: an eine Zielscheibe hefteten.

Die Täterfigur stellte es sich bildhaft vor. Eine riesige Scheibe und darauf festgenagelt einfach alle. Ohne Ausnahme.

6

Liebe Mitzi,
ich hoffe, ich darf dich direkt bei deinem so lieben Rufnamen
ansprechen.
Und ich komme auch gleich zur Sache: Hallo, ich bin es,
Benni.
Ich kann es förmlich sehen, wie du zurückzuckst und dir
denkst, mein Gott, was für ein schäbiger, gemeiner Kerl, der
so was schreibt. Aber es ist wahr, liebe Mitzi. Oder sollte ich
lieber sagen: liebe Schwester?
Ich bin es wahrhaftig: Benni, dein tot geglaubter Bruder.
Bitte nicht erschrecken. Und bitte den Brief nicht zur Seite
legen oder gar zerreißen. Bitte nicht!
Es hat Jahre gedauert, nein Jahrzehnte, bis ich mich erinnert
habe. Weitere Jahre, bis ich es verifizieren konnte. Dann
noch mal Monate, bis ich den Mut gefasst habe, mich bei
dir zu melden. Anrufen ging gar nicht. Einfach auftauchen
ebenfalls nicht. Noch nicht. Und eine Nachricht von dem
Mann, der dich eigentlich für mich gefunden hat, wäre ja
noch unglaubwürdiger gewesen.
Deshalb die altmodische Art: ein Brief eben.
Erst haben meine Finger so gezittert, dass ich dreimal an-
fangen hab müssen.
Ich bin Benni. Der, der früher Benni Schlager geheißen hat,
mit Nachnamen so wie du.
Der, der seine echten Eltern verloren hat, wie du. Was ich
erst seit Kurzem weiß. Geweint hab ich um Mama und Papa,
obwohl ich mich kaum an sie erinnern kann. Ein bisserl nur
ist übrig geblieben von meinem ersten kurzen Leben.
Apropos Leben: Ich bin nicht gestorben damals. Das ist ein
Fehler gewesen. Ein Irrtum. Oder ein Wunder.
Ich bin da und ich bin es, der Benni.

Tausend Fragen wirst du haben, liebe Mitzi. Tausend Antworten will ich auch von dir hören.
Bitte, zerknüll den Brief nicht direkt, weil du denkst, das kann nicht sein. Es ist, liebe Schwester, und es ist die Wahrheit. Und bitte, bitte, bitte, gib mir, gib uns eine Chance, so unglaublich dir alles vorkommen mag.
Mehr traue ich mich im ersten Anlauf nicht zu schreiben. In einer Liebe, die vergessen worden ist, aber jetzt wieder da sein kann.
Dein Bruder, dein Benni.

PS: Hoffentlich bist du nicht zu sehr geschockt, weil ich mit der Tür ins Haus falle. Atme durch. Erinnere dich. Ich melde mich bald wieder. Danke schon einmal für dein Vertrauen.

Hätte Mitzi in dem Moment auch nur geahnt, welche Zeilen gerade an sie geschrieben wurden, wäre sie gleichzeitig vor Freude und vor Panik aufgesprungen und den Berg mehr wieder heruntergerannt als -gewandert.

Während der Kugelschreiber auf weißem Papier die Sätze entstehen ließ, marschierte sie auf dem Muckenkogel herum. Vielleicht wären ihre Schritte unvorsichtig geworden, und sie wäre gestürzt. Aber die Aufregung hätte sie auch nach einem Sturz weiterhumpeln lassen, das Handy bereits gezückt, um Agnes anzurufen.

Mitzis Herz hätte gepumpert wie wild, am Ende hätte es vielleicht sogar für einen Schlag ausgesetzt, wenn sie den Inhalt vorausgeahnt hätte, und wieder zu schlagen begonnen auf eine andere, neue Art und Weise, wenn sie den Namen des Schreibenden erfahren hätte.

Doch der Brief wurde zwar beendet und sogar schon in ein Kuvert gesteckt, aber er erreichte Mitzi erst ein halbes Jahr später.

Was wirklich nicht an der Österreichischen Post lag.

II.
SteirerhutGeheimnis

»Mitzi«, spricht Sam zu ihr.

Nachts, zwischen zwei Träumen oder in schlaflosen Stunden.

Immer noch hört sie ihn.

Sam ist und bleibt ihr unsichtbarer Begleiter. Keiner weiß davon, nicht einmal Agnes, die Mitzi liebt wie eine Schwester. Agnes und die kleine Konstanze, Mitzis Familienersatz.

Diese beiden würde Mitzi mit ihrem Leben schützen.

Warum bloß ist Sams Flüstern in den zitternden Nächten in ihrem Ohr und in ihrem Herzen? Weil sie ihm nicht vergeben kann, was er in seinem Leben und tödlichen Wirken als Auftragskiller angerichtet hat? All das Leid und all die Menschen, die durch sein Messer gestorben sind!

Das muss der Grund sein.

»Mitzi«, haucht der imaginäre Sam ganz nah. Eine grausame Stimme, die sich zu Zärtlichkeit zwingt.

Und Mitzi weiß, er ist zu ihr gekommen, immer noch oder immer wieder, in diesen Dunkelheiten, in denen das Sternenlicht kalt funkelt und die Flüsse der Welt unter einsamen Brücken durchrauschen, um sie zu ermahnen, ehrlich zu sein.

Nicht Mitleid, nicht Wut, nicht Trauer und auch nicht Rache lauern in Mitzis Herzen.

Es ist der winzige Wunsch, ihn wiederzusehen. Nicht als Gedanke, nicht als Erinnerung, sondern im Hier und Jetzt – Himmel, verzeih ihr!

1

»Sie is da, sie is da!«

Es war der erste Tag im Juni. Die wunderbare Marillenblüte in der Wachau war schon wieder vorbei, nun reiften die Früchte zur Ernte heran. Nach verregneten Wochen herrschten seit einigen Tagen Badewettertemperaturen.

Mitzi sprang aufgeregt neben den zwei Männern her, die das große Paket in das Ladenlokal in Lilienfeld schleppten. Einer von ihnen war Rudolfo, Mitzis Freund seit nunmehr einer kleinen Ewigkeit von fast zwei Jahren. Kaum fassbar, wie die Zeit raste. Obwohl sie seinen Heiratsantrag vor einigen Monaten rigoros abgelehnt hatte, war sie froh, dass er an ihrer Seite geblieben war.

Er tat ihr gut. Nicht nur, was seine Idee mit dem Café anging. Rudolfo, der Nachtportier und Songwriter, der Handwerker und Pianist, ein Mann, der in Widersprüchen lebte und bei allem unsteten beruflichen Werdegang doch ein verlässlicher und handfester Partner war.

Flausen in Mitzis Kopf ignorierte er. Ideen von ihr förderte er nur, wenn sie positiver Natur waren. Wie die Spendenaktion, die Mitzi vor Weihnachten in Lilienfeld organisiert hatte. Durch ein Feuer hatte eine fünfköpfige Familie ihr Obdach verloren, und Mitzi hatte es geschafft, die Hälfte der Kosten für einen Wiederaufbau des Gebäudes aufzutreiben, indem sie unermüdlich von Haus zu Haus gezogen war und zu einer Geldgabe aufgerufen hatte. Nicht bloß aufgerufen, Mitzi hatte geredet und geplappert, erklärt und überzeugt, bis die Summe die Erwartungen überstieg. Final hatte Rudolfo zusätzlich einen Liederabend im Gemeindehaus veranstaltet. Sie beide zusammen hatten perfekt harmoniert. Den fehlenden Betrag für die geschädigte Familie hatte schließlich die Stadt selbst übernommen.

Hatte Mitzi allerdings ihre schlechten Phasen, in denen sie

von dem Trauma ihrer Vergangenheit eingeholt wurde und entweder auf emotionale Distanz ging oder sich in Luftschlössern verlor, holte Rudolfo sie zurück. Meist, indem er geduldig wartete oder sie mit einem realen Vorschlag aus dem Schneckenhaus lockte.

Ein Vorschlag, eine Unternehmung, ein Projekt – wie das Café. Erst war es bloß ein Gedanke gewesen, eine Vorstellung, die schon länger in seinem Hirn herumspukte, wie er Mitzi beichtete. Dann war die Immobilie zum Verkauf angeboten, Mitzi in seine Pläne eingeweiht worden. Hellauf begeistert war sie gewesen, in typischer Mitzi-Manier. Sie hatte das geerbte Grundstück ihrer Großmutter veräußert und galt nun als Besitzerin, als Eigentümerin. Bezeichnungen, die sie manchmal laut vor dem Spiegel aussprach, um sie zu glauben.

»Mir g'hört ein Kaffeehaus«, erzählte sie gern jedem, der es hören wollte. In Wahrheit jedem, mit dem sie auch nur kurz ins Gespräch kam.

»Allein durch deine Mundpropaganda werden wir jede Menge KundInnen gewinnen.« Rudolfo liebte es zu gendern, ähnlich wie auch Axel. Aber Mitzis Freund pflegte eine minimalistische Pause in die Wörter einzubauen, die er Schluckauf für die Gleichberechtigung nannte. Allein die Formulierung ließ Mitzis Herz höher- und wilder für ihn schlagen.

Ja, er passte zu ihr, wie sie sich einmal mehr eingestand.

Und heute stand der nächste Akt in Sachen »Café Therese« an. Therese, der Name von Mitzis verstorbener Oma, würde somit weiterleben.

Die Räumlichkeiten waren in den letzten Monaten vollständig renoviert worden. Rudolfo und sein Kumpel Fritz, passenderweise ein Bauleiter, hatten in ihrer Freizeit das meiste allein bewerkstelligt. Einzig den Ausbau der Sanitäranlagen hatte eine Firma durchgeführt.

Die Theke aus dunklem Holz hatte Rudolfo bei einer Auktion ersteigert. Darauf war er besonders stolz. Ebenso die ausladende gewerbliche Kaffeemaschine. Dafür war er zu Auktionen in ganz

Niederösterreich gefahren, bis er die für ihn richtige gefunden hatte.

Genau deren Lieferung stand auf dem Programm für diesen Tag.

»Juhu!« Mitzi war kaum zu bremsen. »Sensationell. Wann kann ich denn den ersten Kaffee servieren? Nein, ich trink ihn lieber selber. Oder frag jemanden von der Straße, ob er spontan probieren mag. Gott, bin ich aufgeregt!«

»Geh aus dem Weg, Madel, sonst schieben wir dich übern Haufen.« Fritz, der nimmermüde Helfer, ächzte schwer.

»Lasst mich mit anpacken, ihr zwei Superburschen.« Rudolfo hatte sein T-Shirt ausgezogen, der Schweiß klebte ihm am Oberkörper und den Armen. »Am g'scheitsten is es, wenn du dich in die Ecken setzt und uns machen lasst, Mitzi-Spatzl.«

Das schlangenförmige Drachentattoo, ein Lindwurm auf seinem Oberkörper, schien lebendig geworden zu sein. Durch die Anspannung seiner Muskeln bewegte sich das tätowierte Fabelwesen auf und ab.

»Wir werden jede Art von Kaffee anbieten.« Mitzi zog sich zwar an eines der Fenster zurück, aber weiterreden musste sie.

»Melange, Einspänner, Großer Brauner, Kleiner Brauner, Verlängerter, Fiaker, Kapuziner, Biedermeier, Mokka, Häferlkaffee, Kleiner und Großer Schwarzer und im Sommer auch Eiskaffee.«

»Gott, die meisten davon kenn ich net einmal.« Fritz antwortete ihr, während Rudolfo die Richtung vorgab.

»Du hast immer Kaffee frei Haus, Fritz.« Sie war nicht zu stoppen. »Und jede Menge Süßspeisen gibt's dazu. Ich such alle Backrezepte von der Oma heraus. Malakofftorte, Mozartschnitte, Buchteln, Linzerradl, Schwarzwälder Kirsch, Sacher, Topfenstrudel, natürlich Marillenknödel mit echten Wachauer Marillen, Marillenstreusl, Marillen–«

»Mitzi!« Rudolfo war mit Fritz an der Theke angelangt. »Bitte nicht alle aufzählen, sonst kriegt der Fritz so einen Gusto, dass er schwächelt, und die Maschine rutscht ihm aus den Fingern.«

Mitzi schwieg abrupt. Fritz und Rudolfo warfen sich einen amüsierten Blick zu, während sie die wichtige Anschaffung hochhievten. Danach klatschten die Männer ab.

Fritz wandte sich an Mitzi. »Lass dir von deinem Liebsten nie einen Schmäh erzählen. Ich bin der stärkere Kerl von uns beiden. Dein Rudolfo kippt schon bei einem Windhauch aus den Latschen.«

»Und du, Fritz, brauchst ein Sonnenhütchen, kaum dass es warm wird.« Rudolfo konterte. »Mitzi, ich bin der Obelix hier.«

»Leiwand, dann bin ich der g'scheite Asterix.«

Die Männer schoben weiter Witze hin und her, während Mitzi langsam an der Wand neben dem Fenster nach unten rutschte. Aus dieser Perspektive wirkte das Ladenlokal magisch weit, die Theke wie für Riesen gemacht. Die neue Kaffeemaschine, noch verpackt und ausgepolstert, hockte auf der Thekenplatte wie ein seltenes Tier, das es sich gemütlich gemacht hatte.

Zwar fehlten noch Stühle und Tische, aber sonst war das Café kurz vor der Fertigstellung. Toiletten, Küche und ein separates Extrazimmer, aus dem Rudolfo im Lauf der nächsten Monate einen Kulturraum machen wollte, waren so gut wie komplett. Würde das Café anlaufen, hatte er jetzt schon Pläne für eine Erweiterung des Angebots. Lesungen, Minikonzerte, Ausstellungen. Mitzi fand jede neue Idee einfach großartig.

Sie formte mit der rechten Hand einen Trichter und verkündete mit lauter Stimme von unten hoch. »Gulaschsuppe und Kartoffelsuppe, gefüllte Paprika, Käsespätzle – kommt alles auf die Speisekarte.«

Fritz angelte sich ein Bier aus der mitgebrachten Kühlbox, Rudolfo holte hinter der Theke ein Teppichmesser hervor. Er schob die Klinge heraus und begann die Verpackung um die Maschine herum aufzuschneiden und zu entfernen. Pappe und Schaumstoff glitten zu Boden. Das Metall des Messers glitzerte leicht.

Sofort erschauderte Mitzi. Egal, wie gut es zwischen ihnen lief, eine Sache war bis heute ungeklärt. Mitzi hatte durch Zufall in Rudolfos Sachen ein Springmesser entdeckt. Wann er es gekauft hatte, wozu er es brauchte, warum er überhaupt eine solche Waffe besitzen wollte? All die Fragen hatte Mitzi ihm nie gestellt. Von Zeit zu Zeit aber gingen ihr die Überlegungen durch den Kopf und beschäftigten sie. Höchste Zeit, ihn endlich darauf anzusprechen. Freilich nicht hier und in dem Moment. Wieder einmal verschob sie es auf eine andere Gelegenheit.

Als er fertig war, steckte Rudolfo das Teppichmesser ein und setzte sich neben Mitzi auf den Boden. Die Kaffeemaschine glänzte silbern und verlieh dem Raum erstmals das Flair einer Cafeteria.

»Ich kann schon den Ober sehen, wie er bedient. Und eine Köchin, die Spiegeleier brutzelt. Und dich, hinter der Theke, Rudolfo.«

»Spatzl, erst vorsichtig starten. Zuerst schmeiß ich den Laden allein. Die Mehlspeisen order ich von der Konditorei Felbermayr, die schmecken herrlich. Erst wenn es läuft, setzen wir was Herbes auf die Karte und engagieren eine zweite Kraft zum Servieren, während ich koche und selber backen würd, nach deinen Rezepten. Noch sind wir weit entfernt davon, uns KellnerInnen leisten zu können.«

»Warum fangst du denn nicht hier zu arbeiten an, Mitzi?«

Fritz stellte die Frage, über die Mitzi bereits länger nachgedacht hatte. »Zieh von Salzburg zu uns in die Wachau. Deinen Liebsten würd's freuen, und schön is es hier sowieso.«

»Sollten uns die Gäste überrennen, helf ich gern aus.« Sie zögerte. »Aber ich arbeite ja frei für eine Zeitschrift, korrigiere alle Artikel für das Magazin, das im Salzburger Land herausgegeben wird.«

»Kannst du das net online machen? Nix wie her mit dir, Kaffeehausbesitzerin, du.«

»Fritz, lass Mitzi«, sprang Rudolfo ihr bei. »Erstens war und is es meine Idee. Ohne Mitzis finanzielle Hilfe hätt ich es nie realisieren können. Sie is quasi die reiche Mäzenin im Hintergrund, spaßig formuliert. Zweitens mag Mitzi nicht von Salzburg weg, sie liebt ihr WG-Zimmer. Das haben wir öfter schon beredet. Und drittens heißt es GästInnen, darauf besteh ich. Lasst uns aber bitte von was anderem reden, ja?«

Fritz schob die Ärmel hoch und ließ seine Muskeln spielen. Dabei öffnete er den Mund weit zu einem Grinsen und ließ eine Zahnlücke erkennen. »Na, dann stellt sich die Frage, wer das neue Werbegesicht vom Café werden soll. Ich bin fotogen.«

Sie brachen alle drei in Gelächter aus.

Hernach sah Mitzi zu, wie Rudolfo Fotos zu schießen begann, um sie bei den News auf der Website vom Café Therese hochzuladen. Die Seite füllte sich mehr und mehr, auch Agnes hatte sich schon positiv dazu geäußert. Die nächsten Schritte waren ein Facebook-Profil und ein Instagram-Account.

Sie war froh, dass Rudolfo Fritz rasch den Wind aus den Segeln genommen hatte, was eine mögliche Serviertätigkeit von ihr anging. Der Großteil an Rudolfos Erklärung stimmte. Sie liebte es, in Salzburg zu leben. Das WG-Zimmer, das sie im Dachgeschoss bewohnte, hatte einen Ausblick zur Festung hin. Dazu kamen die vielen Sehenswürdigkeiten der Mozartstadt, an denen sich Mitzi nie sattsehen konnte. Manchmal spielte sie Touristin und quetschte sich mit den Massen an Urlaubenden durch die Getreidegasse, flanierte durch den Garten mit den Wasserspielen von Schloss Hellbrunn oder wanderte auf den Mönchsberg. Für den kommenden Hochsommer hatte sie bereits zwei Karten für den »Jedermann« ergattert, sie wollte Agnes damit überraschen.

Lilienfeld und die Wachau waren natürlich ebenso traumhafte Flecken, da stimmte sie Fritz zu. Hier dauerhaft zu sein, würde ihren Drang, sich umzusehen und zu staunen, ausfüllen. Genauso hätte sie aber auch zu Agnes nach Tirol, vielleicht sogar direkt nach Wien, in die Hauptstadt, oder zurück nach Graz ziehen können. Sie war frei, Rudolfo drängte sie längst zu nichts mehr, wofür sie ihn noch mehr lieb hatte, und als freie Korrektorin könnte sie tatsächlich alles im Homeoffice erledigen.

Aber – hier setzte ihr Widerstand ein – in Salzburg fühlte sie sich geborgen. Aus welchem Grund auch immer, dort in ihrem Zuhause, in den Straßen dieser Stadt, war sie angstfrei. Vollkommen. Seit ihr Agnes vor einigen Monaten die unheilige Botschaft überbracht hatte, dass es Sam gelungen war, aus dem Gefängnis in Köln auszubrechen, hatte sie sich nie wahrhaft bedroht gefühlt. Inzwischen glaubte Mitzi nicht mehr, dass der gefährliche Mann sich ihr zeigen würde. Sie wähnte ihn in einem Land weit außerhalb von Europa. Dass er seine alte Profession, das Auslöschen von menschlichen Auftragszielen, wiederaufgenommen hatte, hielt sie eher für wahrscheinlich, als dass er ihr einmal in dunkler Nacht vor der Haustür auflauerte. Könnte sie in Sams Kopf sehen, würde eine Mitzi, eine MörderMitzi, irgendwo im hintersten Winkel der Erinnerungen hocken und verstauben. Nein, Sam hatte sie vergessen.

»Oder du verdrängst das Risiko völlig«, hatte Agnes einmal gemeint.

Möglich, dass die beste Freundin den Nagel auf Mitzis Kopf getroffen hatte. Mitzi war ein Meister im Verdrängen.

MeisterIn, korrigierte sie sich.

2

Agnes war kurz von Mitzis Bilderflut der anderen Art abgelenkt worden. Die neue Kaffeemaschine im entstehenden Café Therese in Lilienfeld war nett, doch nach Bildnachricht Nummer zehn nicht mehr wirklich umwerfend. Jetzt galt es, sich wieder mit dem neuen Fall beziehungsweise mit den Fällen von Attacken auf drei Wanderer auseinanderzusetzen. Die Fotos mit den zugefügten Wunden sahen scheußlicher aus als manche Abbildungen von Leichen.

Sie lenkte ihre ganze Konzentration zurück auf die Pinnwand und die Aufnahmen.

Die aufgerissene Haut wölbte sich nach außen, die Schattierungen in den tieferen Schichten reichten von einem hellen Rot bis hin zu Violett. Der Einschuss bei dem einzigen Mann unter den Opfern zeigte am Oberschenkel innen einen weißen Streifen, was der Arzt als Knochensubstanz bezeichnet hatte. Die Fleischwunden waren nicht groß, mussten aber chirurgisch versorgt, gereinigt und genäht werden. Bei einer der Frauen war es zu einer Verletzung von Gefäßen und von Nerven gekommen. Die Prognose deutete auf eine langfristige Schädigung hin.

»Wahnsinn, dass so ein Sportgerät so tiefe Löcher machen kann.« Bastian war bei ihr im Konferenzzimmer und stand mit am Rücken verschränkten Fingern vor der Pinnwand.

Der Konferenzraum war eine Neueinführung von Agnes. Unter Leitung von Sepp Renner war das dritte Zimmer im ersten Stock des Polizeireviers das Archiv gewesen. Agnes hatte die Sammlung an Ordnern und Aufzeichnungen einen Stock nach oben verbannt und die Räumlichkeit umgestaltet. Neben einem vergrößerten Fenster stand eine Schusterpalme. Die Pflanze hatte sich wunderbar eingelebt, war genügsam und verbreitete einen heimeligen Hauch in der sonst nüchternen Einrichtung. Dazu ein langer Tisch, Stühle und, auf der linken Seite, eine Leinwand, auf die man Tabellen, Aufnahmen und einzelne Aktenvermerke überdimensional vom Laptop übertragen konnte. Als klassischen Teil gab es die Pinnwand, die früher im Großraumbüro gegenüber platziert gewesen war. Dort taten Inspektor Bastian Klawinder und die neue Kollegin Elsbeth Kucherer ihren Dienst. Ein dritter Schreibtisch war unbesetzt. Zwischen Konferenzzimmer und Großraumbüro hatte Agnes ihren Sitz, inzwischen als Leiterin des Polizeireviers. Im Parterre, beim Eingang, der Anmeldung und der Amtsstube, hatte sie nichts verändert. »Nicht zu viel auf einmal, Agnes«, hatte ihr ehemaliger Boss ihr geraten. Sie hielt sich daran. Beförderung und Übernahme des neuen Dienstgrads lagen hinter ihr. Revierinspektorin Agnes Kirschnagel war die Chefin.

Was allerdings auch ihre Anwesenheit an einem Samstag nach sich zog. Sie rechnete es Bastian hoch an, dass er sich bereit erklärt hatte, sich trotz seines eigentlich freien Wochenendes mit ihr zusammenzusetzen.

»Eine Pfeilspitze besteht aus Carbon, Basti.« Sie wechselte von einem Bild zum nächsten. »Unfälle gibt es äußerst selten, wie mir die Sportschützin vom Verein in Kirchberg erklärt hat, von der ich mich beraten hab lassen. Je nach Abstand zum Ziel hätten die Pfeile auch Durchschüsse verursachen können, mit noch schwereren Verletzungen. Was wir hier haben, sind auf jeden Fall Attacken mit Vorsatz.«

»Eine neue Art, Leut anzugreifen? Nach den Messern jetzt die Pfeile. Ein Depperter, ein Verrückter.« Bastian setzte sich. »Allerdings seh ich weit und breit keinen Zusammenhang.«

»Leider Gottes.« Agnes fixierte die nächste Aufnahme, die den Einschuss bei Opfer Nummer eins, einer Hotelfachangestellten aus dem Goldenen Löwen, zeigte.

Alle drei Verletzten hatten auf den ersten Blick nichts gemeinsam. Der Mann war IT-Berater und arbeitete von zu Hause aus. Die zweite Frau eine Hausfrau, Mutter eines Sohnes, die ein Fernstudium begonnen hatte. Unterschiedlicher ging es kaum.

»Die Orte wechseln, die drei sind nicht verwandt, liiert oder befreundet«, fasste Bastian zusammen. »Und auch die Wunden lassen auf keine genaue Wiederholung schließen. Die Zeiträume zwischen den Überfällen liegen unterschiedlich weit auseinander. Zwischen dem ersten und zweiten Fall drei Wochen. Bis zum dritten fünf.«

»Außer dass alle drei beim Wandern rund um Kufstein angeschossen worden sind, gibt es keine Gemeinsamkeiten. So ein Mist.« Mit einem Schlag auf die Tischplatte unterstrich Agnes ihren Unmut.

Drei Attacken in den letzten Wochen. Im April und im Mai. Der einzige Gleichklang zeigte sich im Ablauf der Überfälle. Zwei Frauen und ein Mann, die jeweils allein zu einer einfachen Bergtour aufgebrochen waren. Unterwegs, mitten auf der Strecke, stets im Vorbeigehen an einem Wäldchen oder dichtem Buschwerk, waren sie unvermutet attackiert worden. Mit einem Pfeil. Eine der Frauen in den hinteren rechten Oberarm, die andere in die linke Schulter. Der Mann seitlich in den linken Oberschenkel.

Der Schock, der Schmerz, die Panik hatten bei den dreien verhindert, dass sie auch nur die kleinste Sichtung des Angreifers machen konnten. Die Frauen hatten per Handy Hilfe gerufen, der Mann war von einer Wandergruppe, die nur wenige Minuten hinter ihm unterwegs war, versorgt worden.

Die Polizei hatte bei jedem der drei Anschläge den jeweiligen Wanderweg für einige Stunden gesperrt und die Umgebung nach Spuren abgesucht. Bisher vergeblich. Auch an den Pfeilen waren weder Hautschuppen noch Haare noch anderes DNA-Material gefunden worden.

Die anhaltende Trockenheit in diesen Monaten verhinderte Fußabdrücke am Boden. Der Täter oder die Täterin legte an, schoss und suchte das Weite.

Der Arzt im Krankenhaus hatte anhand der jeweiligen Verletzung und der Tiefe der Wunde eine Mindestentfernung des unbekannten Schützen bestimmt. Die professionelle Bogenschützin hatte Agnes ebenfalls erklärt, dass die Distanz beim Sportschießen bei dreißig Metern losging.

Das Gewicht und die Art des Pfeils, die Befiederung, die Einstellung der Sehne und einige andere Parameter spielten hierbei eine Rolle. Einzig die Standhöhe wurde individuell eingestellt und blieb dann unverändert. Definiert beim Bogen durch den Abstand zwischen der Sehne und der Griffschale. Diese Informationen allein halfen nicht weiter. Pfeil und Bogen galten zwar als Waffen, aber konnten ohne Waffenschein von jedem erworben werden. »Ein Könner, zielgenau, würd ich sagen«, hatte die Expertin angegeben. Agnes hatte aufgehorcht. »Einer, der Profi ist? Der bei euch oder in einem anderen Verein trainiert?« »Muss nicht sein. Mit viel Übung würdest du es auch hinkriegen zu treffen.«

Die Bogenschützin hatte Agnes weiter frustriert: »Und eine Zielscheibe aufstellen und darauf schießen kann man in jedem Garten. Ein Pfeil macht keinen Lärm, wenn man ihn einsetzt. Für meine Leut und alle, die diesen ästhetischen Sport lieben, leg ich sofort meine Hand ins Feuer. Ihr habt es mit einem Verrückten zu tun.«

Das Gleiche, was auch Bastian eben festgestellt hatte.

Agnes wollte daran nicht glauben. Denn ein irrer Täter oder eine verrückte Täterin hieß, jeder Wandernde konnte jederzeit zum Opfer werden. Eine gruselige Vorstellung.

Wenigstens eine mögliche Verbindung zum vergangenen Herbst war Agnes in der letzten Nacht, als sie ewig nicht einschlafen konnte, eingefallen. »Basti, du erinnerst dich sicher an die Sache mit dieser kopf- und beinlosen Puppe. Der Pfeil, das Ketchup?«

»Ja, schon.« Er überlegte kurz. »Das war nicht nur Ketchup, sondern auch tote Ratte, wenn ich zurückdenke.«

»Du sagst es. Kann es damit einen Zusammenhang geben?«

Agnes suchte nach einem gemeinsamen Nenner, die Zeit drängte. Die Presse hatte von den Attacken berichtet, und die Stadt wartete darauf, dass der Schuldige gefasst wurde, so rasch wie möglich.

Bastian begann am Daumennagel zu kauen. »Selbst wenn,

Agnes. Auch dabei sind wir damals kein Stück vorangekommen. Der Kollege und ich haben es als ungelöst abgelegt. Bis heute hab ich, ehrlich gesagt, nicht mehr daran gedacht. Im Netz erblühen die Spekulationen, hoffentlich fällt das keinem wieder ein.«

»Lass das Internet bitte außen vor. Vorerst.«

»Dort steht auch, dass es bei uns in den Bergen einen Riesen gibt, der ein Verwandter des Yetis sein soll.«

»Eben aus dem Grund.«

Bei einer Pressekonferenz hatte sich Agnes zuversichtlicher geäußert, als sie war. Der rote Faden setzte sich aus den Überfällen, den Pfeilen und dem immer gleichen Ablauf zusammen, was nicht weiterhalf. »Such mir deinen Bericht dazu heraus, bitte. Wenn wir hier fertig sind.«

Bastian legte Ausdrucke von den jeweiligen Profilen der Opfer in den sozialen Medien auf den Tisch. »Apropos Internet: Die haben alle gepostet, was sie vorhaben. Aber nicht bloß das eine Mal, sondern laufend.«

»Waren die drei übers Netz verbunden? Hatten sie gemeinsame Facebook-Freunde?«

»Nein. Leider war aber jeder Post öffentlich. Sie haben fröhlich verkündet, zu welchem Ausflug sie wann aufbrechen. Ob allein oder mit Partner oder Gruppe. Zu erfahren, wann der richtige Zeitpunkt is und wo man lauern muss für einen Schuss, war also einfach zu organisieren.«

»Ich hoffe nur, die anderen Wanderer hören langsam damit auf.«

»Im Gegenteil, leider, Agnes! Die drei Touren, auf denen es zu den Übergriffen gekommen is, werden inzwischen schon mehr besucht als andere Strecken.«

»Ich verstehe die Menschen manchmal nicht.« Sie schüttelte seufzend den Kopf, startete eine nächste Spekulation. »Eine Gemeinsamkeit ist das Alter. Alle drei sind unter dreißig. Die Frauen sechsundzwanzig, der Mann siebenundzwanzig.«

»Muss nix heißen.« Bastian räumte die Idee direkt wieder ab und deutete einzeln auf die Betroffenen. »Höchstens, dass alle drei sportlich waren. Sie haben gemeint, dass sie öfter allein wandern gehen. Aber auch das tun ganz viele von uns Kufsteinern. Laut Angaben ist Oskar Baumschulte passionierter Bergsteiger. Emma Wengler macht seit Jahren regelmäßig Trailrunning, weil sie ihr Gewicht halten will, und Lilo Kammerer marschiert als Ausgleich zu Mann, Kind und Fernstudium in die Höh, um den Kopf freizukriegen.«

»Alle drei sind Kufsteiner.«

»Da widersprech ich dir ebenfalls ein wenig. Opfer Nummer zwei lebt in Kundl, Chefin.«

»Bezirk Kufstein ist der Ort aber immer noch.«

»Ja, das stimmt. Ein Strohhalm für dich.« Er übernahm Agnes' Seufzen. »Die Wanderwege und Zeiten stimmen allerdings überhaupt nicht überein.«

»Doch die drei sind Gewohnheitstiere, oder?«

»Du meinst, dass sie alle immer zur selben Zeit unterwegs sind?«

Bastian hob bedauernd die Schultern. »Auch net. Die Emma sagt, sie rennt immer los, wenn sie der Süßhunger überkommen hat und sie die Kalorien abbauen will. Lilo macht es, wenn die Großeltern aus Innsbruck da sind und auf den Buben aufpassen. Nur der Oskar plant seine Touren und kraxelt regelmäßig.«

Mit einer Handbewegung fächerte Agnes die restlichen Fotos auf, die noch am Konferenztisch lagen, als wollte sie Tarotkarten legen. Neben weiteren Abbildungen der Wunden gab es Aufnahmen der Tatorte und der drei Pfeile.

»Unser Unbekannter oder unsere Unbekannte wählt aus Hunderten Posts von Wanderfreudigen um Kufstein jemanden aus. Legt sich demnach auf die Lauer, wartet, bis der oder die eine den Weg entlangkommt. Zielt und schießt. Rennt wieder davon. Hört sich unglaublich an.«

»Anders geht es nicht, Agnes.« Bastian deutete auf die Landschaftsaufnahmen. »Er oder sie schlägt stets an anderen Punkten zu. Es gibt ja jede Menge bewaldeter Abschnitte. Bäume, Gebüsch, Dickicht. Gute Verstecke, von denen man aus dem Hinterhalt angreifen kann.«

»Warum? Warum bloß, Basti?«

»Das fragst du dich, Chefin? Wundert mich, wo du die Unergründlichkeit menschlicher Untaten kennst.«

Bastian hatte recht. Selten folgten Kapitalverbrechen einer Logik. Auch wenn die Schuldigen gern eine Geschichte zum Besten gaben, die sie zu den eigentlichen Opfern transformierte.

Plötzlich tauchten ihr Lebensgefährte und ihre kleine Tochter vor Agnes' innerem Auge auf. Wie gern Konstanze mit Axel und ihr herumspazierte, bereits flott voranstapfte mit ihren entzückenden blauen Wanderschuhen, die Agnes' Mutter ihr erst neulich geschenkt hatte. Plappernd und plaudernd, Barnaby nachlaufend. Der Hund war anstrengender, als es Hamster Jo je gewesen war, aber längst ein geliebtes Familienmitglied.

Axel, der inzwischen einen Großteil seiner Arbeit von zu Hause aus erledigte und sich bei den Aufträgen auf Recherchen im Netz verlegt hatte, liebte es, mit Kind und Hund Ausflüge zu planen, die Gegend zu erkunden. Agnes musste ihn erneut dringend warnen, es in diesen Zeiten eines Irren mit Pfeil und Bogen ganz sein zu lassen.

Von ihrer Familie war es nicht weit zu Mitzi und deren Wanderleidenschaft. Wie gern marschierte Mitzi in der Gegend durch Berg, Tal, Wald und Wiese. Hatte Lieblingsflecken und bevorzugte Ziele. Auch sie musste alarmiert werden.

Möglicherweise musste sich Agnes sogar entscheiden, die Touren rund um die Stadt offiziell verbieten zu lassen. Ein Desaster, wenn es so weit kommen würde.

Wer, verdammt, legte es auf unschuldige Wanderer an und jagte ihnen einen Pfeil ins Fleisch?

Noch kannte Agnes keine Antworten, aber sie würde nicht lockerlassen, bis sie die gefunden hatte.

3

Rudolfos Gesicht flackerte auf dem Bildschirm. Es zerlegte sich in Tausende Einzelteile, die alle zu wabern schienen, was Mitzi amüsierte. »Du zerfließt«, stellte sie fest. »Für dich doch immer, mein Spatzl.« Mitzi begann einmal mehr zurückzurechnen, wie lange genau sie bereits mit dem großen Mann, der öfter Lederhosen trug und dessen Spitzbart ihm bei Mitzi den Kosenamen »Drosselbart« eingebracht hatte, zusammen war. Zwei Jahre in etwa, das klang eigentümlich vage. Da der Übergang vom Kennenlernen zur Freundschaft und schließlich zu einer Liebesbeziehung sich in einem oftmaligen Hin und Her vollzogen hatte, war die zeitlich exakte Zuordnung gar nicht so einfach.

Einen Jahrestag zum Feiern hätte sie trotzdem gern benannt, denn fixe Daten in ihrem Leben waren bislang eng mit den Sterbedaten ihrer Familie verknüpft. Zuletzt mit dem Tod ihrer Großmutter, der wunderbaren Therese, der Mitzi mit dem Café ein Denkmal setzen wollte. Konstanzes Geburtstag war bisher der einzige Tag, den Mitzi feiern wollte.

Sie selbst war zurück in Salzburg, stand mit dem Laptop auf einem Bistrostuhl am Fenster ihres WG-Zimmers und konnte sich an dem Ausblick auf die Festung nicht sattsehen. Vor einer halben Stunde hatte leichtes Nieseln eingesetzt, der typische Salzburger Schnürlregen.

Wenn der Skype beendet war, würde Mitzi nach draußen laufen. Die Wärme und die Luftfeuchtigkeit überzogen die Stadt mit einem Schleier aus Dunst, den Mitzi als Feenmantel bezeichnete. Sie konnte es kaum erwarten, ihre Lieblingsplätze zum x-ten Mal aufzusuchen und mit der heutigen Perspektive zu erfühlen.

»Du, Mitzi. Bei der Post war ein Brief ohne Absender dabei.« Rudolfo holte sie aus ihrem Pläneschmieden für den restlichen

Tag. »Soll ich ihn dir nachsenden, oder nimmst du ihn beim nächsten Besuch mit?«

»Ein Brief? Für mich? Der nach Lilienfeld geschickt worden is?«

Noch wussten wenige Menschen von der geplanten Eröffnung des Cafés. Und die riefen bei Mitzi an, wenn sie mit ihr sprechen wollten. Genau genommen waren es Agnes und Axel. Das Geschäftliche lief über Rudolfo, er würde ja auch der offizielle Pächter und Chef sein. Zu Mitzis Erleichterung kannte sich Rudolfo mit den anstehenden Steuererklärungen richtig gut aus, was sie von ihm als freiem Künstler und Teilzeit-Nachtportier gar nicht erwartet hätte. Ihre größten Bedenken bei der Investition waren, neben den steuerlichen Pflichten, die Vorgaben für eine Genehmigung gewesen. Das hatte ihr einige schlaflose Nächte bereitet.

Doch Rudolfo hatte sie überrascht.

»Ein Café fällt unter die sogenannten reglementierten Gewerbe. Ich brauch einen Befähigungsnachweis«, hatte er ihr damals am Start des Projekts erläutert. »Super, dass ich schon in der Hotelbranche arbeite, dazu mach ich noch ein zwölfwöchiges Praktikum.«

Daran hatte Mitzi erkannt, wie ernst es ihm mit dem Café war. Seither machte sie sich nicht die geringsten Sorgen.

»Mmh … Also ein Schreiben an mich an die Adresse vom Café?« Sie überlegte weiter, aber neben Agnes und Axel fielen ihr keine Namen ein. »Ein Irrtum? Werbung? Was Offizielles von der Gemeinde oder vom Finanzamt?«

»Nein, ein weißes Kuvert ohne Aufdruck oder Absender. Geirrt hat sich der Schreiber sicher nicht. Da stehen deine beiden Vornamen ›Maria Konstanze‹ drauf, dazu dein Nachname ›Schlager‹. Darunter ein ›c/o Café Therese‹. Dabei is es erst ein paar Wochen her, dass ich den Titel offiziell hab eintragen lassen. Allerdings findet man dich im Impressum auf der Website.« Er wedelte mit dem Umschlag vor der Kamera. Er war länglich und vollkommen unauffällig. »Nix außer der Briefmarke drauf.«

»Wo is das Schreiben denn abgesendet worden?«

Es dauerte eine Weile, bis Rudolfo den Stempelaufdruck entziffern konnte.»Wenn ich das jetzt richtig seh, in Lubiani oder Lubiana oder so ähnlich.«

Mitzi spürte eine Neugierde aufkommen.»Ljubljana?«

»Genau. In Slowenien, Spatzl.«

»Das is aber komisch. Ich kenn aus dem Land keinen.«

»Vielleicht jemand aus deiner Jugendzeit in der Steiermark, der nach Slowenien gezogen is? Aus dem Kindergarten, der Volksschule oder dem Gymnasium?«

»Im Kindergarten war ich nicht. Im Gymnasium hab ich mich mit niemandem angefreundet. Es war eine schwierige Zeit. Und die Volksschule«, Mitzi konnte nicht anders, als die Nase zu rümpfen,»dort hab ich ja meinen Spitznamen MörderMitzi abgekriegt.«

»Ach so.« Rudolfo zögerte.»Was ich dir schon lang einmal sagen wollt, Mitzi: Dass es als Kind für dich fürchterlich war, weiß ich ja. Aber ein Nickname, wie es so schön im Englischen heißt, is manchmal auch lustig. Ich mag es, wenn du mich Drosselbart nennst.« Er unterstrich seine Ansage mit einem Griff an seinen Spitzbart.»Vielleicht hilft es dir, wenn du es einmal ganz anders anschaust.«

Eine Weile schwieg Mitzi, ließ die Erinnerung hochkommen und wieder versinken.»Ach, du mein Drosselbärtchen. Die in meiner Klasse waren nicht nett, das war nicht lustig gemeint. Nur gemein. Selbst meine damals beste Freundin Carla hat sich den anderen angeschlossen. MörderMitzi, wie das klingt. Dabei war das Unglück meiner Familie ein Unfall.«

»Alles klar, Spatzl.« Erneut zupfte er an seinem Bart, diesmal unbewusst.»Aber das alles liegt ewig zurück. Du könntest über den Extranamen heute auch lachen, wie du es bei vielen anderen Sachen machst. Das wäre ein Wechsel der Sichtweise, jetzt hochtrabend ausgedrückt. Es würd dich aus der dunklen Zone herausholen.«

»Wenn du es so sagst, klingt es eigentlich wirklich ein Stückerl besser.«

»Eigentlich, wirklich und ein Stückerl, mein MörderMitzilein.« Er schickte ihr einen Luftkuss. »Darüber könnte ich einen Song schreiben.«

»Nein. Das is kein Liederl wert.« Mitzi schüttelte vehement den Kopf. »Über den Rest denk ich nach.«

»Mach das. Zurück zu dem Brief. Soll ich ihn öffnen und dir vorlesen? Oder wartest du, bis du wieder bei mir in der Wachau auftauchst?«

»Weder noch, Rudolfo. Du fährst doch morgen schon nach Wien zu deinem nächsten Job als Pianist.«

»Ja, der Ausflugsdampfer wartet. Nach Passau muss ich, Mitzi. Dort is der Start. Wien is dann der erste Halt auf der Reise. Ab auf die Donau. Klavier spielen, Passagiere unterhalten, selber Geld verdienen. Kennst du doch, Spatzl.«

»Schön war die Schifffahrt letztes Jahr. Trotz allem. Vielleicht komm ich mal wieder mit.«

»Jederzeit. Aber in einer Woche bin ich zurück, holde Maid.« Mitzi kicherte. »Sende mir den Brief bitte express weiter nach Salzburg.« Der Entschluss kam ihr spontan. »Ich find so ein weißes Kuvert ohne alles geheimnisvoll. Is wie eine kleine Wundertüte.«

»Könnte nur Werbung sein.«

»Wurscht. Sobald du es losgeschickt hast, kann es anfangen, in mir zu prickeln. Das mag ich.« Sie warf den Kuss zurück. »Baba, mein Drosselbart.«

»Servus, Cafébesitzerin und Lieblings-Spatzl. Ich werde dich vermissen an Bord.«

Mitzi klinkte sich aus und stellte sich ans Fenster.

Mehr als eine Stunde lang blieb sie dort und beobachtete die ziehenden Wolken am Himmel. Der Regen hatte aufgehört, ihren Spaziergang hatte sie vergessen.

Stattdessen dachte sie intensiv über Rudolfos Ratschlag nach, ihren Kindheitsspitznamen anders zu sehen. Vom heutigen Standpunkt aus. Tief verletzt hatte sie die Bezeichnung damals, ihrem Trauma eine weitere Spitze hinzugefügt. Trotzdem war die seelische Wunde im Lauf der Jahre vernarbt. Ein Stückchen Humor konnte wie eine Salbe wirken, die man zur Heilung auftrug.

»MörderMitzi, MörderMitzi, MörderMitzi«, rief Mitzi, als sich die Sonne hinter den Wolken blicken ließ.

Es tat eigentlich und wirklich und nur mehr ein winziges Stückerl weh.

4

»Ein Blitz aus heiterem Himmel. Ein wahrhafter Monsterblitz!«
So beschrieb Mitzi nur einen Tag später Agnes den Erhalt des
Briefes ihres tot geglaubten kleinen Bruders. Wobei ihr erstes Gefühl in Wahrheit ein sanftes war. Weder
zitterte ihre Hand, noch wunderte sie sich über den Inhalt. Statt-
dessen huschte ein Lächeln über ihre Lippen.
Benni, dachte sie. Und: Zeit wird's. So, als hätte Mitzi seit dem
Unglück damals wie selbstverständlich auf ihn gewartet.
Im Eingangsbereich des Mehrfamilienhauses, neben den Post-
kästen, war es zu der Stunde still gewesen. Kühl und dämmrig.
Keiner anwesend außer ihr. Mitzi hatte nicht warten können und
das Schreiben bereits dort geöffnet. Nach den ersten Zeilen hatte
sie den Lichtschalter betätigt. Als das Licht automatisch wieder
ausging, war es das dritte Mal gewesen, dass Mitzi die Zeilen las.
Danach faltete sie das eine Blatt und ging vor die Haustür. Einmal
die Gasse hoch, las. Bewegte sich zurück, lesend. Betrat erneut
den Hausflur. Machte kein Licht diesmal, sie kannte den Inhalt
schon auswendig.
Schließlich setzte sie sich auf die erste Treppenstufe. Kalt war
der Marmor an ihrem Po und den Oberschenkeln. Ihre Wangen
aber glühten heiß.
Sie sollte jemanden anrufen.
Rudolfo am besten, er hatte ihr den Brief nachgesendet, wirklich express.
Doch der schaukelte höchstwahrscheinlich schon in seiner Kajüte über die Donauwellen. Oder stimmte sich auf dem Klavier
ein.
Nein, nicht Rudolfo.
Dann unbedingt und direkt Agnes.
Agnes aber tat Dienst in Kufstein, sie hatte schwierige Fälle zu
lösen, wie sie Mitzi berichtet hatte. Verletzte bei Wanderungen,

hinterhältige Angriffe eines bösen Menschen. Agnes trug Verantwortung, aber nicht mehr für Mitzi.

Nein, nicht Agnes.

Axel war mit Konstanze, dem Hund und seiner Detektei beschäftigt. Also auch nicht Axel.

Plötzlich hatte Mitzi die wahnwitzige Idee, Fritz anzurufen. Er kannte weder sie richtig gut noch ihre Geschichte. Er würde neutral, aus dem Bauch heraus, urteilen, ob dieser Brief von Benni stammen konnte oder nicht.

Oh mein Gott. Benni!

Mitzis Phantasie rannte los ohne Halt und Ziel. »Das ist mein kleiner Bruder«, hörte sie sich zu den ersten Gästen im Café Therese sagen. »Obwohl er einen Kopf größer is.«

War er das? Wie sah Benni als erwachsener Mann aus? Dem Schreiben war kein Bild beigelegt, nur diese Zeilen in einer eher krakeligen Handschrift, die ein wenig der ihren glich. Kindlich sahen die Buchstaben aus, als wäre der Schreibende es nicht gewohnt, eine Füllfeder zu benutzen. Auf dem weißen Papier wirkte die Tinte wie Tropfen dunkler Tränen. Bei den Satzanfängen war die Feder zu dick angedrückt worden. Nach dem PS, in dem Benni sich für Mitzis Vertrauen bedankte, kam eine Schliere, die sich ein Stück nach unten zog. Doch was zählte, war einzig der Inhalt.

Zurück zur schönen möglichen Zukunftsvision. Oder hinein in eine Parallelwelt, die sie sich schon als Kind öfter erträumt hatte.

Kam Benni nach Papa Gerald oder eher Mama Marion? War er blond wie Mitzi selbst, groß und schlank, oder hatte er die Statur vom Opa geerbt, der zu einem Bauch und Speck um die Hüften neigte?

Kurzerhand ließ Mitzi Bennis Aussehen außen vor, imaginierte sich eine verschwommene Gestalt auf der Treppe neben sich. Nur den Druck seiner Hand, den spürte sie ganz genau, fast so, als würde er sie bereits halten.

Rudolfo würde dem Bruder seiner Liebsten kumpelhaft auf die Schulter klopfen. Axel würde bloß nicken, Konstanze auf seinem

Arm ihre Ärmchen ausstrecken und direkt einen Draht zu Benni aufbauen. Und Agnes, ja Agnes würde ...

Andere Fragen stellen als du, sagte eine Stimme hinter ihr. Mitzi wirbelte herum. Niemand außer ihr war im Eingangsbereich. Die Briefkästen glänzten im Dämmerlicht wie die ausladende Kaffeemaschine auf der Theke im Café Therese.

Oma, dachte sie, Oma, dein Enkel is zurück.

Mit klopfendem Herzen legte Mitzi den Brief neben sich ab. Sie drehte das Kuvert um. Vorn kein Absender, ja und hinten in derselben krakligen Schrift nur ein »B.« und ein »S.«. Davon hatte Rudolfo nichts gesagt, es wohl übersehen.

Das ist eine Täuschung. Wieder diese Agnes-Stimme. Es kann nicht sein. Benni ist im Feuer gestorben wie Mama und Papa. Hier erlaubt sich einer einen gemeinen und bösen Scherz. Am besten wäre es, das Schreiben zu zerreißen und in den Müll zu werfen.

»Aber wenn ... aber wenn ...«, stammelte Mitzi, ohne eine Person zu haben, die sie tatsächlich ansprechen konnte.

Atme durch, hatte Benni geschrieben. Erinnere dich.

Mitzi schließt die Augen. Die Helligkeit hinter ihren Lidern ist von schwarzen Punkten durchzogen.

Da ist Mitzi. Sieben Jahre alt. Im Blockhaus der Familie. Da sind der Campinggasherd, der Kochtopf. Das Aufdrehen des Gases, um Spaghetti für alle zu kochen. Die Barbiepuppe. Dann die große Spinne. Mitzi stürzt, schlägt sich das Knie auf. Sie weint, läuft zu den Eltern. Jetzt: Papas erschrecktes Gesicht, als Mitzi sagt, dass sie das Gas angemacht hat. Er und Mama rennen ins Blockhaus, Benni auf Papas Arm. Dann Explosion. Feuer. Ein Sirren und Klirren in Mitzis Ohren.

Nein. Zurück. Mitzi blinzelt. Es war anders, oder?

Papas besorgter Gesichtsausdruck. Er und Mama sprinten los. Benni rutscht von Papas Arm. Der Bub weint, stolpert aber an Mitzi vorbei in die andere Richtung. Die Explosion. Das Feuer. Mama und Papa tot. Der Bruder verschwunden.

Stopp!

Schon einmal hatte Mitzi sich von falschen Erinnerungen leiten lassen. Der Ehrlichkeit halber gestand sie sich auch jetzt ein, dass ihre inneren Bilder trügerisch und kaum zu verifizieren waren. In der Vergangenheit würde sie keinen Anker finden, der ihr Boot in einem sicheren Hafen festhielt.

Sie ließ das Kuvert ebenfalls los, es segelte zu Boden. Ein weißer, viereckiger Fleck. »B.« und »S.« auf der Rückseite. Nach einer Minute oder auch gefühlt einer Stunde hob sie es mitsamt dem Schreiben wieder auf, stopfte beides in die Hosentasche. Das Handy aus der anderen holend, stand sie auf, ging schleppend Stufe um Stufe nach oben.

Fritz anrufen? Blödsinn! Axel anrufen? Vielleicht! Rudolfo anrufen? Später!

Es gab nur eine, die es sofort wissen musste.

Mitzi gab einzeln die Zahlen einer Nummer ein, die sie ebenso verinnerlicht hatte wie inzwischen die Zeilen aus dem Brief.

»Revierinspektorin Agnes Kirschnagel am Apparat. Worum geht's?« Strenge im Ton.

Mitzi hatte nicht Agnes' Handynummer angetippt, sondern, ohne es bewusst zu registrieren, im Revier angerufen. Agnes' neue Durchwahl zu ihrem Büro. Das tat sie sonst höchst selten. Als Mitzi zu sprechen ansetzte, bekam sie erst keinen Ton heraus.

»Hallo? Wer ist da?«

»Mitzi.« Es klang wie ein Zischen aus einem Kochtopf, in dem das Wasser seinen Siedepunkt erreicht hatte.

Ein leises Lachen von Agnes folgte. »Hey, beste Freundin. Wolltest du wieder einmal hören, wie ich mich dienstlich als Chefin melde?«

»Agnes? Es is Benni!«

»Hallo? Alles okay, Mitzi?«

»Benni is zurück.«

»Wer?«

»Mein Bruder. Der Kleine, der mich aber jetzt um einen Kopf überragt. Zumindest glaub ich das, obwohl es kein Foto gibt.«

»Mitzi, ich versteh nur Bahnhof.«

»Hör zu …« Nachdem Mitzi ihr von dem Brief erzählt hatte, gab es am anderen Ende der Leitung eine Pause. »Agnes? Bist du noch dran?«

»Bin ich, Mitzi.« Agnes räusperte sich. »Mir fehlen gerade die Worte.«

»Mich hat es auch wie ein Blitz aus heiterem Himmel getroffen, Agnes. Ein Monsterblitz. Meinst, er könnt das Unglück damals überlebt haben?«

»Mir fallen im Moment ganz andere Fragen ein, Mitzi.« Haargenau derselbe Inhalt und Ton wie vorhin in Mitzis Kopf. »Ich muss gleich in eine Besprechung, du weißt ja, was gerade bei uns in Kufstein los ist.«

»Der Bogenschützen-Fall.«

»So nennt ihn die Presse, Mitzi.«

»Aber ich hab hier einen Toten-Bruder-Fall.«

»Pass auf. Ich melde mich sofort wieder bei dir, wenn ich mit der Besprechung durch bin. Bleib bitte ruhig und besonnen, Mitzi. Ja?« Agnes kannte Mitzi gut genug, um sich vorstellen zu können, wie sehr sie eine solche Nachricht aufregte. »Wo ist denn Rudolfo?«

»Ach, Agnes. Der is wieder auf einem der Donauschiffe unterwegs. Er hat den Brief vor seiner Abreise noch zu mir nach Salzburg weitergeschickt. Grad jetzt muss das passieren.«

»Wahrscheinlich ein richtig böser und fieser Scherz, Mitzi.«

»Von wem denn, Herrgott noch mal? Wer würde denn …?«

»Ich hab keine Ahnung. Nur eine spontane Vermutung. Mitzi, atme durch.«

Und erinnere dich.

Nein, das hatte Benni geschrieben.

Mitzi musste stehen bleiben und sich am Geländer im Treppenhaus festkrallen. Der Boden unter ihr schwankte. Mitzi wie auf hoher See, wieder einmal.

5

»Die Aufgabe der Bogensehne ist es, die Kraft der Wurfarme auf den Pfeil zu übertragen. Mit dem Begriff Wurfarm wird der untere und obere Teil des Bogens bezeichnet. Als Material werden leichte Holzsorten wie Ahorn oder Esche oder auch Bambus verwendet.« So hatte es die Bogenschützin der aufmerksam lauschenden Täterfigur erklärt. Damals, als der Plan Form anzunehmen begonnen hatte.

»Die Bogensehne wird aus einem Garn hergestellt, beliebt sind pflanzliche Fasern wie zum Beispiel Brennnessel, Lein, Hanf, Baumwolle und Ähnliches. Mehrere Stränge bilden eine Sehne, sie könnte leicht zehntausend Schüsse aushalten, bevor sie reißt. Wenn überhaupt, denn eine gut gepflegte Bogensehne sollte nicht reißen.«

Für jede Übungsstunde schließlich ins Nachbarland zu wechseln, einen falschen Namen anzugeben und bar zu bezahlen, hatte sich von selbst verstanden. Wenn schon Täterfigur, dann mit allem, was eine perfekte Tat ausmachte.

Denn hier und heute kam es nur auf den einen Schuss an. Alles davor war ein perfider Genuss gewesen, Vorübungen wie das Einsingen vor einer Darbietung.

»Der Sinn des Nockpunktes besteht darin, dass der Pfeil immer an der gleichen Stelle angenockt wird. Dadurch verrutscht er nicht. Eine Unterstützung, um einen immer wieder reproduzierbaren Schussablauf zu vollziehen. Es ist ein kleiner Messingring, der relativ zentral auf die Mittelwicklung der Sehne gesetzt wird. Schau.«

Die Bogenschützin hatte einen dozierenden Ton gehabt, die Täterfigur sich schüchtern und sehr lernwillig gegeben.

Jetzt, zwischen Zeige- und Mittelfinger, spürte die Täterfigur den Nockpunkt. An der Stelle hatte sich in den letzten Monaten eine kaum wahrnehmbare Hornhaut gebildet. Wie eine Sicherheitshalterung für das Gemüt fungierte der Messing-Klemmpunkt im wahnwitzigen Ablauf des Geschehens.

Denn es gab kein Zurück mehr. Klein und zart war auch die Berührung durch die Sehne am unteren Teil des Kinns. Ebenso an der Lippe. Fast so, als streichelte die Waffe die sie führende Person.

Der Recurvebogen, Rechtshand, war aus Holz. Ein Material, das sich vertraut anfühlte und Wärme ausstrahlte.

»Wie man den richtigen Spinewert für den Pfeil berechnet, erklär ich dir noch. Er bezeichnet, wie einfach sich der Pfeil durchbiegen lässt. Denn wenn man den Schuss löst, wirkt Kraft auf den Pfeil ein. Und dessen Aufgabe besteht ja darin, genau den Punkt zu treffen, den du dir als Ziel setzt. Verstehst du?«

Oh ja, die Täterfigur hatte verstanden.

Alles in allem war die Waffe inzwischen mehr ein Freund als ein Gerät. Das unermüdliche Üben nach den Trainingsstunden hatte sie zusammengeschweißt, den Bogen und die Täterfigur. Die Pfeile waren wie Verlängerungen eines großen Wunsches. Eines Bedürfnisses nach Genugtuung, das in den nächsten Sekunden seinen Höhepunkt erreichen würde.

Der Pfeil, wie all die Pfeile davor, war aus Carbon. Perfekt abgestimmt auf die Täterfigur und den Bogen. Die Pfeillänge war auf den persönlichen Auszug konfiguriert. Eine Angabe, wie weit der Bogen ausgezogen wurde. Auch das Zuggewicht des Bogens zu kennen bedeutete Stärke. Je mehr Zuggewicht, desto härter sollte wiederum der Pfeil sein.

Hart, um tiefstmöglich einzudringen, durchzustoßen. Erst Stroh, dann Zielscheiben aus Schaumstoff. Später die Puppe, um sich an die Menschlichkeit der Zielpunkte zu gewöhnen. Am Ende Haut, Muskeln, Sehnen und Organe – verwundet und zerstört. Keine kopflose Attrappe mehr. Schließlich und endlich echtes Fleisch. Dreimal mit Blut verbunden. Kein Ketchup. Menschen, die es verdient hatten. Jawohl!

Der Höhepunkt war erreicht.

Heute! Hier! Jetzt!

Die Muskeln der Oberarme traten sichtbar hervor, die Anspannung übertrug sich vom Körper auf das Gerät. Die Konzentration war auf ihrem Höhepunkt. Das Zielauge war offen, das andere noch geschlossen. In der Millisekunde des Abschusses würde sich das zweite Auge ebenfalls öffnen, denn wie hieß es so schön: vom Zielen in die Intuition. Vom Können zum Loslassen. Beides gehörte zusammen. Beides würde zum Erfolg beitragen.

Der Erfolg bedeutete heute, hier und jetzt erneut: treffen. Nicht in den Oberarm, nicht in den Schenkel. Es war so weit. Kein Problem. Keine Panik. Keine Reue. Nach so vielen Monaten, Wochen, Tagen und Stunden stand das Hauptereignis direkt bevor.

Ein Lachen stieg auf. Griff um sich, konnte kaum länger zurückgehalten werden. Gleich würde es eruptiv und schrill herausbrechen. Noch bevor das geschah, ließ die Täterfigur die gespannte Sehne los. Sie schnellte nach vorn, gab dem Pfeil seinen Antrieb. Ein minimales Sirren war zu hören, dem Flug einer Fliege gleich, die am Ende ihres einzigen Tages noch einmal alles für dieses kurze Leben gab.

Der Pfeil flog und flog und flog.

Bis zum bitteren und unwiderruflichen Punkt, an dem er traf. Ins Schwarze. Jawoll!

Doch was dann kam, ließ das hervorquellende Lachen der Täterfigur im Keim ersticken. Es wurde von Freude zu Ernst, zu einem Schwindelgefühl vor einem Abgrund. Dort am Rande der Tiefe stand die Täterfigur schon lange, aber noch nie war ihr das so bewusst gewesen wie in diesen Sekunden nach dem finalen Schuss.

Die Täterfigur starrte zur Zielperson.

Diese Zielperson kippte nicht um, sackte nicht zusammen, schrie nicht, krümmte sich nicht.

Sie hob den Blick und sah genau in die Richtung, aus der der Pfeil gekommen war. Es war ein Blick des Wissens und der Erkenntnis. Bevor die Pupillen brachen, ging die Zielperson in die Knie, immer noch starrenden Auges auf die Täterfigur.

Am ultimativen Tag des Triumphes, am Höhepunkt des Plans, war es weder lustig noch befriedigend noch mit dem Gefühl einer allmächtigen Wiedergutmachung verbunden.

Heute, hier und jetzt war es bloß ein heimtückischer Mord aus niederen Beweggründen.

6

Agnes war nach der Besprechung in ihr Büro zurückgekehrt und in Gedanken an Mitzi und den geheimnisvollen Brief versunken gewesen, als, ohne Klopfen, die Tür aufgerissen wurde. Die Frau kam ihr sofort ziemlich bekannt vor. Agnes war sich sicher, der Hereinstürmenden bereits begegnet zu sein, konnte sie aber im Moment nirgends zuordnen. »So kann es nicht weitergehen, Revierinspektorin Kirschnagel. Das muss ein Ende haben. Möglichst sofort.« Der respektlose und laute Ton war zusätzlich ärgerlich.

Ihr Haar war tiefrot, die Nuance konnte niemals ein Naturton sein und passte farblich zu ihren Wangen. Hoch gerötet war auch die Stirn, was nicht an den Temperaturen lag, sondern an der Erregtheit der Besucherin.

»Einen guten Tag wünsche ich.« Agnes versuchte erst mal den Schwung abzublocken. »Griaß di, wie es bei uns so schön heißt.«

Die Frau war allerdings nicht zu stoppen. Mit wenigen ausladenden Schritten war sie an der Schreibtischkante und stützte beide Hände darauf ab. Das gerahmte Foto von Axel und Konstanze, die einzige private Sache in Agnes' Raum, wackelte.

»Ich habe es eben in unserem Meeting besprochen. Wir sind uns alle einig. So nicht. Kufstein is nicht Chicago. Beenden Sie es.« Beim Nennen der Stadt zeigte sich ein Speicheltropfen auf der Unterlippe der aufgebrachten Dame.

Mit einem ein wenig süffisanten inneren Schmunzeln registrierte Agnes zusätzlich, dass die rötlich angelaufene Stirn keine einzige Falte aufwies, nicht einmal ein Runzeln. Sie tippte auf eine kürzlich erfolgte Botoxbehandlung, denn die Frau war geschätzt zwanzig Jahre älter als sie. Das respektlose Auftreten gefiel Agnes hingegen nicht im Geringsten.

»Erst wird die Lautstärke gesenkt. Hernach durchatmen, bitte. Dann grüßen. Zum Schluss gerne hinsetzen.«

Die Besucherin blieb stehen. »Wenn hier so weitergearbeitet wird, können wir die Saison in den Wind schießen. Wer wird denn noch kommen und wandern, wenn es heißt, Kufstein wär ein Hort des Verbrechens. Verfluacht no amol eini!« Das Fluchen passte überhaupt nicht zum Äußeren. Neben den roten Haaren trug sie auch eine rote Bluse und einen engen rotweiß gestreiften Rock. Selbst die Nägel waren dunkelrot lackiert und kunstvoll mit einem weißen Rand versehen.

Agnes hob den Arm und deutete auf den Sessel ihrem Schreibtisch gegenüber. »Entweder Sie setzen sich, oder ich weise Sie aus meinem Büro. Bei mir herrschen Respekt und Höflichkeit. Das beginnt mit einem Gruß.«

Sie hatte ihrerseits den Ton gewählt, den sie oft bei Vernehmungen anschlug. Knapp und streng. Zugleich dämmerte es ihr, wo ihr die Frau schon untergekommen war. Bei der letzten Gemeinderatssitzung, an der sie teilgenommen hatte. An den Namen konnte sie sich leider immer noch nicht erinnern.

»Ich bin aufgebracht«, erklärte die Besucherin unnötigerweise, nahm aber endlich Platz. »Und ja, du hast ja recht. Griaß di und hallo.«

Das direkte Duzen war für Agnes von jeher eine mühsame Angelegenheit, aber sie fügte sich dem Usus. Hauptsache, die Erregung der Dame ließ nach. »Besser. Ich danke dir. Jetzt fang bitte von vorne an und erklär dich.«

»Wir kennen uns. Ich bin die Jorinde Roth, die stellvertretende Tourismusbeauftragte.«

Fast hätte Agnes aufgelacht. Der Vorname war selten, aber dass der Nachname bei all dem Rot an der Frau auch noch Roth war, entbehrte nicht einer gewissen Komik.

Wenn Mitzi eintraf, würde Agnes es ihr erzählen. Um die Freundin in ihrer ganz eigenen Aufregung zu beruhigen. Dann würden sie über diesen merkwürdigen Brief sprechen. Doch nun stand anderes an.

»Was kann ich für dich tun, Jorinde?«

Sofort schnellte die Frau wieder hoch. »Also, kannst du dir

vorstellen, Agnes, was diese Attacken bei unseren Wanderern ausgelöst haben?«

Agnes nickte kurz. All die Schwierigkeiten, die die Überfälle mit sich brachten, hatte sie schon mehrmals mit Bastian und auch mit der gesamten Truppe besprochen. Sie wusste, wie dringend die Polizei einen Fahndungserfolg brauchte, dafür musste sie nichts vom Tourismus verstehen.

»Jorinde, mir ist das vollkommen klar. Wir tun unser Möglichstes. Das Revier ist in höchster Bereitschaft, die Bergwacht ist miteinbezogen, selbst die Bergführer sind alarmiert worden und halten Ausschau. Glaub mir, ich hätte die Straftaten lieber heute als morgen gelöst. Wir arbeiten auf derselben Seite. Noch mal, Jorinde, setz dich bitte wieder und bleib sitzen.«

Obwohl nicht ruhiger geworden, folgte die stellvertretende Tourismusbeauftragte Agnes' Anweisung, wenn ihr Po auch nur die Kante berührte. »Wir haben Anfragen, was die Sicherheit betrifft, ohne Ende. Unser Server is zusammengebrochen. Dazu Stornierungen. Was das Schlimmste is«, Jorinde schnaubte, jetzt wurden sogar ihre Ohren rot, »wir sind in den Nachrichtensendungen von Deutschland. Ich hatte vorhin eine Interviewanfrage von RTL. Weißt du, was das bedeutet? Warum zum Teufel nehmt ihr nicht jemanden fest und gut is?«

»Bitte lass mich erklären, ausreden vor allem.« Agnes ging im Kopf die richtigen Formulierungen durch. »Ich weiß sehr genau, wie schwierig die Lage geworden ist, Jorinde. Nicht nur für euch, die ihr euch um die Stadt und das Touristische bemüht. Aber eine Ermittlung dauert. Das geht nicht einfach schnipp, und wir haben den Täter.«

»Es war also ein Mann!« Jorinde ließ sich von der Kante in den Sessel zurückfallen. Von einer Sekunde zur anderen verlor ihr Gesicht an Farbe. »Ich wusste es.«

»Was meinst du?« Nun war Agnes verwirrt.

Jorinde raufte sich die roten Haare, die ihr danach kreuz und quer standen. »Es kann nur meine Ex gewesen sein. Sie hasst mich.«

»Entschuldige, aber ich verstehe nichts von dem, was du sagst. Hast du einen Verdacht? Wenn ja, bitte gib uns den Namen und alles, was du von der Person weißt. Wir prüfen es so rasch wie möglich nach.«

»Helga Schoor. Sie wohnt wieder in Rosenheim. Bei ihrer Mutter, Roswitha Schoor. Wir haben uns vor Monaten endgültig getrennt. Genau eine Woche später war der erste Überfall mit dem Bogen. Sie is Bogensportschützin, hat immer mal beim Verein bei Alpbach trainiert. Bei ihrem Auszug aus unserer gemeinsamen Wohnung sind die Fetzen zwischen uns geflogen. Sie will mich ruinieren. Zweiundzwanzig Jahre waren wir ein Paar, übrig bleiben Frust und Kränkung.«

Agnes hatte sich, während die stellvertretende Tourismusbeauftragte redete, bereits Notizen gemacht. »Jorinde, dazu gleich eine erste Nachfrage: Warum sollte deine Ex-Freundin aus Rache andere Menschen verletzen?« Wenn, dann würde sie dich bedrohen, lag Agnes auf der Zunge, aber sie sprach es nicht aus. »Zweitens: Warum bist du eben von einem männlichen Täter ausgegangen?«

Jorinde stieß ein Stöhnen aus. Ihre Augen bekamen einen traurigen Ausdruck, bei dem ihre straffe Stirn nicht mitziehen konnte.

Warum lässt du dir das Zeug ins Hirn spritzen?, hätte Agnes auch noch gern gewusst. Jede Frau war schön, so wie sie war. Altern war etwas Natürliches. Wenn Agnes in stressigen Zeiten, wie sie eben gerade herrschten, frühmorgens in den Spiegel blickte, entdeckte sie ebenfalls jede Menge neuer Rillen und Falten. Doch entweder man starb jung, oder man wurde mit Würde zu einer feinen alten Lady. Letzteres hatte Agnes vor.

»Bitte antworte, Jorinde.«

»Inzwischen is unser Gespräch ein Verhör, oder?« Jorinde setzte dem Stöhnen ein Ächzen hinterher. »Dabei wollt ich dir den Marsch blasen als neue Leiterin des Reviers.«

»So neu bin ich nicht. Und nein, ich nehme bloß deine Aussage auf. Es könnte wichtig sein. Möglicherweise klären wir mit deiner Hilfe die drei Attacken auf die jungen Menschen schneller auf als gedacht, und der Touristenstrom kann wieder ungehindert fließen.«

»Geb's Gott!« Jetzt streckte Jorinde die Arme senkrecht in die Höhe. Anscheinend ging es bei ihr ohne Dramatik nicht. »Meine Ex-Lebensgefährtin is ein Mann. Ein Mann, der als Frau lebt. Eine Transidentität. Für die Behörden is er Helge Schoor geblieben. Was glaubst, wie oft wir durch schwere Zeiten mussten, wie oft die Helga angefeindet worden is von manchmal so bösen Mitmenschen. Umso trauriger, dass wir zwei es nicht geschafft haben, weiter durch die Untiefen zu gehen. Ich geb dir alle Infos weiter, die ich von ihr hab seit der Trennung.«

»Gern.« Agnes schrieb die weiteren Eckdaten auf. Doch mit einem Schlag wurde ihr Jorinde sympathisch. Wie viel Mut und Zuneigung gehörten dazu, sich schon zu damaligen Zeiten auf eine solche Beziehung einzulassen. Mutig von beiden Seiten. »Ihr habt es öffentlich gelebt?«

»Nur hier. In Rosenheim lebt halt immer noch Helgas Mutter, die davon nichts wissen will. Keine Ahnung, wie Helga das bei ihr handhabt, wahrscheinlich is sie dort wieder Helge. Weinen könnt ich, und wütend bin ich. Aber in Kufstein weiß es inzwischen mein gesamtes Umfeld. Allerdings auch erst seit einigen Jahren, seit ich nicht mehr in meinem alten Beruf arbeite.«

»Der war?«

»Volksschullehrerin.«

Jorinde gelang es, Agnes mehr und mehr ins Staunen zu versetzen.

Eine von Mitzis Lebensweisheiten war, dass man niemals wirklich Menschen durchschauen konnte. Damit hatte sie recht. Agnes selbst hatte als Ermittlerin oft genug die Risse hinter glänzenden Fassaden aufgedeckt. Manches Mal grausige Geheimnisse. Hin und wieder traurige Liebesgeschichten wie diese.

»Okay, Jorinde. Ich werde mich direkt mit meinem Kollegen dransetzen und deine Ex überprüfen. Wo sie an den Tagen der Überfälle war. Bitte halte dich für uns zur Verfügung.«

Agnes wollte sich schon verabschieden, um keine Zeit zu verlieren, zögerte aber noch.

»Wenn tatsächlich deine Ex etwas mit den Verbrechen zu tun hat, verstehe ich nicht, warum sie junge Leute, die eine Wanderung unternehmen, ausgesucht hat. Es gäbe doch hundert andere Wege, dem Tourismus zu schaden, um dir eins auszuwischen. Die Straftaten würden sie ins Gefängnis bringen. Sie würde verhaftet, und du könntest weitermachen. Was hätte sie davon? Ich begreife nicht ganz, wie du auf sie gekommen bist?«

Eine nächste theatralische Geste folgte. Jorinde schlug sich die Hände vors Gesicht. »Vergiss es, Agnes. Du hast natürlich recht. Ich bin schon derart durcheinander, dass ich hinter jeder bösen G'schicht, die passiert, meine Ex Helga vermute. Ich hab ihr erst unterstellt, dass sie die Druckerei bestochen hat, unsere neuen Prospekte verspätet auszuliefern. Dabei war's wegen dem Personalmangel. Manchmal bin ich einfach hysterisch. Am besten, ich such mir demnächst einen dritten Job, was in der Kufsteiner Verwaltung. Keine Kinder samt ihren Eltern und keine Touristen mehr. Bei unseren Meetings fühl ich mich eh oft an eine Schulklasse erinnert. Jeder plappert und red. Ich bring Ordnung ins Chaos, kann ich dir sagen. Aber sorry, dass ich dich vorhin angeschnauzt hab.«

»Du hast überreagiert, willst du damit sagen.«

»Ja.« Die Hände rutschten vom Gesicht zur Frisur. Sie zupfte sich die roten Haare zurück in eine Ordnung. »Zu deiner Überlegung und Frage eben: Mir is es deshalb komisch vorgekommen, und ich hab die Helga als Täterin vermutet, weil zwei der armen Angeschossenen mal Schüler und Schülerin von mir waren. Die Helga könnt sich noch an die Namen erinnern.«

»Wie?« Jetzt horchte Agnes auf. »Wen hast du unterrichtet?«

»Emma Wengler und Oskar Baumschulte. Ich hab die auf den Fotos zu den Berichterstattungen direkt erkannt. Der Oskar hat damals schon Hängebacken g'habt. Das wird mit dem Alter noch schlimmer werden.«

»Lilo Kammerer kennst du nicht?«

»Aber geh! Lilo heißt die Dritte? Der Name stand nirgendwo in der Zeitung oder im Netz. Auch kein Bild.«

»Weil sie drum gebeten hatte. Jetzt weißt du ihn. Überleg bitte.«

»Also«, Jorinde legte ihren Zeigefinger auf die Lippen, »eine Lilo gab es schon in der Klasse. Aber die hieß nicht Kammerer.«

»Sie ist verheiratet, hat einen Sohn. Kammerer könnte der Name ihres Mannes sein. Warte kurz.«

Agnes ließ Jorinde sitzen und eilte zu Bastian in den Nebenraum. »Basti, schnell. Schau bitte nach, ob wir den Mädchennamen von Lilo Kammerer mit aufgenommen haben.«

Er rührte sich nicht von der Stelle. »Kann ich dir direkt sagen, Agnes. Lilo Klawinder. Das hat sie zum Lachen gebracht im Spital, als ich ihr meinen eigenen Nachnamen gesagt hab. Wir könnten über sieben Ecken vielleicht verwandt sein, hat sie gemeint.«

»Danke!«

Agnes hechtete zu Jorinde zurück. »Klawinder. Lilo Klawinder.«

»Ja. Die war auch in meiner Klasse. Drei Jahre lang hab ich die Zwugscherl betreut. 1c bis zur 3c. Bis mich der Schulleiter rausgeekelt hat. Franz heißt die Kanaille, Franz Stellbracht. Den Namen vergess ich niemals mehr.« Jorindes Theatralik nahm erneut Fahrt auf. »Inzwischen hat er auch das Genre gewechselt, wenn ich das Schulwesen so bezeichnen darf. Er arbeitet in einer Bäckerei. Dort kauf ich niemals mein Brot. Niemals!«

»Noch mal von vorne, Jorinde: Alle drei waren in derselben Volksschule, an der du unterrichtet hast?«

»Genau. Es war meine einzige Klasse, die ich begleitet habe. In der Volksschule in der Meraner Straße. Bei der Bushaltestelle, weißt?«

»Kenne ich.« Schon war Agnes intensiv am Notieren. »Aber die drei haben angegeben, dass sie die jeweiligen Namen der anderen nicht kennen.«

»Wundert mich nicht. Überhaupt nicht.« Jorinde wischte

sich über die bewegungslose Stirn. »Nach derart vielen Jahren erinnern sich die meisten nicht sofort. Ich aber hab ein super Gedächtnis. Leider. Auch jedes böse Wort von Helga hat sich mir eingebrannt.« Sie stand auf, bedächtiger diesmal. »Und du, Revierchefin, mach zu mit Ermitteln.«

»Das brauchst du mir nicht zu sagen.«

Eine Gemeinsamkeit war da. Agnes hätte jubeln können. Sie brauchte alle Namen aus der Klasse. Möglicherweise waren das die nächsten Opfer.

Mit drei Schritten war Jorinde an der Tür. »Ich muss weiter, Agnes. Treffe mich mit einem Journalisten wegen Schadensbegrenzung.«

Im erneut sehr strengen Ton hielt Agnes die Besucherin auf. »Und du, stellvertretende Tourismusbeauftragte, setz dich sofort wieder hin. Die Befragung ist noch nicht vorbei.«

7

Agnes gab den Namen von Jorinde Roths Ex-Partnerin an Bastian weiter, nachdem sie ihm die Zusammenhänge erklärt hatte.
»Endlich wieder Bewegung, Basti. Wir werden die drei Opfer auf ihre Volksschulzeit ansprechen. Dazu die Ex von Jorinde. Bitte check die.«
»Duhu meinschtt ihhhn.« Er war kaum zu verstehen, während er sich die Daten notierte und dabei einen Apfel aß. Bastian hatte das Talent entwickelt, ohne auch nur eine seiner Hände zu benutzen, Äpfel wie auch Birnen mit den Zähnen festzuhalten, gleichzeitig zu drehen und nach und nach abzuknabbern. Das Kunststück gelang ihm, ohne zu sabbern oder zu kleckern. Sein Versprechen, auch Konstanze bald in diese Art, Kernobst zu verspeisen, einzuweihen, klang für Agnes mehr wie eine Drohung.
»Nein. Sie ist ein Transmensch. Will als Frau angesprochen werden.«
Agnes erinnerte sich an den letzten Vorfall, als in der Stadt zwei Jugendliche einen queeren Menschen übel beschimpft hatten. Sie hatte eine Untersuchung eingeleitet, eine Geldstrafe wurde verhängt. Nach einer persönlichen Entschuldigung war das Duo wieder auf freien Fuß gesetzt worden. Trotzdem oder auch deshalb hatte das Revier einen Shitstorm von allen Seiten erlebt.
»Bitte mit Fingerspitzengefühl und Respekt, Basti.«
»Okaysch.« Der Apfel zwischen den Zähnen drehte sich. Es übte eine gewisse Faszination auf Agnes aus, die sie rasch abschüttelte. »Isch rechepktier jedeeen.«
»Bastian. Die Pause ist zum Essen da.«
»Gescheckt, Schefin.« Mit Schwung erhob er sich. Erst an der Tür drehte sich Bastian noch einmal um, der abgenagte Apfelbutzen baumelte zwischen seinen Fingern. »Sorry, Chefin.«
»Schon gut. Ich will bloß nicht, dass jemand ein Foto von dir macht, wie du im Dienst schmatzt. Das geht viral, und wir

müssen uns mit Nebensächlichkeiten statt dem Wichtigen beschäftigen.«

»Verstanden. Kommt nicht mehr vor.«

Eine Minute später steckte er seinen Kopf erneut herein.
»Deine Freundin is an der Anmeldung, Chefin. Die blonde. Ich
bin grad in sie hineingelaufen. Sie schaut aufgewühlt aus. Soll ich
sie hochbitten?«

Aufgewühlte Freundin. Es gab keine zwei Worte, die bei einer
Beschreibung von Mitzi besser gepasst hätten. Wobei Agnes ihr
zugestehen musste, dass es vollkommen verständlich war, aufgeregt und geschockt zu sein. Nachdem Mitzi ihr von dem ominösen
Brief berichtet hatte, war Agnes' erste Reaktion gewesen, Mitzi
zum Kommen aufzufordern.

Welcher Scherzkeks schrieb solche Briefe? Denn echt konnte
das Schreiben nicht sein, auch nicht der Schreiber. Dessen war
sich Agnes fast sicher. Dieses »fast« bereitete allerdings auch ihr
Kopfschmerzen.

»Ups!« Bastian öffnete die Tür ganz. »Sie is ja eh schon da.«

Mitzi drängte sich an Bastian vorbei, schob ihn grußlos zur
Seite. Er lächelte nachsichtig und verschwand ohne ein weiteres
Wort.

»Mitzi, lass dich drücken.« Agnes breitete die Arme aus.

Doch Mitzi verschmähte eine Umarmung und begann direkt
vor Agnes' Schreibtisch auf und ab zu gehen. Sie trug eine gelbe
Bluse zu einer hellen Jeans und ein gelbes Band in den Haaren.
Mit ihrer geliebten Umhängetasche auf der Schulter, in deren
Muster ebenfalls Gelb dominierte, erinnerte sie Agnes an einen
Zitronenfalter.

»Hab ich dir erzählt, dass ich nach meinem ausgiebigen Spaziergang auch noch Palatschinken zubereitet hab?« Mitzi wartete
keine Antwort ab. »Nein, anders, Agnes. Ich wollt schon länger
statt der unsrigen dicken Palatschinken die französischen Crêpes
probieren. Dazu war ich wegen der Aufregung um den Brief
derart hungrig, dass ich was essen hab müssen, sonst wär ich um-
gefallen. Nix im Kühlschrank außer Eier und Milch. Plus einem

Rest Frischkäse. Mehl hatt ich sowieso. Da sind mir die Crêpes eingefallen. Die müssen hauchdünn gemacht werden. Eier, Mehl und Milch verquirlen. Eine Prise Salz dazu. Fertig. Dann hab ich Rapsöl in der gusseisernen Pfanne von der Oma ganz stark erhitzt und immer nur wenig Teig pro Crêpe hineingetan. Super gelungen. Gegessen hab ich die mit einer Frischkäsefüllung, eh klar. Ob die Übriggebliebenen auch als Frittaten in einer Suppe schmecken, hab ich nicht ausprobieren können, weil ich dann zum Zug los bin. Schad, dass man sie bei der Hitze nicht transportieren kann, sonst hätt ich dir welche mitgebracht. Mit einem Glas Marillenmarmelade. Du magst ja lieber Süßes.«

Auch das war Mitzi: Vor dem Ansprechen von emotionalen Geschichten erfolgte immer erst ein Abschweifen zu völlig unwichtigen Dingen. Agnes setzte vorsichtig an. »Dafür hast du etwas anderes für mich in deiner Umhängetasche, stimmt's, Mitzi?«

Mitzi stoppte im Laufen abrupt vor dem Fenster ab. Sie sah in den blauen Himmel, und eine Weile sagte keiner von ihnen etwas.

Schließlich stieß Mitzi einen Laut aus, der ein Seufzen, aber auch ein Ausdruck des Unwillens hätte sein können. »Immer wenn ich denk, jetzt is alles erledigt, geht's weiter. Da!« Sie wühlte in ihrer Tasche und zog am Ende einen Klumpen Papier heraus. Den warf sie Agnes zu.

»Was ist das?«

»Na, der Brief, Agnes. Zu Hause wollt ich ihn im Altpapier entsorgen, dann doch wieder nicht. Aufm Bahnhof hab ich ihn wieder weggeworfen, danach aus dem Mülleimer herausgefischt. Ein Mann, der Pfandflaschen gesucht hat, hat mich bös angeschaut, aber ich hab ihn beruhigt. Im Zug dann hab ich das Schreiben x-mal durchgelesen, am Ende wieder zerknüllt. Was meinst, Agnes, stimmt das? Kann es wahr sein?«

»Bitte setz dich. Noch besser: Mach uns einen Kaffee.«

Eine der besten Neuerungen seit Agnes' beruflichem Aufstieg. Sie hatte die Kaffeemaschine von ihrem früheren Chef übernommen.

Der Aufforderung kam Mitzi sofort nach. Kaum hatte sie Beschäftigung, wurde sie sichtlich entspannter.

Während Mitzi Bohnen und Wasser nachfüllte und zwei Tassen unter den Düsen platzierte, entfaltete Agnes die eine beschriebene Seite und strich mehrmals mit der Faust darüber. Dreimal las sie die Zeilen, bevor sie sich zu einem ersten Kommentar entschloss.

»Sehr dubios. Es gab keinen Absender?«

»Nein. Nur die Anschrift vom Café in Lilienfeld unter meinem Namen. Dabei is das Lokal noch gar nicht eröffnet. Komisch finde ich das Ganze. Ein bisserl unheimlich. Ach ja, hinten auf dem Kuvert ein ›B.‹ und ein ›S.‹.«

»Fang aber nicht mit einer Botschaft aus dem Jenseits an, Mitzi.«

»Nein, Agnes. So daneben bin ich nicht. Ich glaub an Geister, wie du weißt, aber ich glaub nicht daran, dass die Briefe schreiben und richtig frankieren.«

»Entschuldige, aber hast du auch das Kuvert?«

Mitzi schlug sich an die Stirn. »Ich Depperl, das liegt auf meinem Bett. Soll ich wieder zurück?«

»Nein, Mitzi. Um Himmels willen. Du bist doch gerade erst angekommen.«

»Aber Spuren könnten drauf sein.«

»Wenn du das Kuvert, ähnlich wie das Blatt hier, ununterbrochen in die Hand genommen hast, ist nichts mehr darauf zu finden. Ganz abgesehen davon, dass ein Kuvert aus dem Nachbarland sowieso durch Dutzende Hände geht. Also lass es, wo es is. In Slowenien war die Marke abgestempelt, hast du am Telefon gesagt.«

»Ja. Ljubljana haben Rudolfo und später ich entziffert. Das is die Hauptstadt von Slowenien.«

»Mitzi, das weiß ich.«

»Dort war ich noch nie, Agnes.«

Agnes bewegte das Blatt Papier zwischen den Fingern. »Also: Mein erstes Gefühl dazu wäre, dass der Brief nichts Wahres enthält.«

»Glaubst du? Meine erste Reaktion war genau das Gegenteil. Komisch, oder?« Der Kaffee war durchgelaufen, und Mitzi balancierte die zwei Tassen Richtung Schreibtisch. »Mit dem Milchschäumer hier kenn ich mich nicht aus.«

»Ich trinke ihn schwarz, danke. Und du, gib einfach einen Schuss Kaffeeobers dazu, Mitzi.« Agnes nahm ihr eine der Tassen ab. »Dann setz dich, dein Gerenne macht mich nervös.«

»Da schau, ich sitze schon brav. Du bist dran.« Um Ruhe in das Gespräch zu bringen, machte Agnes eine kurze Sprechpause. Beide nahmen einen ersten Schluck. Mitzi verzog den Mund, weil sie Kaffee ohne Milchschaum nicht mochte, beschwerte sich aber nicht.

Agnes faltete die Hände, beugte sich zu Mitzi hin. »Gib mir bitte jetzt nur Informationen auf meine Fragen, Mitzi. Los geht's: Das Unglück damals ist polizeilich erfasst worden?«

»Ja. Aber die Oma und der Opa haben alles geregelt. Ich war ja erst sieben. Weil ich es aber war, die das Gas aufgedreht hat, bin ich einige Male befragt worden. Oma war dabei und eine Kinderpsychologin. Obwohl alle gesagt haben, es war nicht meine Schuld, war es meine Schuld.«

»Mitzi, das hatten wir doch schon. Eine Verkettung unglücklicher Umstände. Nicht mehr.« Mit einem zärtlichen Griff legte Agnes ihre Hand auf die ihrer Freundin. »Darüber brauchen wir nicht mehr zu reden, wenn du nicht willst.«

»Ich will nicht.«

»Was ich meine, ist: Es gibt Unterlagen, die deine Großeltern aufbewahrt haben?«

»Vielleicht. Das wenige, das ich nach der Haushaltsauflösung von der Oma mitgenommen hab, liegt in einer Schachtel. Da kann ich nachschauen, wenn ich wieder in Salzburg bin.«

»Mach das. Ich versuche inzwischen, an den polizeilichen Unfallbericht von damals zu kommen. Autopsien von den Opfern, sprich deinen Eltern, deinem kleinen Bruder. In der Zeit gab es noch keine digitalen Aufzeichnungen. Vielleicht muss ich sogar in die Steiermark fahren und mich im dortigen Archiv auf die Suche machen.«

»Das dauert aber, Agnes.«

»Stimmt leider, Mitzi. Im Moment bin ich hier auch unabkömmlich.«

»Frau Chefin.« Immerhin lächelte Mitzi wieder. »Frau Revierinspektorin. Ich bin so stolz auf dich, Mädel!«

»Nur weil du diesen seltsamen Brief bekommen hast, darfst du mich hier und heute Mädel nennen.«

Mitzi hob ihre Tasse an und nahm einen nächsten Schluck.

»Bäh, mit kaltem Obers schmeckt der Kaffee letschert.«

»Diese Beschreibung gibt es für Kaffee nicht, Mitzi.« Agnes war froh, dass Mitzi nach und nach wieder zu einer gewissen Stabilität zurückfand.

Ob sie tatsächlich imstande war, die alten Aufzeichnungen zu finden, war hingegen überhaupt nicht klar. Ein Unfall war kein Mord. Unfallakten mussten fünf Jahre aufbewahrt werden, nicht länger. Vielleicht hatte sie Glück, wenn sie sich dahinterklemmte. Aber im Stillen gestand sich Agnes ein, dass sie im Moment einfach keine Zeit dafür entbehren konnte. »Mein Vorschlag, Mitzi: Du wartest bitte erst ab, ob noch etwas nachkommt.«

»Warten?«

»Ja, warten. Geduld haben. Ohne Hektik, ohne blinden Aktionismus.«

»Soll ich nicht –?«

Die Tür zum Büro wurde regelrecht aufgerissen. Bastian stürzte herein. Auf seinem Gesicht ließ sich eine ähnliche Aufgewühltheit wie vorhin bei Mitzi ablesen.

»Basti, was ist passiert?«

Er schluckte. »Wir müssen sofort los, Chefin. Eine Leiche aufm Berg.«

»Wo genau?« Agnes sprang hoch. Mitzi ebenfalls.

»Neben einem Wanderweg, Richtung Rübezahl-Alm.« Bastians Stimme war lauter als gewohnt. »Die Bergwacht hat sich eben gemeldet. Die sind unterwegs dorthin, nachdem Wanderer Alarm geschlagen haben. Mit einem Rettungsteam.«

»Die Route kenn ich. Ein Unfall?« Mitzis Neugierde war wie

immer auf der Stelle da. Sie wandte sich an Bastian. »Bei dem schönen Wetter komisch. Die Strecke is eigentlich watscheneinfach. Zumindest für erfahrene Wanderer. Oder war es ein –?«

Agnes wollte Mitzi abstoppen, aber Bastian war es, der Mitzi nicht weiter zu Wort kommen ließ. »Laut der ersten Ansage is jemand erschossen worden, Chefin.«

»Eine Schießerei?« Agnes hatte den Schreibtisch umrundet. Bastian schüttelte den Kopf. »Nein. Offenbar steckt dem Opfer ein Pfeil im Körper. Es is möglicherweise ein weiteres Mal dieser Bogenschütze. Oder -schützin.«

»Der oder die die anderen drei verwundet hat?« Wieder Mitzi. »Ich hab zur Agnes schon vor Längerem gemeint, da kommt noch mehr. Ich hatte also recht.«

Weder Agnes noch Bastian nahmen von Mitzi Notiz.

»Was jetzt, Chefin?«

»Abmarsch, Bastian. Sofort. Und wir brauchen Verstärkung.«

Mit Bastian zusammen rannte Agnes nach unten und aus dem Revier hinaus.

Erst im Auto fiel ihr ein, dass sie Mitzi allein im Büro hatte sitzen lassen.

8

Vollkommen verschwitzt war Agnes, als sie das Wäldchen erreichte.

Bastian hatte sie vorhin überholt, er verschwand gerade hinter hochgewachsenen Tannen. Ihren Wagen hatte Agnes an der Straße geparkt, sie waren das Stück Wanderweg hinaufgelaufen. Auf der Wiese hinter den Bäumen sah sie den Rettungshubschrauber stehen. Ein Mann und eine Frau von der Bergwacht warteten am Wegrand. Das hieß, es gab kein Leben mehr zu retten. Ihr wurde leicht flau im Magen.

»Hierher bitte!«

Ein weiterer junger Mann aus dem Bergrettungsteam tauchte vor ihr auf. Sie kannte ihn vom Sehen. Er war ein dynamischer und unerschrockener Helfer, wie sie sich erinnerte. Sein sonst meist braun gebranntes Gesicht zeigte eine ungewohnte Blässe. Auch das kein gutes Zeichen.

Agnes stolperte über eine Wurzel. Der Waldboden war mit Nadeln übersät. Der bisher viel zu warme Frühsommer hatte die Bäume alle stark in Anspruch genommen. Auch heute herrschten wieder über fünfundzwanzig Grad. Nicht einmal in der Höhe und im Schatten des Waldes setzte sich genug Kühle für eine Erfrischung durch.

Der Bergretter fing sie ungeschickt auf, indem er ihr an die Brust fasste. »Oh, des tuat mia aber leid!«, stotterte er errötend.

Sie winkte ab. Um Nebensächlichkeiten wie diese ging es nicht. »Vergiss es. Und griaß di.« Es war üblich, jedes Mitglied aus der Kollegenschaft direkt zu duzen.

Wenige Schritte weiter, und sie erreichte Bastian. Neben ihm der neue Notarzt im Team, ihm war Agnes erst einmal begegnet. Im Moment wusste sie nicht mehr, wie sein Name war.

»Stopp!«, rief er ihr unnötigerweise zu.

Die Leiche, obwohl mit Nadeln, Erde und einigem an Moos

bedeckt, hätte man nicht wirklich übersehen können. Der Pfeil, der wie eine Wegmarkierung aus ihrer Brust ragte, war an den Federn und am oberen Ende rot-weiß gestreift. Sofort musste Agnes an Jorinde Roth, die ehemalige Volksschullehrerin und jetzige stellvertretende Tourismusbeauftragte, in ihrem Outfit denken. Nicht nur das. Sie fragte sich auch im selben Moment, ob der Körper, in dem der Pfeil steckte, ebenfalls zu einer der ehemaligen Schülerinnen der Klasse von Jorinde gehörte, wie die drei davor. Bei dem Opfer handelte es sich um eine junge Frau. Gelocktes blondes Haar, schmales Gesicht.

Während sich Agnes die Latexhandschuhe überstreifte, die Bastian ihr reichte, hatte sich der Notarzt bereits hingekniet und Moos wie auch Erde vom Gesicht des Opfers entfernt. Die Augen der Frau waren immer noch offen. Ein Schauer jagte über Agnes' Rücken. Für eine Sekunde meinte sie, ein Blinzeln zu erkennen, doch es handelte sich um eine Täuschung. Ein wenig Dreck lag auf einer der blauen Pupillen, die mit einem Schleier überzogen waren. Fast zärtlich wischte Bastian, der nun ebenfalls in die Knie gegangen war, ihn weg.

»Bitte nicht berühren«, fauchte ihn der Notarzt aus dem Team an. »Ich mach so was, ja?«

Bastian nickte folgsam, erhob sich und tat einen Schritt zurück. Stattdessen hockte sich Agnes neben den Mediziner. Er hatte einen Punkt zwischen den Augen, Agnes überlegte, welcher Religion er wohl angehörte. Zugleich merkte sie, dass sie sich damit von dem Anblick der Leiche ablenken wollte. Nicht dass sie es nicht schon einige Male mit Toten zu tun gehabt hätte. Die Besuche in der Gerichtsmedizin in Innsbruck waren ihr nur zu präsent.

Was sich geändert hatte, war ihre Position. Auch wenn sie sich, wie früher, mit Ehrgeiz und Elan in ihre Arbeit stürzte, war sie an diesem Ort und zu dieser Stunde zum ersten Mal verantwortlich für eine Mordaufklärung und für alles, was damit zusammenhing. Ihre Entscheidungen waren es am Ende und auch ihr Vermögen, die Übersicht über den brandneuen Fall zu behalten.

Fälle, korrigierte sie sich. Denn dass es einen Zusammenhang zwischen den drei Verletzten und der Toten unter den Tannen gab, davon ging sie schon in diesem Augenblick aus. Der Pfeil schien auf den ersten Blick mit den anderen dreien identisch zu sein. Neu war, dass er diesmal voll ins Schwarze getroffen hatte. Er ragte auf Höhe des Herzens aus der Brust heraus.

»Bloß eine erste Prognose«, begann der Notarzt. Er berührte vorsichtig die Stelle, an der der Pfeil in das Fleisch eingedrungen war. »Sieht nach einer Verletzung des Herzens nach innen in den Herzbeutel aus. Dabei entsteht eine Herzbeuteltamponade. Hierbei muss noch nicht einmal viel Blut im Herzbeutel sein, damit das Herz nicht mehr ordentlich pumpen kann. Da reichen in der Regel hundertfünfzig Milliliter. Ein präziser Schuss, würd ich sagen.«

»Oder doch ein Fehlschuss.« Agnes war in Gedanken bei den anderen Opfern, die alle mit Fleischwunden davongekommen waren. »Möglicherweise wollte der Schütze oder die Schützin den Arm oder die Schulter treffen und hat das Ziel verfehlt.«

»Das würde auch erklären, warum die Leiche zugedeckt worden is«, ergänzte Bastian hinter ihr.

Der Mediziner zuckte mit den Achseln. »Das is eure Aufgabe. Ich stelle den Tod fest und lass den Körper, wenn ich dein Okay kriege, abtransportieren. Die Autopsie wird meine erste Einschätzung bestätigen oder Neues zutage fördern.«

»Wie lange liegt sie bereits hier? In etwa, Doktor?« Agnes hätte der Toten gern die Augen geschlossen, aber sie würde darauf warten, dass der Notarzt es tat.

Der tastete die Arme der Frau ab. »Die Leichenstarre is noch fühlbar. Die Haut an den Armen trocken. Die Trübung der Hornhaut hat eingesetzt, die Farbe der Pupillen is aber leicht gelblich. Schmeißfliegen waren auch schon da, aber die erscheinen gern bereits Minuten nach dem Versterben. Ach ja, und hier haben wir ja schon die Fliegeneier.«

Mit einem Mal hörte er sich munterer an. Agnes sah genauer hin und konnte weiße, längliche Hülsen in einer Halsfalte erkennen. Auch unter den Strähnen des dunkelblonden Haars.

Zu Lebzeiten musste die junge Frau sehr hübsch gewesen sein. So dazuliegen, mit erstarrtem Blick und mit Fliegeneiern auf der Haut, hat sie nicht verdient, dachte Agnes. Keiner hatte das. Abgeschossen und zurückgelassen, mit etwas Moos bedeckt. Keine Zukunft mehr, auf die sie sich freuen konnte. Einmal mehr begriff Agnes, was es bedeutete, gewaltsam aus dem Leben gerissen zu werden. Vom Schmerz der Angehörigen, wenn die Polizei die Identität feststellen würde, ganz zu schweigen.

Der Mediziner hatte aus seiner Tasche ein Röhrchen samt einer Pinzette geholt und begann die Eier einzusammeln. »Wenn ich dazu nach der vorhin gemessenen Temperatur gehe, würde ich auf wenige Stunden tippen. Zwei, höchstens drei. Aber genau werden wir es durch die Analyse der fleißigen Helferlein hier erfahren. Ich hatte beim Studium auch überlegt, in die Forensik zu wechseln.«

Bastian hustete und bewegte sich noch ein Stück weiter rückwärts, bis er an der nächsten Tanne anstieß.

Agnes stand auf, ihre Kniegelenke knackten. »War das Opfer sofort tot? Soweit du es beurteilen kannst.«

»Ich nehme an, ja. Lassen wir den Pfeil stecken. Der Gerichtsmediziner wird dir mehr erklären.«

»Die Leut, die sie gefunden haben, haben ihren Angaben nach nichts angefasst«, meldete sich der Bergretter. Er umrundete die Leiche in einem weiten Bogen, als bräuchte er den Abstand. »Die eine Wanderin wollt für sich eine noch bessere Aussicht erkunden und is hinter die Bäume.«

»Touristen?«

»Zwei Besucher aus Terfens, die öfter hier wandern gehen. Sie waren auf dem Weg zur Rübezahl-Alm. Sind vom Parkplatz in Ellmau aus los und dann am ›Bergdoktor‹-Haus vorbei. Dort spielt sich's ab, haben sie erzählt. Jeder Fan der Serie will einmal ein Selfie dort am Drehort machen.«

»Was für die Tat, die wir untersuchen, nicht relevant ist.«

»Eh klar.« Der Bergretter räusperte sich. »Die Personalien sind aufgenommen worden. Du findest die zwei beim Hubschrauber, sie werden dort betreut nach dem Schock. Sie wohnen beide in Terfens, wenn auch nicht zusammen, sind aber seit drei Jahren ein Paar. Er is Steuerberater, sie Lehrerin.«

Wieder tauchte Jorinde in Agnes' Kopf auf. »Haben sie etwas beobachtet?«

»Nein, leider nix. Wenn sie nicht abseits hätt gehen wollen, hätte die Leich noch länger dort gelegen.«

»Es passt wie g'spuckt zu den drei Fällen davor.« Bastian sprach aus, was auf der Hand lag.

Drei Verletzte, eine Getötete, alle beschossen aus dem Hinterhalt, überlegte Agnes. Ziemlich heftig für das beschauliche Kufstein und seine idyllische Umgebung. Ganz abgesehen davon, dass sie noch keine Ahnung hatten, warum die Menschen überhaupt Ziel der Attacken des Täters geworden waren. Täter oder Täterin, beides möglich. Mit Pfeil und Bogen konnten beide Geschlechter hantieren. Doch das Motiv lag völlig im Dunkeln.

Sobald die Identität des Opfers feststand, musste die Vergangenheit überprüft werden. Die Volksschulzeit. Sollte die Frau ebenfalls in Jorinde Roths Klasse gegangen sein, würde Agnes veranlassen, die anderen aus der Zeit zu verständigen und zu warnen.

Es gab so viel zu tun, dass Agnes einen Schwindel spürte. Chefin, genau das war sie jetzt. Chefin mit ihrem ersten Mordfall.

Immer eins nach dem andern. »Ist denn ein Rucksack oder etwas dergleichen gefunden worden? Ausweis? Handy?«

Der Bergretter schüttelte den Kopf. »Nein. Bis jetzt nicht. Mein Team hat sich schon umgeschaut.«

Sie stemmte die Hände in die Hüften. »Der Tatort muss dringend weitläufig abgesperrt werden. Bastian, kümmere dich gleich darum, wenn die Kollegen eintreffen. In einem größeren Umfeld schauen wir nach dem Rucksack oder Sonstigem von der Frau. Und die Spurensicherung soll sich ebenfalls auf eine erweiterte Suche einstellen. Jedem Stückchen Moos, jeder Nadel könnte wichtige DNA anhaften. Fußabdrücke haben wir wahrscheinlich alle zerstört.«

»Es wär eh zu trocken. Agnes. Schau, nicht einmal unsere sind zu sehen«, wandte Bastian ein.

»Ich hoffe, dass uns ein Experte sagen kann, aus welcher Entfernung die Frau beschossen wurde, dann können wir es später nachstellen.« Agnes drehte sich zum Notarzt. »Könntest du bitte nachschauen, ob die Tote etwas in ihren Jeanstaschen hat.« Der Mediziner nickte. Behutsam und darauf bedacht, den Körper nicht zu verrücken, kam er Agnes' Bitte nach. »Nichts. Aber was anderes gibt's doch noch zu bemerken.«

»Was?« Sie meinte sich zu erinnern, dass der Punkt zwischen seinen Augenbrauen in Indien üblich war, Tika genannt wurde und ein Segenszeichen darstellte. Gern hätte sie gefragt, aber es ging um Wichtigeres.

»Hier.« Der Notarzt hob das blaue T-Shirt an, mit dem die Frau am Oberkörper bekleidet war. »Signifikant.«

Ein Tattoo war zu sehen, das einen Schmetterling darstellte. Darüber die Buchstaben »P« und »M«.

»Bastian, fang bitte an, Fotos zu machen.«

»Die Wanderer haben übrigens auch fotografiert.« Der Bergretter mischte sich ein. »Die wunderbare Aussicht auf den Wilden Kaiser festgehalten. Vielleicht is da was drauf, was die nicht erkannt haben, aber für eure Ermittlungen wichtig sein könnt.«

»Dank dir, gute Idee. Ich rede gleich mit den beiden und frage auch nach ihren Handys.«

Sirenen waren zu hören. Die Verstärkung rückte an. Auch die Leute von der Spurenermittlung würden bald eintreffen.

Agnes sah zu den drei Männern, die die tote Frau umstanden. Keiner von ihnen schien sich an den offenen Augen zu stören. Sie bückte sich und schloss sie doch selbst.

9

Die Gesichtszüge von Xaver Misselbach waren angespannt. Eine einzelne Träne löste sich und rollte über die rechte Wange. Das längere helle Haar und der blonde Vollbart ließen ihn älter erscheinen, aber Agnes wusste, dass er, wie das Mordopfer, sechsundzwanzig Jahre alt war.

Von Beruf Grafiker, hatte er mit seiner ermordeten Ehefrau in derselben Werbefirma gearbeitet, die ihren Hauptsitz in München hatte. Die beiden hatten vor vier Jahren geheiratet, keine Kinder und wohnten in Kirchbichl, nahe bei Kufstein.

Diese Informationen hatte Agnes seit dem Morgen. In der Nacht davor hatte sie von der toten Frau mit den offenen, starren Augen geträumt. Am Ende hatte sich das Gesicht des Opfers in das von Mitzi verwandelt. Weder der Freundin noch Axel hatte sie davon erzählt, aber das Traumbild hallte nach.

Der Mann saß auf der Bank an der Anmeldung des Polizeireviers, in der Mitte von zwei weiteren Personen, einer ebenfalls noch jungen Frau und einem älteren Herrn, der ihm eben ein Taschentuch reichte.

Agnes machte sich einen raschen ersten Eindruck von der Gruppe, bevor sie auf die drei zuging. Der zweite Mann war sicher an die sechzig, die Frau im Alter des Witwers. Ihr langes schwarzes Haar fiel Agnes auf, das sie in einem geflochtenen Zopf über der linken Schulter trug. Beiden Begleitpersonen waren ebenfalls Trauer und Fassungslosigkeit anzumerken. Der ältere Mann schob sich eine randlose Brille auf die Stirn. Auf seinem Haupt war der Haarwuchs spärlich.

Xaver Misselbach zerknüllte das Taschentuch, ohne es benutzt zu haben, wischte sich stattdessen mit dem Hemdsärmel über Augen und Nase.

»Hallo!« Agnes stellte sich vor und gab jedem die Hand.

»Wie ist der Unfall passiert?« Es war die dunkelhaarige Frau, die fragte. »Ein Absturz?«

»Würden Sie mir sagen, wer Sie sind?«

»Verzeihung. Ich bin Elif, Elif Samet, eine Freundin von Mila.« Unvermittelt brach auch sie in Tränen aus.

»Und ich bin der Jost. Jost Stelling.« Der Dritte im Bunde stellte sich vor, während er ein nächstes Taschentuch aus der Packung zog. »Ich bin Xavers Stiefvater. Seine Mama is schon lang tot. Ich kümmere mich um den Buben. Wohne nebenan vom jungen Ehepaar. Oder besser gesagt, die zwei kümmern sich um mich. Ich bin nicht mehr der Jüngste. Aber ich hab die zwei auch immer in Ruh gelassen. Einmal am Tag ein Winken reicht manchmal. Sie brauchen ja ihre Privatsphäre. Überhaupt mag ich junge Leute, die sind unsere Zukunft.«

»Jost, lass es. Viel Reden bringt Mila auch nicht zurück«, unterbrach ihn die junge Frau etwas gefühllos.

»Wie kann unser Herrgott das zulassen? Wie?« Nun benutzte der Stiefvater selbst ein Taschentuch. »So schön war sie, so lieb. Gescheit. Ein Glückstreffer für den Buben. Für jeden, mein ich. Einmal, da —«

»Ich würde gern mit Herrn Misselbach allein reden. Erst mal.« Agnes musste unterbrechen. Sie nahm den jungen Mann am Arm und führte ihn Richtung Treppe. »Zu Ihnen kommt gleich ein Kollege, nimmt Ihre Personalien und Ihre Aussagen auf.«

Als Xaver Misselbach auf dem Besucherstuhl in ihrem Büro saß, hatte er immer noch kein Wort von sich gegeben. Auch jetzt knotete er einfach das Taschentuch und sah aus dem Fenster. Sonnenschein und hohe Temperaturen, wie gestern, als die Leiche gefunden worden war.

Mit hoher Wahrscheinlichkeit handelte es sich bei der Frau um Mila Klar-Misselbach. Sie war von ihrem Mann in den Abendstunden als vermisst gemeldet worden. Nach seiner Meldung hatte es unglücklicherweise bis heute Morgen gedauert, bis die Polizeiinspektion Kirchbichl die richtige Verbindung gezogen und das Revier und Agnes in Kufstein verständigt hatte.

»Herr Misselbach, ich werde Sie leider bitten müssen, mich in die Rechtsmedizin Innsbruck zu begleiten, um Ihre Frau final zu identifizieren. Die Fotos, die Sie uns freundlicherweise so rasch zur Verfügung gestellt haben, reichen allein nicht aus.«

»Final? Was für ein schreckliches Wort. Warum ist Mila in Innsbruck?«

»Die Umstände ihres Todes sind nicht natürlich, und wir kannten ihre Identität nicht.«

»Wenn es wahrhaftig Mila ist.«

»Genau.«

»Im Internet steht, dass die Leiche der Frau in einem Wäldchen gefunden worden ist.« Er bemühte sich, Hochdeutsch zu sprechen, keinen Dialekt. Ähnlich wie Agnes selbst. »Elif war es, die mich angerufen hat. Ich muss ehrlich sagen, dass ich seit langer Zeit schon keine Schlagzeilen mehr lese.«

»Verstehe.«

»Ich hab dann doch die Meldungen durchgesehen und begonnen, mir Sorgen zu machen. Vielleicht ist sie es auch nicht.«

»War Ihre Frau öfter allein auf Wanderungen?«

Er nickte. »Ja. Sie liebt die Gegend und die Berge. Macht oft längere Touren, die manchmal mehrere Tage dauern können.«

»Sie nicht?«

»Hin und wieder begleite ich sie. Ich bin aber kein großer Kletterfreund. Ich schwimme lieber. Meistens schreibe ich.«

»Schreiben?«

»Ich habe eine halbe Stelle als Grafiker, fühle mich jedoch zum Literaten berufen.« Er lächelte schwach. »Mila unterstützt meine Ambitionen.«

»Welches Genre? Könnte es sein, dass ich schon einmal ein Buch von Ihnen gelesen habe?«

Oder Mitzi, hätte Agnes hinzufügen können. Es gab wenige Werke, die Mitzi nicht kannte, vielleicht sogar schon mehrmals durchgeschmökert hatte. Zumindest kam es Agnes so vor. Mitzis Bibliotheksausweis in Salzburg war von der dauernden Benutzung abgegriffen und keine Buchhandlung vor ihr sicher. Jede

Zugfahrt ein Buch, so lautete die Formel. Dagegen war Agnes mit ihrem ungelesenen Stapel neben dem Bett ein richtiger Büchermuffel.

»Würde mich wundern, Frau Kirschnagel. Es ist ein E-Book im Selbstverlag. Unter offenem Pseudonym. Heißt, es kann mich jeder Leser auch unter meinem echten Namen finden. Auf allen Plattformen, sage ich immer dazu. Noch warte ich auf meinen Durchbruch, wie Tausende andere. Ich mixe Genres. Das macht einen Buchvertrag umso schwieriger.«

Das Lächeln von Xaver Misselbach verschwand. »Doch das ist jetzt unwichtig. Vollkommen irrelevant. Wenn Mila mich anrufen würde und es sich als Irrtum herausstellt, bräuchte ich keinen Satz mehr zu schreiben, sondern würde sie ewiglich festhalten. Verzeihung, das klingt für Sie sicher übertrieben, Frau Kommissarin.«

»Alles gut, Herr Misselbach.« Agnes verbesserte ihn nicht.

»Haben Sie nicht längst versucht, Mila am Handy zu erreichen?«

»Ja und ja. Immer wieder. Aber oft gibt es kein Netz, manchmal schaltet Mila ihr Handy aus, um sich von all dem Stress gänzlich zu erholen. Vorhin, bevor Sie aufgetaucht sind, habe ich es erneut probiert. Mailbox. Elif und Jost hatten auch kein Glück.«

»Elif ist die Freundin Ihrer Frau?«

»Sie war es in der Schulzeit. Vor einiger Zeit haben wir uns durch Zufall wiedergetroffen.«

»Die Volksschule in der Meraner Straße?«

Langsam wanderte sein Blick vom Fenster zu Agnes hin. »Woher ...?«

»Das spielt im Moment keine Rolle, Herr Misselbach.« Bei Agnes stieg die Aufmerksamkeit. Wenn die Tote wahrhaftig eine weitere Schülerin der Klasse von Jorinde Roth war, war der nächste Schritt die Warnung, die sie ohnehin schon vorgemerkt hatte. Ein Treffen der Ehemaligen sollte arrangiert werden. »Dringender ist, ob es sich bei dem Opfer um Ihre Frau handelt oder nicht.«

»Wir fahren.« Unerwartet sprang er vom Stuhl hoch. »Wenn

es möglich ist, bringen mich meine Freunde dorthin. Also Elif und mein Stiefvater. Oder muss ich mit Ihnen …?«

»Wir können uns dort treffen, Herr Misselbach. Ich kündige uns an.«

Er war schon an der Tür. »Besser Gewissheit als dieses verfluchte Gefühl der Angst im Nacken.«

Als der Rechtsmediziner das Tuch wieder über Milas Gesicht breitete, war ihr Mann bereits, wie vorhin aus Agnes' Büro, aus dem Extrazimmer für Besucher geeilt. »Ich muss an die frische Luft.«

Agnes folgte ihm durch die Gänge, die Treppe hoch bis nach draußen vor den Eingang. Er hatte sich den verschachtelten Weg gemerkt, verlief sich nicht ein einziges Mal.

Im Gehen tippte sie eine Nachricht an Bastian.

Die Identität der Frauenleiche stand fest. Die Todesursache war ganz klar der Pfeil in ihrem Herzen. Dass der Mord mit den drei anderen Verletzten zusammenhing, war eine erste bevorzugte Annahme. Allein halfen die Tatsachen nicht, den Gründen und dem möglichen Schuldigen auf die Spur zu kommen.

In Innsbruck herrschte ein starker Wind, ein Gewitter war im Anzug. Über den hohen Gipfeln, die die Stadt umschlossen, türmten sich dunkelgraue Wolken. Entfernt war ein Donner zu hören.

Den jungen Witwer entdeckte Agnes am Auto seiner Mitfahrer. Elif mit dem langen schwarzen Haarzopf war ausgestiegen und versuchte sich gerade eine Zigarette anzuzünden, doch die nächste Böe verhinderte, dass das Streichholz das Feuer halten konnte. Schließlich gab sie es auf.

Als Agnes bei ihnen war, drehte die Freundin der Toten ihr Gesicht gegen den Wind und atmete schwer. Einzelne Haarsträhnen lösten sich. Im Wageninneren sah Agnes Misselbachs Stiefvater weinen. Seine Finger klammerten sich am offenen Fenster fest.

»Mein tiefes Beileid.« Agnes drückte Xaver Misselbach die

Hand.»Danke, dass Sie so kooperativ waren. Wir würden jetzt auch die Eltern Ihrer Frau verständigen.«
»Es gibt nur Milas Mutter. Die lebt in Spanien. Ich gebe Ihnen die Nummer.« Er blinzelte ebenfalls gegen den Wind. Seine hellen Haare bäumten sich auf.»Ich will nach Hause.«
Elif umarmte ihn, zog ihn dann von Agnes fort.»Steig ein. Wir fahren. Später reden wir.«
Mit einem Griff an seinen Oberarm hielt Agnes ihn zurück.»Können Sie mir bitte direkt noch ein paar Fragen beantworten? Wir gehen hinein, bleiben im Eingangsbereich, damit uns der Sturm nicht wegweht. Versprochen, wir sind rasch durch damit.«
»Jetzt?« Seine Begleitperson wirkte ärgerlich.»Sehen Sie nicht, dass Xaver am Ende is?«
»Es dauert nicht lange, Herr Misselbach«, insistierte Agnes, ganz auf den jungen Mann fixiert.
Er löste sich von Elif.»Wartet bitte ein Weilchen. Ich muss das machen, Elif. Für Mila.«
»Kommen Sie, Herr Misselbach.«
Hinter dem gläsernen Eingang des weitläufigen modernen Gebäudes herrschte rege Betriebsamkeit. Ein ruhigerer Ort wäre Agnes lieber gewesen, aber sie wollte die ersten Eindrücke und Angaben des Witwers aufnehmen, bevor er sich wieder gefangen hatte. Oft machten der Schmerz des Verlustes und der Schock die Hinterbliebenen offener für Kleinigkeiten, die sie beobachtet hatten und die manchmal von Bedeutung waren. Setzte das rationale Denken ein, versanken manche Details ins Unterbewusste.
»Wie war Ihre Frau, bevor sie zur letzten Wanderung Richtung Rübezahl-Alm aufgebrochen ist?«
Er hatte erneut das Taschentuch zwischen den Fingern, das längst nur noch aus zerfetzten Resten bestand.»Traurig.«
»Warum das?«
»Wir planen einen Umzug. Ziehen nach München. Mila übernimmt die Abteilung, und Homeoffice ist dann kaum mehr möglich. Es hat Monate gedauert, bis wir eine Wohnung gefunden

haben. Nervenaufreibend. Hinzu kommen die exorbitanten Mietpreise. Himmel! Immerhin beteiligt sich die Firma an den Umzugskosten. Ich wäre gern geblieben, schon allein wegen meines Stiefvaters Jost. Er wird vergesslich, ist oft erschöpft.«

»Was genau ist Milas Aufgabe?«

»Sie ist für die Zusammenarbeit und den Austausch mit den Großkunden zuständig. Anstrengend und ebenfalls nervenaufreibend. Es geht bei jeder Kampagne um sehr viel Geld. Getröstet hat sie, dass es auch in Bayern schöne Wanderwege gibt.«

»Und Sie?«

»Ich bin ein kleines Rädchen und erledige Aufträge, die das Design betreffen. In meiner Verantwortung liegen bei Kampagnen höchstens die Hintergründe oder Farbschattierungen. In meinem echten Leben, wenn ich die Schriftstellerei so nennen darf, gestalte und kreiere ich mit Worten.«

»Wo waren Sie gestern im Lauf des Tages, Herr Misselbach?«

»Ach, das müssen Sie wohl fragen, nicht wahr, Frau Kommissarin?« Sein Gesichtsausdruck wechselte von Trauer zu leichtem Unmut. »Warum hätte ich Mila denn ... nein, vergessen Sie es. Ich war in Kirchbichl, in unserem Haus, hab an einem neuen Manuskript gearbeitet.«

»Zeugen?«

»Ich bin mehrmals in den Garten, das Hirn auslüften, wie ich es nenne. Einmal habe ich den Jost begrüßt, als er vom Einkaufen gekommen ist. Der Nachbar auf der anderen Seite hat mich wohl auch gesehen. Hoffe ich. Nachmittags hat Elif angerufen. Oder war es da schon Abend? Ich weiß es nicht mehr. Eben wegen des Berichts im Netz. Sie hat mich zu Hause erreicht. Natürlich am Handy, wie heute üblich. Aber ich war an meinem Schreibtisch. Herrje!«

»Ich bräuchte den Namen des Nachbarn, Herr Misselbach.« Agnes notierte. Elif und Jost würde sie getrennt ins Revier bestellen. »Eine ganz andere Frage, Herr Misselbach: Hat Mila je Bogenschießen ausgeübt? Oder Sie selbst?«

Er stutzte. »Nein. Wenn sie nicht wandern geht, dann ist sie im Fitnessclub. Nichts für mich. Also beides, weder Geräte noch Schießen.«

»Was machen Sie denn so außer dem Schreiben und Designen?«

»Ich koche gern, das ist alles. Dank guter Gene lege ich nicht zu.« Ein unsicheres Schmunzeln zeigte sich auf seinen Lippen. »Darum beneiden mich alle.«

»Hat sich Mila in letzter Zeit bedroht gefühlt? Oder sich in der Richtung geäußert?«

»Nein! Das hätte sie mir gesagt. Mila und ich sind unterschiedlich, aber wir lieben uns.« Das Begreifen setzte jetzt erst mit Wucht ein. Sein Gesicht kehrte zu der Angespanntheit vom Anfang im Revier zurück. Er begann seinen Bart zu zupfen. »Liebten. Vergangenheitsform, nicht wahr? Kein Umzug, kein München. Ich will zu Elif und meinem Stiefvater. Sie hatten recht. Es ist Mila. Mila liegt dadrinnen und ist tot. Und ich stehe hier und weiß nicht, was Sie von mir jetzt wollen.«

Gern hätte Agnes den Mann gehen lassen, aber noch war sie nicht fertig. »Schenken Sie mir einen weiteren Moment, Herr Misselbach. Wo haben Sie beide sich kennengelernt?«

»Wiedergetroffen haben wir uns.« Nun bebte seine Stimme. »Vor einigen Jahren. Bei einem Besuch in der Tischofer Höhle. Mila hat mich erkannt, trotz des Bartes. Eine erstaunliche Wiederbegegnung unter der Erde.«

»Waren Sie ebenfalls Schüler derselben Volksschulklasse?« Agnes konnte ihre Neugier kaum verhehlen. Immer stärker war ein roter Faden zu erkennen.

»War ich. Die 1c damals. Ich kann mich nicht an viel erinnern, aber lustig war es. Weshalb fragen Sie?«

Die Antwort ließ Agnes ein Frösteln über den Rücken laufen. Das Wort »lustig« passte nicht zu drei Verletzten, einer Toten und einem verwitweten jungen Mann. »Jorinde Roth war die Klassenlehrerin?«

»Wer? Keine Ahnung mehr davon. Ich hätte geschworen, dass wir einen Lehrer hatten.« Er warf Agnes einen irritierten Blick zu. »Ich war allerdings nur ein Jahr dort.«

»Warum?«

»Hab gewechselt in die Sterzinger Straße. Das kommt vor.«

»Sie erinnern sich überhaupt nicht an Jorinde Roth? Sie ist eine Erscheinung, kann man sagen.«

»Null, Frau Kommissarin.« Mit einem Kopfschütteln sah Xaver Misselbach nach draußen. Der erste heftige Blitz zuckte über den Parkplatz. »Die Natur ist so gewaltig. Wir sind dagegen winzig. So zerbrechlich. Verwundbar.«

Dann begann er ungehemmt zu schluchzen.

10

Axel servierte Mitzi Almdudler in einem Whiskyschwenker. Ihr Lachen gellte durch das Wohnzimmer. »Nicht so laut, Mitzi.« Auch er grinste, während er ihr das Glas reichte. »Du weckst unseren Schatz auf. Dann musst du singen und erzählen, bis dir vor lauter Müdigkeit die Augen zufallen, während Konstanze immer noch vergnügt und munter ist.« »Würd mir nix ausmachen. Das Stanzerl is mein Stern.« Sie bewegte den eleganten Schwenker mit der Kräuterlimonade mit Schwung. »Vornehm.«

»Da du keinen richtigen Drink wolltest wie ich, ich aber nicht mit mir allein anstoßen kann, vermittle ich uns die Illusion. Prost.« Der Klang der Gläser hinterließ ein feines, leises Echo im Raum. Mitzi wunderte sich, dass das Zimmer trotz der vielen Möbel groß wirkte. Durch die offene Raumaufteilung, die Küche, Ess- und Wohnbereich miteinander verband, hatte man einen Überblick über das gesamte Erdgeschoss.

Für Konstanze war der Raum eine Autobahn, sie liebte ihr Tretauto heiß und innig. Wenn es regnete und sie nicht nach draußen konnte, fuhr sie auf und ab, in endlosen Schleifen. Das abgenutzte Parkett konnte ein Lied davon trällern.

»So ist es mit einem Kind«, fuhr Axel fort, der Mitzis Blick auf die hellen Spuren bemerkt hatte. »Dazu hat gestern Barnaby alle Kissen zerbissen, bis auf eines.«

»Du meinst Polster.«

»Ja, sowieso. Polster und Paradeisa und Erdäpfel und Topfentascherl.« Sein Versuch, österreichisch zu parlieren, hörte sich mehr wie Schweizerdeutsch an. »Das werde ich nie lernen.«

»Brauchst eh nicht. Bleib bei deinem Kölsch.«

»Darauf ein zweites Mal prost und alaaf, Mitzi! Kann man auch außerhalb der Karnevalszeit rufen.«

Es klirrte, eine leichte Brise wehte von der offenen Balkontür herein. Bald würde Agnes zu ihnen stoßen. Vorhin hatte sie sich gemeldet und ihr Kommen in der nächsten Stunde angekündigt. »Die weiteren Befragungen im Umfeld des Opfers haben länger gedauert. Jetzt noch zwei Berichte schreiben und eine Überprüfung einer Überprüfung erledigen. Ich freu mich auf euch«, war die erschöpfte Ansage gewesen. Mitzi war dankbar, dass sie bleiben konnte. Nach der Aufregung um den Brief hätte sie allein in Salzburg oder auch Lilienfeld schlaflose Nächte vor sich gehabt. Rudolfo lag inzwischen bereits mit dem Donauschiff in Wien vor Anker. Nächste Station Budapest. Seine Reise an Bord als Pianist verlief planmäßig. Er war wirklich fleißig mit seinen Jobs und dem Umbau. Trotzdem hatte er Mitzi liebenswerterweise angeboten, von Bord zu gehen und zu ihr zurückzukommen. Mitzi wusste, dass ihm die Arbeit nicht nur Freude bereitete, sondern er auch auf die Gage nicht verzichten konnte. Deshalb hatte sie strikt abgelehnt.

Hier war sie geborgen. Bei Axel und Agnes war sie irgendwann in der letzten Nacht zur Ruhe gekommen, hatte traumlos geschlafen. Auch für heute war sie zuversichtlich, obwohl die Ungeduld an ihr zog und zerrte. Bei jedem Blick aufs Handy fragte sie sich, ob der Briefeschreiber nicht vielleicht auch ihre Nummer kannte und sich wieder melden würde.

»Früher, wenn ich nicht einschlafen hab können, bin ich oft nachts in der Gegend herumgelaufen.« Der erste Schluck vom Almdudler schmeckte tatsächlich nach einem alkoholischen Drink.

»In Salzburg?«

»Überall, Axel. Noch in der Steiermark, in Salzburg und auf meinen Reisen, egal in welcher Stadt.«

»Nachts als junge Frau allein unterwegs zu sein, kann gefährlich werden.«

»Is es doch auch geworden. Zumindest einmal. Du weißt von mir, Sam und der Innbrücke. Der Auftragsmörder, der immer noch nicht wieder im Hefn is.«

»Du meinst im Gefängnis.«

»Hefn eben. Kennst du die ganze G'schicht?« Mitzi trank.

Axel bejahte. »Willst du darüber reden?«

»Nein.« Sie stand auf und ging an das hohe Wohnzimmerfenster. Die Dunkelheit war bereits hereingebrochen, eine laue Frühsommernacht. Im Garten gingen gerade die Solarlampen an. Eine beleuchtete Konstanzes Sandkasten, nahe bei einer anderen entdeckte Mitzi Barnaby, der es sich in einem seiner Körbchen gemütlich gemacht hatte.

Die reine Idylle.

»Und darunter lauert es«, sagte Mitzi laut.

Axel wandte sich ihr verblüfft zu. »Wie bitte?«

»Ich red nur dummes Zeug, Axel. Beachte mich gar nicht.«

»Das ist schwer, Mitzi, wenn du mit mir in einem Zimmer bist.«

Erneut brachte er sie zum Lachen. »Was für ein Glück, dass Agnes dich getroffen hat.«

»Umgekehrt. Ich bin der Glückspilz. Nach meinem ersten Sohn habe ich mir nicht im Traum vorstellen können, mich noch einmal zu verlieben. Oder gar ein zweites Kind in die Welt zu setzen.«

»War deine Trennung damals schlimm?«

»Meine Schuld, Mitzi. Ich war nie anwesend, und wenn, dann in Gedanken schon beim nächsten Auftrag. Ich war jung und habe die Detektei aufgebaut. Mit Erfolg, das ja. Aber dass sich Patrick zu einem tollen Erwachsenen entwickelt hat, der meine Firma inzwischen besser als ich leitet, ist allein meiner damaligen Partnerin zuzuschreiben. Oft wundert es mich, dass Patrick an mir ebenso hängt wie an seiner Mutter.«

»Triffst du sie, wenn du in Köln zu tun hast?«

»Selten. Wir gehen unsere eigenen Wege. Patrick ist der einzige Anknüpfungspunkt.«

Mitzi trat auf die Terrasse. Barnaby hob den Kopf, wedelte, sackte dann aber wieder nach unten. Auch er war müde.

Wobei Mitzi nicht müde, sondern mehr erschöpft war. In ihrem Herzen und in ihrem Hirn. Der Brief hallte nach. Sie hatte keine Ahnung, wie sie sich weiter verhalten sollte. Da es keinen Absender gegeben hatte, war sie zum Abwarten gezwungen. Eine unerträglich zähe Situation, die ihr nicht gefiel. Dass es sich dabei um einen schlechten Scherz handelte, mochte sie die eine Minute glauben, in der nächsten wieder nicht.

Benni lebte?

Es war nicht greifbar. Nicht möglich. Zugleich war Mitzi in einem Winkel ihrer Gefühlswelt absolut überzeugt davon. Er war den Flammen entkommen, er hatte es überstanden. Aber wie? Auch dazu keine Antwort. Nur das Warten auf mehr.

Weder über Sam noch über den Brief mochte Mitzi einen Satz verlieren. Sam wie Benni waren wie Gespenster, die man durch Ignorieren hoffentlich bannen konnte.

»Weißt du mehr über den Mord auf der Rübezahl-Alm?« Über Agnes' brandneuen Mordfall zu spekulieren, war die richtige Ablenkung.

Axel schenkte sich nach. Diesmal ebenfalls aus der Almdudlerflasche, nicht vom Whisky. »Die Tote haben sie in einem Tannenwäldchen, ein Stück abseits vom Wanderweg, gefunden. Agnes hat mir nur erzählt, dass Bastian und sie davon ausgehen, dass es derselbe Täter war, der die anderen drei angeschossen hat. Natürlich fassen sie andere Optionen ebenso ins Auge. Die Obduktion wird vielleicht auch mehr Klarheit bringen.«

»Als ich sie heute Nachmittag angerufen hab, hat sie gemeint, dass bisher alle im Umfeld ein Alibi haben, wenn auch ein schwaches.«

»Du hast Agnes während der Dienstzeit angerufen, Mitzi?«

Dass Mitzi sich regelmäßig bei Agnes im Revier meldete, schien Axel nicht zu wissen. Deshalb antwortete sie nicht darauf. »Wer schießt denn mit Pfeil und Bogen auf Menschen? Das is völlig daneben.«

»Ein Irrer. Wer sonst?«

»Schon. Aber es muss mehr dahinterstecken.«

»Ermittelst du etwa mit, Mitzi? Als Sonderbeauftragte in Sachen Mysteriöse MörderMitzi.«

Die Nennung des Nicknamens ließ sie erst zögern, dann schlucken, aber schließlich leise giggeln. »Du bringst mich heut echt oft zum Lachen, Axel. Hab ich gar nicht für möglich gehalten.«

Überhaupt war es ein Wunder, dass sie sich über den bösen Spitznamen aus ihrer Kindheit langsam etwas amüsieren konnte nach all dem Kummer, den er ihr bereitet hatte. Wie viele Tränen sie vergossen hatte nach dem Tod ihrer Familie und der Schuld, die sie sich durch ihr Ungeschick aufgeladen hatte. Jetzt hörte sie MörderMitzi, und es belustigte sie, zumindest ein wenig. Ganz so, wie Rudolfo es ihr geraten hatte. Sie vermisste ihren Drosselbart, der auf der Donau schipperte. Das Leben war schräg, und die Zeit veränderte vieles.

Nicht deine ganze Familie ist im Feuer umgekommen, Mitzilein, flüsterte eine raue Stimme in ihrem Kopf. Benni ist zurück. Dein kleiner Bruder hat überlebt.

»Nein. Vielleicht. Ich weiß es nicht.« Die Antwort war ein gehauchtes Flüstern.

»Mitzi!« Axel stellte sein Glas ab, erhob sich und kam an ihre Seite. »Wir zwei reden nicht viel über gewisse Gegebenheiten, zumindest nicht, solange Agnes sich uns nicht angeschlossen hat. Das akzeptiere ich. Aber eines möchte ich sagen, nur ein Mal: Ich mag mir kaum vorstellen, wie es ist, wenn man das erlebt hat, was du erlebt hast. Trotzdem stehst du hier, trinkst einen Almdudler und bist einer der liebenswertesten Menschen, die ich kennengelernt habe. Alle Achtung.«

Ihr fehlten die Worte.

Er gab ihr einen Kuss auf die Schläfe, dann ging er Richtung Küche. »Zeit, ein paar Häppchen für uns drei herzurichten. Käse für mich alten Vegetarier, Salami und Schinken für dich und Agnes. Gurken, Brot und frisch geriebenen Meerrettich, bei dem wir alle heulen werden. Pardon, ich meine natürlich frischen Kren. Kren auf die Brettljausn – verstehst mi?« Wieder klang es guttural und unnatürlich.

Doch eine Brettljause mochte genau das richtige Gericht sein, dass Rudolfo im Café neben den Palatschinken und anderen Süßspeisen anbieten konnte. Es ließ sich leicht vorbereiten, überlegte Mitzi direkt. An das Café zu denken, war eine noch bessere Ablenkung. Sie hob ihr Glas. »Oida, du hast's drauf!«

Nun brach es aus Axel heraus, erst ein Glucksen, dann Gelächter. Barnaby bellte und kam von draußen gelaufen. Im ersten Stock rief Konstanze nach ihrer Mama. An der Tür sperrte Agnes auf und landete mitten im abendlichen Chaos.

Mitzi verharrte für Sekunden.

Die kunterbunte Idylle ist nicht deine, Mitzilein. Die raue Stimme war noch da. Du bist nur Zaungast, nichts davon gehört dir.

Später in der Nacht, während Agnes nebenan im Bad ihre abendlichen Reinigungsrituale vollzog, setzte sich Axel noch einmal im Bett auf. »Besprichst du mit Mitzi alle deine Fälle?«

Er hörte sie mit dem Wasser gurgeln, dann nichts mehr.

Schließlich rief sie aus dem Bad. »Barnaby hat bald seinen nächsten Gesundheitscheck. Ich würde gern die Tierärztin wechseln, hab einen Tipp bekommen. Was meinst du, Axel?«

Anscheinend hatte Agnes Mitzis Art übernommen, bei Inhalten, die ihr nicht passten, das Thema blitzschnell zu wechseln oder mit einer Gegenfrage zu antworten. Oder, wie gerade eben, beides zu tun.

Lenk nicht ab, Liebling, wollte er sagen. Es ist zwar amüsant, aber ich möchte wirklich gern Antworten von dir. Und hin und wieder auch von Mitzi. Sonst komme ich mir ausgeschlossen vor.

»Erinnerst du dich an den Vandalismus mit der kopflosen Puppe letzten Spätherbst? Oder der Tierquälerei, wie Bastian und ich nach der Analyse des falschen Blutes angeführt haben. Eine Spur Ratte war dem Ketchup beigemischt. Ich wette, da gibt es einen Zusammenhang.« Agnes redete schon weiter, sprang ohne Übergang vom Hund zum Bogenschützenfall.

»Aber sonst: kein Motiv, kein wirklich starker Verdacht, nichts! Dass die Tote mit Moos und Erde zugedeckt war, hat mich auch beschäftigt.«

»Ein Zusammenhang mit der Schulklasse drängt sich doch ebenso auf, Agnes«, warf Axel ein.

»Ja, klar. Bastian versucht nach wie vor, die damaligen Schülerinnen und Schüler ausfindig zu machen. Zugleich zu warnen. Er hat auch den ehemaligen Schulleiter kontaktiert. Die frühere Klassenlehrerin, Jorinde Roth, hat eine Liste zusammengestellt. Das private und berufliche Umfeld wird weiter durchleuchtet, die Kollegenschaft in der Werbeagentur steht auf dem Programm. Ich hab mit der Mutter telefoniert, die in Spanien lebt. Immer wieder traurig, solche Anrufe.«

»Das wird nie leichter, egal, wie lange du dabei bist.«

Kurz hielt Agnes inne und seufzte. »Natürlich haben wir uns um die Alibis der bisherigen Beteiligten gekümmert. Die sind schwach, und wir müssen sie noch genauer überprüfen. Diese Jorinde war in ihrer jetzigen Funktion von einem Tourismustermin zum anderen in der Stadt unterwegs, ihre Ex-Frau hat an dem Tag in Rosenheim gearbeitet, aber im Homeoffice. Der Mann der Toten hat auch gearbeitet, an seinem nächsten Roman geschrieben. Veröffentlicht unter einem sogenannten offenen Pseudonym. Sein Stiefvater hat eingekauft – beide versichern, sie hätten Kirchbichl nicht verlassen. Weil sie auch Nachbarn sind, treffen sie mindestens einmal am Tag aufeinander. Sie geben sich gegenseitig Halt. Und ein Alibi. Der andere Nachbar kann sich nicht genau erinnern. Elif, eine Freundin des Opfers, hat sich ein Tattoo stechen lassen, bevor sie Abrechnungen in ihrem Lokal gemacht hat. Sie ist die Inhaberin vom Restaurant Samet in der Kreuzgasse.«

Eine Pause folgte, dann ein Fluch. Eine Seltenheit bei Agnes. »Kruzifix und verfluacht! Das ist wichtig! Die Tote hatte sich einen Schmetterling stechen lassen, mit einem ›P‹ und einem ›M‹. Ich habe mich nicht danach erkundigt. Mein Hirn war zu voll.«

Sie lief nackt aus dem Bad, direkt zu einer Kommode gegenüber dem Bett, über der ein farbenfrohes Bild einer Tiroler Künstlerin hing, und holte aus einer der Schubladen Block und Stift.

Nach der Notiz drehte sie sich zu ihrem Lebensgefährten um. »Was war noch mal deine Frage vorhin?«

»Du bist wirklich, wirklich schön, Liebste«, flüsterte Axel.

Jetzt hatte er alles andere vergessen.

11

Fünf Tage später war Rudolfo von der Donauschiffsreise zurück. Ohne besondere Vorkommnisse, wie er betonte. Sie küssten sich innig und intensiv, bis Mitzi der Atem wegblieb. Die kurzen Pausen in ihrer Beziehung fand sie ganz wundervoll, es erhöhte die Freude beim Wiedersehen. »Spatzl. Mitzilein.« Noch einmal gab es einen Kuss von Rudolfo, der filmreif war. »Ich hab dich vermisst und könnt dich gleich hier im Café …« Mitzi juchzte, drückte ihn aber von sich weg. »Auf keinen Fall. Sonst muss ich jedes Mal, wenn ich hier bin, daran denken. Aber du hast mir auch gefehlt, mein Drosselbart.«

Er löste sich von Mitzi und begann direkt alles aufzuzählen, was sich in der letzten Woche Neues getan hatte. »Fritz hat hier brav jeden Abend weitergeschuftet. Der Kumpel is ein Segen. Mitte August können wir eröffnen, Spatzl. Am sechzehnten, einen Tag nach Mariä Himmelfahrt, hab ich gedacht. Bald schalt ich Werbung, lass Flyer drucken. Die Website erhält in letzter Zeit mehr und mehr Klicks. Seit ich das hübsche Foto von dir als Eigentümerin dort eingestellt hab. Einen Newsletter würde ein Bekannter vom Fritz übernehmen für ein bisserl Trinkgeld. Was sagst?«

»Toll, Rudolfo. Ich bin mit allem, was du planst, einverstanden.«

»Bei mir pumpert das Herzerl, wenn ich nur daran denke. Es wird großartig, Mitzi. Dank dir.«

»Hör auf. Du machst die ganze Arbeit. Ich geb ja nur das Geld.«

»Meine hübsche Mäzenin.« Wieder fasste er sie an den Hüften. »Meinst nicht, wir sollten doch …?«

»Ganz und gar nicht, Rudolfo. Beherrsche dich.« Mitzis Juchzen kehrte zurück. »Wir sind doch eh bald bei dir zu Haus.«

»Ich bin nur ein verliebter Tor, Spatzl.« Mit einem Zwinkern stellte er sich hinter die neue Theke. »Wollen wir wenigstens die professionelle Kaffeemaschine einweihen?« Zu jeder anderen Zeit hätte Mitzi freudig zugestimmt. Doch die vergangene Woche war anstrengend für sie gewesen. Geduld war keine ihrer Tugenden, schon gar nicht ihre Stärke. Meistens stürmte sie los, ohne groß nachzudenken. Ein Verhalten, das sie bereits ein paarmal in gefährliche Situationen gebracht hatte. Sich dahingehend zu ändern, war nicht leicht.

Natürlich war es der Brief, der ihre Vorfreude dämpfte. Als hätte es Agnes vorausgesehen, hatte sich nach dem ersten Schreiben nichts mehr getan. Keine weiteren Zeilen, kein Lebenszeichen des mysteriösen Mannes, der sich als Mitzis verstorbener Bruder ausgegeben hatte.

Mitzi konnte sich in den Tagen nicht entscheiden, ob sie sich wünschte, es würde sie eine nächste Nachricht erreichen oder es würde versanden. Beides erschien ihr einerseits ersehnenswert, andererseits furchtbar. Gab es Benni auf dieser Welt wirklich noch, würde Mitzis Leben auf den Kopf gestellt werden. War es ein einmaliger schlechter und gemeiner Scherz, von wem auch immer, würde es lange dauern, bis sie die Hoffnung auf weitere Post aufgegeben hätte.

Schwierig war ebenfalls, dass Agnes ihr nicht zur Verfügung stand. Nach dem Auffinden der Leiche war die beste Freundin in die Ermittlungen abgetaucht. Es ging offenbar nicht voran. Denn auch bei Agnes' Bogenschützenfällen herrschte eine seltsame Windstille. Außer in der Presse, die Agnes und ihrem Team zusetzte.

»Im Moment versuche ich aus Jorinde Roth mehr als nur die Namen der Schulkinder von damals herauszubekommen. Aber sie redet viel, ohne konkret zu werden«, hatte Agnes Mitzi erst gestern bei einem schnellen Anruf zwischendurch anvertraut. »Das Schlimmste wäre, wenn Mila ebenso wie die anderen drei ein zufälliges Opfer gewesen ist. Dann tappen wir ganz im Dunkeln.«

Mitzi tröstete die beste Freundin, so gut sie es vermochte, und es lenkte sie von ihrem eigenen Hauptthema ab. Doch die Telefonate hielt Agnes kurz, ein neues Treffen schob sie hinaus. Über den Brief geredet hatten sie weiter nur am Rande. Mitzi hatte vollstes Verständnis, aber sie litt unter Entzugserscheinungen, was den Austausch mit Agnes anging.

Um sich auf andere Gedanken zu bringen und weil ihr Interesse an Kriminalfällen weiterhin hoch war, las Mitzi jeden Artikel über den unheimlichen Bogenschützen, der Kufstein und ganz Tirol in Aufruhr versetzte. Oder die gruselige Bogenschützin. Mitzi wusste nur zu gut aus eigenen Begegnungen, dass Frauen bei Tötungsdelikten genauso grausam sein konnten.

Mitzi hatte sich auch bei zwei Chatportalen angemeldet und dort in Gruppen, in denen über die Vorkommnisse diskutiert wurde. Einmal mehr war sie überrascht, zum Teil auch geschockt, wie kaltblütig und gefühllos manche Leute ihre Meinung darlegten. Wenn über die Revierinspektorin und Ermittlungsleiterin Agnes Kirschnagel gelästert wurde, klinkte sich Mitzi unter dem Decknamen »Kaffeetante37« ein und hielt dagegen.

»… damit hätten wir eine erste feine Karte. Wenn's läuft, erweitern wir.« Rudolfo sah Mitzi über die Theke hinweg erwartungsvoll an.

Mitzi hob entschuldigend die Schultern. »Sorry, Drosselbart. Ich hab nix von dem, was du grad erzählt hast, in mein Hirn gelassen.«

Er stemmte die Hände auf das glänzende Holz und beugte sich nah zu Mitzi hin. »Ich schlage vor, du siehst mich als den Kaffeebarmann, dem du deine tiefen und auch dunklen Gefühle preisgeben kannst. Außerdem kennen wir uns lang genug, finde ich. Agnes weiß alles von dir, ich taste mich immer noch voran. Dass du MörderMitzi gerufen wurdest, hat mich ja auch nicht verschreckt, Spatzl.«

Aber nach manchen meiner Geschichten würdest du vielleicht einen großen Bogen um mich machen, Rudolfo, dachte Mitzi. Sprach es jedoch nicht aus. Stattdessen gab sie sich einen Ruck.

Rudolfo war ihr Freund, ihr Liebster, der Mann, in dessen Café sie ihr geerbtes Geld investiert hatte. Er war der erste Partner, dem sie fast vollständig vertraute. Fast! Mit Ausrufezeichen. Aber immerhin zu neunzig Prozent.

Wieder huschte das Springmesser durch ihre Gedanken, sie drängte es weg. Ganz nach dem Motto: Verschieben wir's doch auf morgen, wie Scarlett O'Hara in »Vom Winde verweht« am Filmende haucht.

»Ich hab Crêpes gemacht. Oder dünne Palatschinken, wie ich sie gern nennen würde«, setzte Mitzi an. Über Backen und Kochen war es ihr stets gelungen, ihre Gedanken zu ordnen. »Um mich abzulenken. Wegen dem Schreiben, dem Brief, den du mir nachgesendet hast. Den von diesem Kerl, der Benni sein könnt. Ich bin innerlich deswegen zerrissen. Weil damals, als ich sieben war, da ...«

Es war viel leichter als gedacht. Mitzi schüttete Rudolfo ihr Herz aus. Über ihre Schuldgefühle nach dem Unglück ihrer Kindheit, die sie bis heute begleiteten. Über ihre Zweifel und Ängste, ihre Sehnsüchte und unerfüllten Wünsche. Zwar merkte sie selbst, wie sprunghaft sie sich ausdrückte, wie schwierig es sein musste, den Faden in ihren Schilderungen nicht zu verlieren, aber er unterbrach sie kein einziges Mal und nickte fortlaufend.

Nach gefühlt einer Ewigkeit und mit einem trockenen Mund stoppte Mitzi schließlich. »Siehst, Drosselbart. Solche langen Monologe muss sich sonst die Agnes anhören.«

Rudolfo atmete einmal durch. »Danke, dass du mir vertraust, Mitzi. Und ich versteh dich. Ich versuch's zumindest. Was kann ich sagen? Ein bisserl bleibt mir die Luft weg.«

»Bitte, sag gar nix. Das Zuhören hat gereicht. Darüber diskutieren können wir ein anderes Mal.« Mitzi merkte, wie gerührt und erleichtert sie nach ihrem Redeschwall war. »Besser, du berichtest mir noch einmal über all die Sachen im Café. Ich pass jetzt auf, versprochen.«

Das Zögern, das von seiner Seite aus folgte, verstand Mitzi nicht sofort. Sein Blick verlor sich über ihren Kopf hinweg Richtung Fensterfront. »Mitzi, jetzt muss ich dir was beichten. Ich wollte es dir erst im Laufe des Abends sagen, vielleicht auch morgen, weil mir das komisch vorkommt. Auch weil deine Agnes nichts polizeilich unternehmen könnt. Glaub ich jedenfalls.«

»Was is los?« Mitzi klopfte auf das Holz, ein dumpfer Laut. Binnen Sekunden kippte die Stimmung in ihr. »Is was g'schehen?« »Es war einer da.« Rudolfo druckste. »Also, hier im Café. Es war reiner Zufall, dass der Fritz grad auf den Elektriker gewartet hat. Er hat mich danach aufm Schiff angerufen.«

»Einer? Was für einer?«

»Ein Kerl, Mitzi. Ein etwas komischer Kerl in einer Lederhose. So hat ihn der Fritz beschrieben.«

»Du trägst auch gern Lederhosen.«

»Ja, Mitzi, aber trotzdem war der eigenartig. Ein bisserl verschlossen. Ein wenig wortkarg. Er hat gehofft, dich zu treffen.«

Mitzi dämmerte es. Plötzlich wusste sie, wer vorbeigekommen war. Sie verstand auch, warum Rudolfo es ihr nicht sofort gesagt hatte. »Der Briefschreiber war's.«

»Könnt sein.«

»Wie, könnt sein? War er es oder nicht? Das is total wichtig. Ruf Fritz sofort noch einmal an. Lass mich mit ihm reden.« Ihre Stimme war lauter geworden, es gab einen Rückhall im leeren Café. »Überhaupt hätt Fritz es mir sagen sollen, nicht dir. Und du verschweigst es mir auch noch.«

Sie nahm es Rudolfo nicht übel, aber hatte das Gefühl, dass ihr vieles Reden vorhin sinnlos gewesen war. Ihr Freund verstand sie nicht, wie Agnes es tat. Doch Agnes war auf Mörderjagd. Hier schloss sich der Kreis.

»Mitzi, es tut mir leid.«

»Schmarren drüber, Rudolfo.« Rasch atmete sie durch. Deswegen einen Streit anzufangen, würde ihr nicht weiterhelfen. »Ich mein, es is okay. Ich bin dir nicht bös. Dem Fritz genauso wenig. Ich muss aber wissen, wie der Mann ausgeschaut hat, was er sonst noch gesagt hat.«

»Du kannst dich gern direkt bei unserem Fritz melden.«

»Nein, erzähl du es mir bitte. Ohne etwas auszulassen.«

»Laut Fritz hat der Kerl ganz durchschnittlich ausg'schaut. Nur die Lederhose fand Fritz halt blöd. Keine Ahnung, warum. Gefragt hat der Kerl eben nach dir. Er hat wohl tatsächlich über die Website fürs Café deinen Namen gefunden. Deshalb hat er gedacht, er findet dich an der Adresse. Danach is er wieder gegangen. Freundlich war er, aber kurz angebunden.«

»Sonst nix, Rudolfo?«

»Geh, Spatzl! Es regt dich auf, du bist außer dir, und es tut dir nicht gut. Nach allem, was du mir vorhin offenbart hast, kann ich ihn jetzt schon nicht leiden. Das kann nur ein Betrüger sein.«

»Gibt es noch was, Drosselbart?«

Rudolfo holte langsam sein Handy aus der Arbeitshose. »Eine Nummer hat der Kerl dem Fritz angegeben. Er hat sie mir weitergesendet.«

Mitzis Herz machte einen Sprung. Wenn der Mann der Briefschreiber war, woran eigentlich kein Zweifel mehr bestand, hatte Mitzi augenblicklich die Möglichkeit, ihn anzurufen.

»Her damit.«

12

Mitzi hatte sich einen Strauß Margeriten im Blumenladen gekauft. Mit den Blumen in der Hand saß sie im Gastgarten des Cafés Dommayer im 13. Wiener Gemeindebezirk Hietzing. Die beerenfarbenen Sonnenschirme waren aufgespannt. Jeder Tisch besetzt. Dass sie ein freies Plätzchen ergattert hatte, war ein Wunder. Um sie herum wurde geplaudert, gelacht und der Frühsommer genossen. Die leichte Wiener Brise machte die hohen Temperaturen erträglich.

Das erste Mal, seit Rudolfo ihr die Handynummer gegeben hatte, fühlte sich Mitzi gelassener.

Davor war sie rastlos wie früher gewesen.

Agnes hatte sich am Telefon nicht zu einem Ratschlag hinreißen lassen, aber ihr Mut zugesprochen. »Du schaffst das ohne meine Einmischung, Mitzi. Aber was auch immer du tust, auf mich kannst du zählen.« Im Hintergrund war Stimmengewirr erklungen, und Agnes hatte sich verabschieden müssen.

Mit Rudolfo textete Mitzi seither nur. Wie zwei lila Elefanten standen Brief und Cafébesuch zwischen ihnen. Nebenbei hatte sie versucht, ihren früheren Psychotherapeuten Dr. Rannacher zu kontaktieren, um ihn um Rat zu bitten. Aber der Mann war auf einem Kongress in Köln und erst nächste Woche wieder zu erreichen.

Das alles kam Mitzi schicksalhaft vor.

In den letzten achtundvierzig Stunden war sie von Lilienfeld zurück nach Salzburg, dann in die Steiermark gereist. Dort hatte sie das Grab ihrer Familie, in dem inzwischen auch ihre geliebte Großmutter Therese lag, besucht. Eine Eingebung hatte sie sich erhofft, einen Impuls, was sie weiterhin tun sollte.

Als sie auf den Grabstein gestarrt und sich in einer Dauerschleife gefragt hatte, ob neben Eltern und Großeltern hier wirklich ihr Bruder Benni begraben lag, war ihr hinter dem Baum ein

Stück Papier aufgefallen. Meist hob sie Weggeworfenes einfach auf und entsorgte es, aber der Müll hatte sich als eingerissene Postkarte herausgestellt. Unbeschrieben, doch mit einer Abbildung des Stephansdoms in Schwarz-Weiß. Grund genug, sich als Nächstes in die österreichische Hauptstadt zu begeben.

Dort hatte sie sich eine Nacht in einer Pension in Hietzing geleistet. Der Stadtteil mit dem Schloss Schönbrunn, dem Tiergarten und dem Café Dommayer war einer von Mitzis Lieblingsorten. Hier hatte sie das Gefühl, zu einem Entschluss kommen zu können, ob sie die ominöse Handynummer eintippen und antippen sollte oder eben nicht.

Vor ihr standen auf einem silbernen Tablett ein Verlängerter und ein Topfentascherl. Dazu ein Glas Wasser. Bisher hatte sie weder den Kaffee noch die Süßspeise angerührt, sondern sich mit einer einzelnen Blüte aus dem Margeritenstrauß beschäftigt.

Es war ein bisserl seltsam, was sie vorhatte, dessen war sich Mitzi sehr wohl bewusst, es war gegen ihre neuen erwachsenen Denkweisen. Doch viele Jahre hatte sie in Eigentümlichkeiten gelebt, in ihrer Vergangenheit dieses altmodische Ritual bereits einmal durchgezogen. Warum also nicht erneut auf das Blütenorakel zurückgreifen?

»Ich ruf an«, flüsterte sie, damit die anderen Gäste nicht auf sie und ihr Selbstgespräch aufmerksam wurden. Dann zupfte sie die erste Blüte der Margerite ab und legte sie auf die weiße Serviette.

Plötzlich schämte sie sich, weil sie diese Handlung, die in Goethes »Faust« das Gretchen vollführt, nachspielte. Hinzu kam, dass es in dem Klassiker um Liebe gegangen war, nicht um einen schnöden Anruf. Gretchen wollte wissen, ob Heinrichs Zuneigung zu ihr ernst gemeint war. Es hat schlecht geendet. Gretchen hat ihre Mutter vergiftet, ihr Kind ertränkt, ihr Bruder ist im Duell gefallen, und sie, wahnsinnig geworden, ist als Kindsmörderin im Kerker gelandet. Faust konnte seine Geliebte nicht retten. Mephistos Einfluss hat gesiegt.

Also kein gutes Vorhaben.

Trotzdem machte Mitzi weiter.

»Ich ruf ihn nicht an.« Die zweite Blüte fiel.

Bei Nummer fünf und der Bejahung überlegte Mitzi, was sie tun würde, wenn ihr das Ergebnis nach der letzten Blüte nicht passte. Sollte sie dann mit dem restlichen Strauß weitermachen, bis es ihr genehm war? Was sollte denn die richtige Blütenantwort sein?

»Ich ruf ihn nicht an«, zischte sie und zupfte Nummer sechs ab.

»Die schöne Blume«, sagte eine laute Stimme hinter ihr.

Mitzi erschrak heftig, ihr Herz setzte einen Trommelwirbel in Gang. Sie drehte ruckartig den Kopf, es knackte in ihrem Nacken.

Eine Frau um die fünfzig saß unter dem Sonnenschirm am Nachbartisch und hatte die Arme verschränkt. »Er is es nicht wert, Fräulein, dass du seinetwegen eine hübsche Blume kaputt machst. Und du weißt vielleicht ja, wie das Drama mit der Margarete, dem Gretchen, ausgegangen is. Dass ihr die letzte Blüte suggeriert hat, dass der Kerl sie liebt, war larifari.«

Vorhin hatte Mitzi ganz ähnliche Überlegungen angestellt. »Es geht nicht um eine Liebe«, antwortete sie jetzt.

»Ach so.« Die Frau zuckte mit den Schultern. Sie trug einen hellen Zweiteiler und einen Strohhut am Kopf. Ihre Haare waren dunkelbraun und endeten, akkurat geschnitten, an der Schulter. Am auffälligsten war ihre große Tasche, die in Pink erstrahlte.

Unaufgefordert hob sie ihre Tasse Kaffee hoch, stand auf und setzte sich stattdessen auf den Stuhl gegenüber von Mitzi. »Is eigentlich blöd, dass wir beide allein zwei Tische besetzen, obwohl vorn schon Leut warten, dass was frei wird. Darf ich?«

Tatsächlich hatte sich beim Eingang des Gastgartens eine Menschentraube gebildet. Kaum war der Platz frei, stürzte ein älteres Paar heran, als ob es hier etwas geschenkt bekäme. »Danke, die Damen!«, jubelte er.

Mitzi fehlten kurz die Worte. Aber eigentlich liebte sie solche ungeplanten und unerwarteten Begegnungen. Es war kaum mehr möglich, die Frau wieder zu vertreiben. Wobei deren Verhalten schon dreist war.

»Wenn es nicht die Lieb is, was dann, Fräulein?«, bohrte die
Dame weiter.

Mitzi hätte sie, durchaus berechtigt, bitten können, sich noch
einmal umzusetzen. Oder, wenn das inzwischen unmöglich war,
das Dommayer zu verlassen. Es war nicht Mitzis Problem. Eine
andere Option war, dass sie schweigend ihren Verlängerten trinken und ihr Topfentascherl essen könnte. Das Blumenritual würde
sie in der Pension weiterführen. Doch ihr neugierig-kindlicher
Charakteranteil schimmerte durch den neuen erwachsenen Anstrich und übernahm.

»Haben S' denn Zeit?«, stellte sie ihre Gegenfrage. »Ich würd
zwar nur das Nötigste erklären, aber immerhin müsste keine
Blume mehr dran glauben.«

»Massig Zeit. Ich bin in Frühpension und für jede Zerstreuung
dankbar. Noch dazu is mein Mann auf Kur, meine Enkelin in der
Schule.« Die Frau winkte nach dem Kellner. »Die Getränke gehen
alle auf mich. Ach was, dein Topfentascherl auch.«

Mitzi betrachtete die inzwischen halbe Blume. Eine zufällig
getroffene Fremde in einem Wiener Kaffeehaus war das bessere
Orakel.

Als Mitzi zurück in die Pension spazierte, ging die Sonne in
einem rotorangen Feuerball unter. In einer Hand hatte sie den
Blumenstrauß, in der anderen ein Eis, das sie sich zusätzlich
gegönnt hatte.

Um sie herum in der Lainzer Straße herrschte reges Treiben.
Die warmen Abende lockten viele Spaziergänger ins Freie. Auf
der gegenüberliegenden Straßenseite stand ein Leierkastenspieler
und kurbelte seine Drehorgel an. Das Lied stammte aus einer
Operette, Mitzi wusste nicht, welche, summte aber mit. Ein wenig
kam es ihr vor, als wäre sie in der Zeit zurückgefallen. Pferdekut-
schen und Gaslaternen, Federhüte bei den Damen und Zylinder
bei den Herren.

Auf Höhe der Grätzlbuchhandlung blieb sie stehen. Wenn der
Laden noch geöffnet gewesen wäre, hätte sie sich ein nächstes

Buch gekauft. Vielleicht über das Wien am Beginn des letzten Jahrhunderts.

In der Umhängetasche meldete ihr Handy eine Textnachricht. Sie konnte von Agnes sein, die wissen wollte, was Mitzi trieb und wo sie war. Es konnte ebenso Rudolfo sein, der Neues vom Café zu berichten hatte. Möglich war auch, dass einer der Herausgeber der Zeitschrift sie bat, einen weiteren Artikel zu korrigieren, den er ihr in einer Mail bereits zugesendet hatte.

Von keinem von ihnen stammte die Nachricht.

Vielleicht war es die neue Bekanntschaft von vorhin, die Berta Lammer hieß und lange als Dramaturgin am Josefstädter Theater gearbeitet hatte. Die Oma und Frühpensionistin, die sich gern seltsame Geschichten fremder Leute anhörte. Ohne ihnen einen Ratschlag zu geben. Damit schloss sie sich Agnes an, auch wenn sich die beiden nicht kannten.

»Entscheiden musst du ganz allein, Mitzi«, hatte diese Berta das Gespräch beendet. »Derweil ich Pipi geh, weil die Flüssigkeit ja wieder herausmuss, machst du, was dir spontan richtig erscheint. Bitte, sag es mir nicht. Das gehört ganz allein dir.«

Genau das hatte Mitzi dann auch getan. Aus dem Bauch heraus. Aus dem Herzen. Deshalb konnte die neue Nachricht auch nur von einem möglichen Absender sein.

Mitzi hatte sich entschieden und in zwei Sätzen als Erste einen Vorschlag unterbreitet.

Die Rückantwort lautete: »Ja. Ich werde da sein.«

13

Axel hatte Konstanze huckepack genommen und stapfte unverdrossen voran. Agnes konnte erahnen, wie anstrengend es war, die Kleine auf den Schultern zu tragen. Selbst wenn der Forstweg breit war und mit mäßigem Anstieg durch die Landschaft führte. Dazu kam, dass Konstanze es in dieser Position liebte, entweder die Haare ihres Trägers lang zu ziehen oder ihm in die Ohren zu kneifen. Einzig mit der Aussicht, auf Papas Schultern zu thronen, hatte das Weinen aufgehört, mit dem die Kleine erzwingen wollte, in den Bach zu steigen, den die Familie überquert hatte.

Sie waren nach Kiefersfelden mit dem Auto gefahren und hatten in der Nähe des Wasserrades Bleier-Sag, das größte in Oberbayern, gehalten. Am Wochenbeginn war es leicht, dort einen Parkplatz zu finden.

Ausnahmsweise war der Hund zu Hause geblieben. Der Weg durch die Klamm hätte mit dem agilen Barnaby stressig werden können. Längst folgte er noch nicht aufs Wort, obwohl Axel mit ihm trainierte.

Agnes' erster freier Tag seit einer gefühlten Ewigkeit. Ihre Überstunden häuften sich. Trotz der laufenden Mordermittlungen zum Bogenschützenfall hatte sie sich zu ein paar freien Stunden durchgerungen. Ihr Denken schrie nach frischer Luft und einer Pause von Mord und Totschlag.

Ihr Handy jedoch war an, sie in ständiger Erreichbarkeit, wenn es ein Netz gab. Nach dem Ausflug wollte sie ohnehin zurück ins Revier und sich von Bastian Bericht erstatten lassen.

Wie stets bei schwierigen Recherchen ging es ihr zu langsam. Zwar war seit dem Mord an Mila Klar-Misselbach noch keine wirklich lange Zeitspanne vergangen, aber der Täter oder die Täterin trieb ja bereits seit Monaten sein oder ihr Unwesen. Nach dem Vorliegen der Autopsie und den Auswertungen des tödlichen Geschosses, nach den Vergleichen der vier Pfeile und dem jeweiligen Ablauf konnten die vier Fälle nur zusammenhängen. Andere Szenarien schloss das Team der »Soko Pfeilschütze«, wie Agnes sie in der Zwischenzeit getauft hatte, zwar nicht gänzlich aus, aber man konzentrierte sich vor allem auf die Gemeinsamkeiten. Sie suchten nach Hintergründen, Motiven und einem einzigen Fehler, der dem Täter oder der Täterin passiert war.

Bisher waren die Ergebnisse dürftig.

Die Pfeile waren alle vier von der gleichen Machart, gleiche Länge und gleicher Spinewert, aus Carbon. Fertig befiedert konnte man sie im Internet bestellen oder in einem Sportladen kaufen. Täglich liefen in ganz Österreich Bestellungen, oder es gingen Verkäufe über die Ladentheke. Kein Problem, sie anonym zu erwerben.

Weder an den Pfeilen noch an der Leiche waren Spuren entdeckt worden, die einen Hinweis hätten liefern können. Kein Haar, kein Fingerabdruck, keine Hautschuppe. Dass der Rucksack des letzten Opfers bis heute verschwunden war, hatte Agnes spekulieren lassen, dass sich daran oder an einem Gegenstand im Inneren ein verräterischer Anhaltspunkt hätte finden lassen. Das Mobiltelefon war ausgeschaltet oder vernichtet worden, keine Chance, es zurückzuverfolgen.

Das Bedecken des Körpers mit Moos und Erde konnte den Schluss zulassen, dass die schuldige Person die Ermordete kannte, hatte der Kriminalpsychologe gemeint. Oder es war eine Übersprunghandlung gewesen, ohne tieferen Sinn. Weder die eine noch die andere Möglichkeit half dem Team im Moment weiter.

Das Schmetterlingstattoo hatte Mila sich laut dem Witwer Xaver Misselbach schon vor einem Jahr stechen lassen. Das »P« stand ihm zufolge für »Prachtvoll«, das »M« für »Märzveilchenfalter«, eine Schmetterlingsart, die auch das Bild darstellte. Eine nächste Sackgasse.

Ein Mordmotiv, egal welcher Art, war nicht herauszufinden. Selbst die Gemeinsamkeit derselben Volksschulklasse, der 1c mit

Klassenlehrerin Jorinde Roth, brachte keinen Sinn in die Verbrechen. Agnes hütete sich davor, weitere Opfer auszuschließen.

Zugleich betete sie, dass absolut niemand mehr durch einen Pfeil aus dem Hinterhalt verletzt oder getötet würde.

Die Nachforschung zu den Ex-Schülerinnen und Ex-Schülern dauerte weiter an. Zwar hatte die Polizei an jeden bereits bekannten Namen eine Warnung ausgegeben, aber es fehlten noch einige. Bastian schob ohnehin, wie Agnes auch, jede Menge Überstunden. Der Personalmangel machte sich schmerzlich bemerkbar, auch andere Straftaten mussten bearbeitet und recherchiert werden. Die Soko Pfeilschütze war bisher auf Agnes, Bastian und die neue Elsbeth begrenzt. Das Kernteam klein zu halten, war Agnes allerdings und ehrlicherweise nicht ganz unrecht. Sie wollte bei ihrem ersten Mordfall als Chefin jederzeit die volle Übersicht behalten. Und am Ende, bei einem Aufklärungserfolg, selbst gut bestehen. Wobei ihr die weiteren Kollegen, die ihre Arbeitsstätte in den Parterreräumen des Polizeireviers hatten, bei dringendem Bedarf als Unterstützung dienen konnten.

Auch hatte sie versucht, das Drängen und Nachfragen der Journalisten zu ignorieren. Nach einer ersten Pressekonferenz hatte sie eine Nachrichtensperre verhängt.

Nicht vom Hals halten konnte sie sich leider die Politik. Die stellvertretende Bürgermeisterin von Kufstein rief täglich an und erkundigte sich nach Fortschritten. Früher hätte sich Agnes' Vorgesetzter darum gekümmert, jetzt war sie an vorderster Front. Zusätzlich wollte sich ein Chefinspektor vom Landeskriminalamt in Innsbruck einschalten. Sie brauchte aber keinen weiteren Koch, der im Ermittlungsbrei mitrührte. Dessen Einmischung wollte sie unbedingt vermeiden.

Agnes atmete tief durch und versuchte sich auf den Ausblick auf die Vordere Gießenbachklamm zu konzentrieren. Dort drinnen war das Licht dunkler, die Felsenwände gingen links und rechts steil nach oben. Ein Rauschen war zu vernehmen, auch wenn wegen der allgemeinen Trockenheit viel weniger Wasser die Klamm durchlief.

»Wasser, Wasser, Wasser!«, meldete sich Konstanze zu Wort und begann auf Axels Schultern zu strampeln. Sie war seit gestern in der Phase der Wortwiederholungen. »Nass, nass, nass und nass!«

Axel hielt sie in letzter Sekunde fest, bevor sie sich einfach nach hinten hätte fallen lassen.

»Stanzerl, hier schau, das Nockerl möchte so gern zu dir und lieber oben bleiben. Die Aussicht genießen.« Agnes holte die beiden ein und zog währenddessen ein buntes Stofftier aus ihrem Rucksack, das eine seltsame Mischung aus Hund, Katze, Vogel und Maus darstellte. Konstanzes absolutes Lieblingstier, das überall mit hinmusste. Mit Mühe war es möglich, das »Nockerl« getaufte Kuschelding zumindest einmal die Woche in die Waschmaschine zu verfrachten.

Auch diesmal half es. Die Kleine griff danach und streckte es über ihren Kopf. »Aussicht«, sagte sie klar und deutlich. Agnes war einmal mehr von ihrer Tochter entzückt.

Ein Treppensteig führte einen bewaldeten Hang hinauf. Agnes hörte Axel schnaufen. »Wird es dir zu viel? Soll ich sie nehmen?«

»Bin fit.« Er setzte ein Ächzen hinterher.

Damit brachte er seine Liebste zum Grinsen. »Wenn du es sagst, Axel!«

Sie durchquerten den gut gesicherten Weg durch die Klamm, ohne dass sich Konstanze noch einmal beschwerte. Im Gegenteil. Mit dem Nockerl in den Händen brabbelte sie fröhlich vor sich hin.

»Wir könnten auf der Schopperalm einkehren. Dort gibt es einen Kinderspielplatz. Wir essen eine Kleinigkeit und machen kehrt.« Agnes checkte ihr Handy. Es gab keine Anrufe.

Axel drehte sich zu ihr um. »Du machst also schlapp?«

Nein, wollte sie erwidern, ich bin bloß nicht wirklich bei euch. Freier Tag hin oder her. In ihrem Kopf arbeitete sie ohne Unterbrechung weiter.

Ihre Gedanken kehrten zurück zu den Volksschulkindern und zu Jorinde Roth. Bastian hatte die bereits bekannten Namen mit der Schuldatei abgeglichen, aus den damaligen Jahren Bilder aus dem Archiv herauskopiert, Schulevents notiert und mit dem früheren Schulleiter Franz Stellbracht über seine Einschätzung der Lage geredet. Leider hatten sich keine erhellenden Erkenntnisse daraus ergeben.

Die Ausbeute aus allen Befragungen bisher war minimal bis nicht vorhanden. Keine und keiner der Leute hatte auch nur den Hauch einer Idee, eines Gefühls oder einer Ahnung, warum solche Taten mit der Volksschule zusammenhängen sollten. Und wer überhaupt zu solchen Verbrechen fähig wäre.

Es war ein Dilemma.

Fixierte sich Agnes auf die Klasse von Jorinde Roth, und es gab ein nächstes Opfer, das nicht aus der ehemaligen 1c stammte, würde sie es zu verantworten haben, dass zu eng gedacht worden war. Andererseits war der Zusammenhang der einzige, auf den sie bisher zurückgreifen konnte.

Dass die frühere Klassenlehrerin Agnes in der anderen und neuen Funktion als stellvertretende Tourismusbeauftragte weiterhin mit unangekündigten Besuchen nervte, machte die Sache nicht einfacher.

Agnes hatte als Nächstes ein gemeinsames Treffen in der Schule im Auge. Zusammen und in der alten Umgebung kam vielleicht eine Erinnerung hoch.

»Erde an Agnes. Ist wer zu Hause?« Axel tätschelte ihre Wange.

Im nächsten Moment landete das Nockerl auf Agnes' Kopf. »Mami, Mami, Mami, Mami.« Konstanze war wieder zu ihren Wiederholungen zurückgekehrt. Zu Agnes' Freude war aus dem »Mam« inzwischen ein »Mami« geworden.

»Meinst du, dass du dich mit deiner Detektei im Netz nach weiteren Schülerinnen und Schülern auf die Suche machen könntest?«

»Liebling, du verpasst, obwohl anwesend, den schönen Tag mit uns.«

»Du hast recht. Geh voran, damit ich deinen knackigen Popo bewundern kann.«

»Popo, Popo. Popo«, jubelte Konstanze und riss ihr Stofftier wieder an sich, mit ein paar von Agnes' Haaren.

»Au, du Frechdachs.«

Sie kicherten alle drei. Ein wunderbares Trio. Nach dem Überqueren eines Damms bogen sie in eine Straße ein. Einmal weiter nach rechts, und sie konnten eine Rast einlegen. Danach würde Agnes darauf bestehen, den Ausflug abzubrechen. Waren sie erst wieder zu Hause, würde sie sich vielleicht gelöster fühlen.

Es lag nicht nur an ihrer Arbeit, dass sie zurückwollte.

Ein Zeichen, wie unruhig und auch beunruhigt sie war, hatte Agnes gesetzt, indem sie darauf bestanden hatte, den Familienausflug nicht von Kufstein aus zu Fuß zu unternehmen. Lieber wollte sie einige Kilometer entfernt mit Mann und Kind unterwegs sein, nicht dort, wo ein furchteinflößender Verbrecher mit einem Bogen und Pfeilen nach nächsten Opfern Ausschau halten konnte.

Axel hatte seine Ausflüge mit Konstanze auf Agnes' Bitten hin bereits eingestellt.

»Der unheimliche Bogenschütze« hatte eine der Schlagzeilen gelautet. »Sind wir in einem Edgar-Wallace-Film gelandet?« Darunter: »Was tut die Polizei eigentlich zu unserem Schutz?«

Mit einem Kopfschütteln lief Agnes weiter. Die Sonne schien, es war etwas kühler als am Wochenende davor, ein perfekter Tag für eine Wanderung. Schade war, dass sie sich einfach nicht auf die kurze Erholung einlassen konnte. Höchstwahrscheinlich auch nicht wollte.

Obwohl anwesend – die feine Art von Axel, sich auszudrücken. Agnes mochte es. Überhaupt mochte sie ihren Lebensabschnittsgefährten, wie man so schön sagte, von ganzem Herzen. Seine Art, mit ihr umzugehen, sich in den Zeiten ihrer Beförderung zurückzunehmen. Axel war ein guter Partner und Vater.

Zu perfekt, um wahr zu sein?

Wie auf Knopfdruck schwenkte sie in Gedanken von dem Mordfall zu Mitzi hinüber. Die Freundin gondelte herum. Agnes hatte Fotos aus mehreren Orten geschickt bekommen, die letzten aus Wien.

Mitzi schien wieder einmal das Reisen zu brauchen. Kein Wunder bei dieser neuen, ganz besonderen Baustelle. Dieser Brief. Gründlich durchleuchtet werden sollte der Schreiber, was leider nicht ging. Viel zu wenige Informationen hatte er Mitzi bisher gegeben. Agnes würde eine lange Liste zusammenstellen, was alles überprüft und gegengecheckt werden sollte, wenn er sich noch einmal melden würde. Auf keinen Fall durfte sich Mitzi dann allein mit ihm treffen. Wenn überhaupt. Möglich war ja ebenso, dass nach dem ersten Brief nichts mehr kam. Darüber würde Mitzi traurig sein, aber Agnes würde es gutheißen. Mitzi war dabei, ihr Gleichgewicht zu finden, die Dinge um sie herum liefen prächtig. Auch der Freund an Mitzis Seite war in Ordnung. Sie waren beide in einer stabilen Beziehung. Oder?

Schluss mit den Fragezeichen hinter den lobenswerten Verhältnissen. Heute Abend musste sie Mitzi endlich anrufen, ihr fehlte ein ausgiebiger Austausch. Doch auch dafür mangelte es Agnes an Energie und vor allem an Zeit.

Das Handy summte.

Fast fiel es Agnes aus der Hand, als sie es aus dem Rucksack riss. »Agnes hier, wer dort?« Was für eine dumme Ansage, sie hätte nur auf das Display schauen müssen.

»Jorinde Roth«, flötete die ehemalige Klassenlehrerin.

Nicht jetzt, dachte Agnes. Nicht erneute Mahnungen, dass Kufstein wieder sicher werden müsse wegen der Ausflügler und Touristen, wegen der Kinder, der Hunde und der Mäuse und wem auch immer. »Hallo, Jorinde, im Moment ist es ungünstig. Versprochen, ich kümmere mich persönlich. Keine Sorge.«

»Mach ich mir nicht, du liebe und fleißige Revierbossin.«

Agnes mochte die Ansprache nicht. »Dann melde ich mich –«

»Warte, ich bin noch nicht fertig.« Jorinde unterbrach sie mit einem unmittelbar lauten Tonfall. »Mir is was Wichtiges eingefallen.«

»Sag an.«

»Wir hatten damals einen Hausmeister, der entlassen worden is, weil er ungefragt Fotos von den Kinderln gemacht hat. Wirklich was Unanständiges war es nicht. Gar nicht. Eher harmlos. Nur Aufnahmen im Schulhof. Trotzdem hat die Direktion rasch und sensibel reagiert. Das einzig Gute, was ich diesem Stellbracht anrechne. Was danach aus dem Hausmeister geworden is, keine Ahnung. Aber in seinem Kammerl hat er eine Wurfscheibe gehabt und bei jeder Gelegenheit mit Dartpfeilen gespielt.«

Dart war nicht Bogenschießen. Fotos von spielenden Kindern waren noch keine Straftat. Aber eine neue Spur.

»Du weißt doch sicher noch den Namen.«

Ein glockenhelles Lachen folgte. »Hast was zum Schreiben?«

Das brauchte Agnes nicht. Die Notiz erfolgte in ihrem Kopf.

»Danke, Jorinde.«

»Immer gern. Hauptsache, alles löst sich in Wohlgefallen auf. Tschüsseli und pfiat di und tschau, Agnes.«

»Tschau.«

Agnes hatte die Alm, den Ausflug und die Entspannung um sie herum endgültig gestrichen. Selbst Mitzi und der Brief verschwanden kurzfristig aus ihrem Denken. Bastian und Elsbeth waren zu verständigen. Sie sollten schon einmal loslegen und sich auf die Suche machen. Später auf sie im Revier warten.

»Schaukel, Mama.« Ihre Tochter holte Agnes mit ihrem Rufen zurück. »Das Nockerl und ich, bitte, bitte, bitte – schaukeln.«

Konstanze hatte ihre Arme nach oben gestreckt und deutete wild fuchtelnd in Richtung des Kinderspielplatzes, der an der Einkehr bereits zu sehen war.

»Die Mami arbeitet in Gedanken, Süße. Wir zwei fangen schon einmal an. Wir zeigen der Mami aber, wie toll das Nockerl und du hochfliegen könnt.« Axel hatte an Agnes' Miene sofort abgelesen, dass sich etwas Neues aufgetan hatte.

Dafür mochte sie ihn noch ein Stückchen mehr. Von ganzem Herzen.

14

Ihr erster Impuls war es wegzulaufen.

Sich einfach auf den Fersen umzudrehen und loszurennen. Erst aus dem Café, dann quer durch Lilienfeld durch, am Stift vorbei. Dann am besten nach oben fliehen. Auf den Muckenkogel, über die Lilienfelder Hütte, weiter auf zur Hinteralm, Traisnerhütte, Klosteralm – die Hütten allesamt Schutzhütten, die Mitzi Obdach gewähren konnten.

Oder wenigstens bis zum Stift und dann ins Kloster hinein, in der Stille verharren, nichts außer dem eigenen Atem lauschen.

Nein, besser noch, in Marktl in den nächsten Zug springen. Das rhythmische Fahren hatte schon immer Mitzis Nerven beruhigt und ihr das besondere Gefühl eines leichten Vorwärtskommens vermittelt. Gut möglich, dass sie dabei noch einmal auf Lilly traf. Dieses Mal würde Mitzi das Mädchen nicht gehen lassen, sondern persönlich auf den richtigen Weg geleiten.

Also Reißaus nehmen? Die Belohnungen, die an den verschiedenen Fluchtzielen auf Mitzi warten würden, waren entweder die herrliche Aussicht am »Grünen Tor« oder die schattigen Bogengänge im Kloster oder auch nur eine Melange im Speisewagen eines Zuges, der sie nach Kufstein zu Agnes brachte. Die Hand der besten Freundin zu halten, hätte Mitzi in dem Moment dringend gebraucht.

Doch all ihre Wünsche waren eben nur Ausflüchte, um sich der Begegnung, die heiß ersehnt, zugleich aber auch unfassbar war, nicht stellen zu müssen. Wie sie Rudolfo beim Herzausschütten erklärt hatte, befürchtete Mitzi, dass es nicht Benni war, und auch, dass er es war.

Sie war durch den Hintereingang hereingekommen, an der Kellertreppe und den Toilettenanlagen vorbeigetrippelt und stand im Hintergrund des runden Mauerbogens, der in den Gästeraum führte. Aus dem Grund hatte der Mann, der an der Theke lehnte und in Gedanken versunken schien, Mitzi noch nicht wahrgenommen.

Sein Outfit war zum Lachen, wenn nicht sogar als lächerlich zu bezeichnen. Als wollte er einen Preis für Österreichs Super-Touristen gewinnen. Er trug wirklich eine klassische Lederhose zu einem dunkelgrünen Hemd. Und auf dem Kopf einen Steirerhut. Schwarz war die Kopfbedeckung, mit einem grünen Band und dazu mit zwei schwarzen Federn bestückt. An den Füßen hatte er feste Wanderschuhe. Unten an der Theke lehnte als Farbtupfer ein gelber Rucksack.

Mitzi besaß selbst so einen Ranzen in Zitronengelb, den sie heiß und innig liebte. Der kindliche Teil in ihr fragte sich direkt, ob das nicht ein Zeichen war, das die Verwandtschaft zwischen ihnen bestätigte.

»Tausende Kilometer entfernt und Jahrzehnte getrennt, aber die Geschwister Schlager haben stets dasselbe Accessoire gewählt«, hätte eine Schlagzeile in einer Illustrierten lauten können. »Nein, nicht dasselbe, aber das gleiche, in der Farbe zumindest.«

Groß war der Mann. Sicher um einen Kopf größer als Mitzi, die selbst nicht gerade eine kleine Person war. Papa war auch ein Hüne gewesen, das hatten sie von ihm.

Sein Haar stand kreuz und quer, die Farbe eine Mischung aus Hellbraun und Dunkelblond, dunkler als Mitzis. Am Kinn trug er einen Dreitagebart, der ihn älter wirken ließ. Mitzi hätte ihn auf Ende dreißig geschätzt, aber Benni wäre jetzt gerade mal über den runden Geburtstag hinaus.

Die Form des Gesichts war eine rundliche, auch das wie bei Papa Gerald. Die Farbe seiner Augen konnte Mitzi aus der Distanz heraus nicht erkennen. Das Gesicht hatte einen gemütlichen Ausdruck. Er hatte die Mundwinkel nach oben gezogen, aber ohne Verkrampfung oder Anstrengung. Sein Blick schweifte gerade über die Kaffeemaschine, die Rudolfos ganzer Stolz war. Mit dem linken Zeigefinger berührte er sie sachte.

Wo war Rudolfo überhaupt? Mitzi wäre es lieber gewesen,

wenn er bei dem ersten Aufeinandertreffen dabei gewesen wäre. Noch besser, wenn Agnes Mitzi beistehen würde.

Ihr fiel siedend heiß ein, dass sie Agnes ja nichts davon erzählt hatte, weil sie sich genau vorstellen konnte, wie ablehnend sie reagiert hätte. Besser war es, die beste Freundin vor vollendete Tatsachen zu stellen. Rudolfo hingegen hatte Mitzi nicht direkt eingeweiht, aber sie wusste, er war auf dem Weg. Wobei er oft eine akademische Viertelstunde zu spät kam, weil ihm Songtexte durch den Kopf gingen oder er sich bei einem Gespräch verbummelte. Demnach galt es, Benni allein gegenüberzutreten.

Mitzi holte tief Luft und stieß dabei einen Seufzer aus, der auch dem Mann an der Theke nicht entging. Sein Finger zog sich vom Chrom der Kaffeemaschine zurück, er sah in ihre Richtung. »Hallo? Is da wer?« Seine Stimme klang tief, aber auch sympathisch. »Mitzi? Bist du's?«

Es gab kein Zurück mehr. Sie verschränkte die Arme, während sie unter dem Mauerbogen hindurchtrat. »Servus. Ja, ich bin es. Die Mitzi.«

In ihrer Phantasie und in mindestens drei von den vielen Tagträumen, die sie in der letzten Zeit von Benni gehabt hatte, war sie ihm jedes Mal stürmisch entgegengelaufen, hatte die Arme um seinen Hals geschlungen. Er sie daraufhin hochgehoben und herumgewirbelt. Eine Sause, eine Riesenbegrüßung.

Im Wunschdenken waren sie sich weder fremd noch distanziert begegnet. Einmal waren sie geschrumpft, zu Kindern geworden, um die Jahre nachholen zu können, die sie verloren hatten.

In der Realität folgte nach dem ersten Gruß eine Pause. Die Szene, wie sie sich gegenüberstanden, er vor der Kaffeemaschine, Mitzi am Mauerbogen, hatte etwas von einem Duell in einem Western. Wer zieht zuerst die Waffe, dachte Mitzi. »Spiel mir das Lied vom Tod«, der Klassiker, oder »Django Unchained«, der modernere Neo-Western von Quentin Tarantino.

»High Noon«, platzte sie heraus, und sie legte die linke Hand auf die Lippen.

»Bitte?« Der Mann in der Lederhose und dem Steirerhut setzte zu einem ersten Schritt an, überlegte es sich aber anders und zog den Fuß zurück. »Ich hab dich nicht verstanden.«

Ihre Hand rutschte auf Magenhöhe, flau war Mitzi zumute. »War nix. Ja, ich bin die Mitzi. Also Maria Konstanze im Ganzen. Meine Patentochter heißt ebenfalls Konstanze, was ich toll finde. Stanzerl, so nenn ich sie. Ihre Mutter is meine beste Freundin, musst du wissen. Wir haben uns in Kufstein kennengelernt. Is eine lange Geschichte, aber seither sind wir ganz eng. Ich wohne aber immer noch in Salzburg, deshalb hat es mich gewundert, dass der Brief hierher gesendet worden is. Aber es kann sein, wenn das Café eröffnet wird, dass ich letzten Endes hier länger wohnen will. Mein Zimmer in der Salzburger WG kann ich untervermieten.«

Mitzi hatte rasch und ohne Pause geredet. All die Informationen sprangen wie Flöhe in einem Sack in ihrem Hirn herum. Noch einmal musste sie sich die Hand vor den Mund halten, sonst wäre das Sprudeln weitergegangen.

»Hauptsache, mein Schreiben hat dich erreicht, Mitzi.« Der Mann zog die Schultern hoch, als täte es ihm leid, dass sie hier standen und Konversation auf Distanz hielten. »Hab ich einen zweiten Vornamen?«

Ja, den hatte Benni. Doch Mitzi konnte sich in der Sekunde nicht daran erinnern. Unwichtigkeiten, wie die Einkaufsliste, waren abrufbar, aber ihr Bruder war bloß Benni. Sie schüttelte energisch den Kopf, um sich zu besinnen, was er als Verneinung verstand.

»Ach so, ich dachte, weil du … Egal. Also mich ruft man Ben. Seit ich denken kann. Ben.«

»Ben«, hauchte Mitzi. »Servus, Ben.«

»Schön, dich endlich kennenzulernen, Schwester«, rief er ihr nun zu.

Ihr rechtes Bein hob sich, senkte sich. Dann das linke. In einer Art Stechschritt kam Mitzi langsam näher. »Find ich ebenso.«

»Aber seltsam is es.«

Seltsam war ein Wort von vielen, das Mitzi passend erschien. Twilight-Zone-mäßig traf es ebenfalls ganz gut.

»Bist du mit dem Zug da?« Eine nächste banale Frage von Mitzi. Die Antwort darauf war ihr in Wahrheit vollkommen egal. Zuerst hob er seinen Steirerhut in die Höhe und fächelte sich damit Luft zu, es war stickig im Gästeraum. Im Anschluss nickte er. »Genau. Mit der ÖBB. Mein Auto hab ich in Slowenien gelassen. Im Haus meiner verstorbenen Eltern. Der Wagen is alt, er hätte auf der Strecke verrecken können.« Er stockte kurz. »Ich meine, meiner Zieheltern. Also dort, wo ich aufgewachsen bin. Das war in Kresnica. Wir wohnen aber schon seit Ewigkeiten in Ljubljana.«

»Du redest einen Dialekt, der in die Steiermark passt«, stellte Mitzi fest. Das erste Drittel der Distanz zwischen ihnen war überwunden.

»Stimmt. Ich bin in Slowenien groß geworden, aber wir haben ja im Grenzgebiet zur Steiermark gewohnt. Deshalb. Vielleicht. Dazu hab ich in der Schule Deutsch gelernt. Von Anfang an is mir der Dialekt richtig vorgekommen, auch wenn mir meine Deutschlehrer beim Schreiben dafür schlechte Noten gegeben haben. Seit ich allerdings Bescheid weiß über meine Vergangenheit, versteh ich es besser.«

Mit Schwung setzte er den Hut wieder auf, die Federn zitterten. »Es is eine lange G'schicht, Mitzi. Nein, es sind viele kleine und größere Einzelgschichterl. Wird dauern, bis ich mit allem durch bin. Aber es hetzt uns ja keiner.«

Plötzlich wollte Mitzi sie nicht hören. Sie sah sich am Grab ihrer Eltern und ihres kleinen Bruders Benni stehen und trauern. Die Schuld in ihrem Herzen über viele Jahre mit sich herumschleppen. Die Einsamkeit ertragen, mit den Eigentümlichkeiten ihres Charakters leben. Einen Alltag meistern, der ihr oft trist, manchmal bodenlos erschienen war.

Und Benni war stets Benni geblieben. Vier Jahre alt, frech, nervig, süß und liebenswert.

Der erwachsene Mann, ein paar Meter von ihr entfernt, passte in kein Traumbild, keine Erinnerung und keine Wunschvorstellung. Warum bloß trug er einen Steirerhut?

»Ach, Mitzi!« Sein Ausdruck veränderte sich. Aus seinem bisher stabilen Lächeln wurde eine Mischung aus Grinsen und Schluchzen. »Mitzi, das is so toll, so großartig und so überirdisch. Schwester, da bin ich.« Er kam mit ausgebreiteten Armen auf Mitzi zu.

Mitzi zuckte zusammen, und ein Schrei löste sich. »Nein, nicht. Nicht umarmen!« Es passierte zu rasch. Trotzdem streckte auch sie ihre Arme nach dem tot geglaubten Bruder aus.

Die Eingangstür wurde aufgestoßen.

Aus dem Augenwinkel heraus konnte Mitzi Rudolfo erkennen. Er hatte sein akademisches Viertelstündchen Verspätung exakt eingehalten.

Mitzis Freund sah von links nach rechts. Von der überforderten Mitzi zu dem sich mit Elan nähernden Ben.

Rudolfo war auf wundersame Weise schnell wie der Blitz. Womöglich ein Monsterblitz. Bevor Ben Mitzi in die Arme schließen konnte und Mitzi sich zwischen Abwehr und Nähe entschieden hatte, schoss Rudolfos Faust nach vorn und traf Ben am dreitagebärtigen Kinn.

Mitzi schrie noch einmal. »Oh Gott, was machst denn, Rudolfo?«

III.
BergziegenTumult

»MörderMitzi!«
Ein Wispern, das durch die Säle der Zeit hallt.
In all seinen Spielarten kennt Sam den Tod. Er weiß, wie es ist,
wenn ein gerade noch lebendiger Geist aus dem Körper vertrieben
wird und aufsteigen muss. Oder ins Nichts fällt.
Sam könnte Auskunft geben. Und er könnte Frieden spenden
für Mitzis eigene Seele.
Nur er.
Das ist das Dilemma.
Vieles hat sich verändert, gebessert, gedreht. Das aber nicht.
»MörderMitzi.«
Ein Raunen, das die Pumpe des Herzens zur Höchstleistung
antreibt. Es trommelt und rast und pumpert.
Warum nur kann es nicht jeder hören?
Sam hört es.
Nur er.
Das ist die Chance.
Kann einer sie in dieser Dunkelheit verstehen, ist sie nicht mehr
einsam. Schmerzende, erdrückende, brennende Einsamkeit.
Bitte, bitte, bitte. Es ist genug.
Sie könnte nach seiner Hand greifen, er sie über die Brücke
ihrer Schuld führen.
»MörderMitzi!«
Ist sie immerdar. Will sie nicht mehr sein.
Einen letzten Preis muss sie vielleicht bezahlen, damit sie frei
ist – Himmel, höre sie!

1

Der ehemalige Hausmeister der Volksschule war zu Agnes' Erleichterung von Bastian rasch ausfindig gemacht worden. Henry Winkler lebte inzwischen im Seniorenheim in Wörgl. Agnes musste mehrfach klopfen, bis ein »Herein« ertönte. Kaum hatte sie das Zimmer betreten, wurde ihr bewusst, dass Henry Winkler kaum als Täter in Frage kommen konnte. Trotzdem würde sie mit ihm reden, ihn zu den Zeiten damals befragen, zur Klasse, zu den Schülern und zu Jorinde Roth. Es roch nach Babyöl und Windeln, die gewechselt werden sollten. Die gewöhnungsbedürftige Geruchsmischung hatte sie früher auch bei ihrem Kind öfter einmal eingesogen und sich stets sofort ans Windelhosenwechseln gemacht. Mittlerweile trug Konstanze zwar immer noch einen Auslaufschutz, wie ihn Agnes' Mutter gern mit einem Zwinkern nannte, aber viel öfter verlangte sie nach dem Töpfchen. Axel übte mit seiner Tochter liebevoll und spielerisch.

Außer dem Geruch war es ein angenehmer Raum, penibel aufgeräumt. Am Fenster gab es einen ovalen Tisch mit zwei Stühlen, auf denen blaue Polster drapiert waren. In einer der Ecken stand ein schmaler Sekretär mit einem Regalaufsatz, darauf zwei Ordner und ein einsamer, ebenfalls blauer Becher mit einem einzigen Stift darin. Im Muster der Tapete und in den Vorhängen setzte sich die Farbe fort, es entstand ein Bild der Harmonie. Nur eine Micky-Maus-Lampe auf dem Nachttisch wirkte eigentümlich fremd.

Der alte Mann, der seitlich auf dem Bett saß und seine Beine baumeln ließ, war groß. Schon im Sitzen überragte er Agnes um zwei Köpfe. Er trug eine Trainingshose, Sandalen und ein weißes Hemd, das vorn einige verblasste Flecken aufwies. Auf seinem Schoß hatte er ein offenes Malheft, wie Vorschulkinder es benutzten. Eine Schachtel mit Buntstiften auf der Decke berührte seine Schenkel.

»Herr Winkler lebt schon seit acht Jahren bei uns«, hatte ihr die Rezeptionistin am Eingang erzählt. Agnes' Polizeiausweis hatte die füllige Frau gesprächig werden lassen. »Seine Demenz schreitet voran, da kann man nix machen. Kann sein, dass wir ihn bald in ein Pflegeheim überstellen müssen. Wir können viel leisten, aber nicht alles.«

»Hat er keine Verwandten?«

»Eine Tochter, aber die besucht ihren Papa selten. Weihnachten is öfter, wenn Sie verstehen, was ich meine.« Sie hatte kurz und unpassend aufgelacht, sich danach den Finger auf die Lippen gelegt. »Sorry, ich hab einen bissigen Humor. Aber unsere Bewohner freut's. Einmal im Monat veranstalten wir einen Witzeabend, da passt's dann.«

Agnes war nicht näher darauf eingegangen. »Verlässt Herr Winkler das Seniorenheim noch?«

»I wo. Der malt den ganzen Tag. Geht kaum in den Garten. Und abends schaut er fern. Reden tut er wenig. Oft is er wirr. Ein Gespräch brauchen S' gar net probieren. Worum geht's denn, Frau Inspektor?«

Fast wäre Agnes der klassische Spruch »Inspektor gibt's kan« aus der »Kottan«-Reihe herausgerutscht, aber sie hatte bloß genickt und sich die Zimmernummer geben lassen.

Nun bestätigte sich die Aussage der Rezeptionistin. Trotz der beeindruckenden Größe schien der alte Mann keiner Fliege mehr etwas zuleide tun zu können. Seine Arme unter dem dünnen Hemd, das er trug, waren dürr. Einen Bogen zu spannen, hätte er nicht mehr geschafft. Auch nicht, das Heim selbstständig zu verlassen und eine Wanderung zu unternehmen.

»Immer herein, herein«, sagte er jetzt, allerdings ohne sein Malen zu unterbrechen. Seine Konzentration war ganz auf die Tätigkeit gerichtet. Agnes erkannte eine Landschaft, die zur Hälfte und in allen möglichen Farben ausgemalt war. Auf dem stoppeligen weißen Kinnbart des Greises hing ein Tropfen Spucke, der im Licht der Micky-Maus-Lampe rötlich wirkte. »Gibt's schon Abendessen?«

Agnes griff sich einen der Stühle vor dem Fenster. Draußen

strahlte die Sonne, die Aussicht in einen gepflegten Garten war hübsch. Auf Bänken saßen andere alte Menschen, zu zweit oder dritt, manche spazierten, eine Gruppe spielte auf einer angelegten Sandbahn Boccia. Henry Winkler schien der Einzige zu sein, der sich selbst genügte und in seine Malwelt versunken war.

»Nein, kein Abendessen, Herr Winkler, sondern was ganz anderes. Was mit Ihrer Vergangenheit zu tun hat, aber auch mit meiner Arbeit in der Gegenwart.«

Nachdem sie sich ihm gegenübergesetzt hatte, stellte sich Agnes vor. Als keine Reaktion von ihm erfolgte, begann sie einfach von sich aus zu sprechen, schilderte die Fälle bis hin zur letzten tödlichen Attacke. Als sie bei der Volksschule angekommen war und anfing, aus der Handynotiz die einzelnen Namen vorzulesen, blickte er zum ersten Mal hoch. Das verwässerte Blau seiner Augen hatte den gleichen Farbton wie beinahe alles im Zimmer.

»Die Schul?«

»Ja, die Volksschule in der Meraner Straße, Herr Winkler. Alle vier Opfer haben die als Kinder besucht. Sogar dieselbe Klasse. Alle haben mit der 1c begonnen.«

»Ich bin ein Opfer.« Er wackelte mit dem Kopf. Mit einem Mal klärte sich sein Blick, und das Ausmalen wurde unwichtig. »Mich hat's erwischt.«

»Erzählen Sie bitte, Herr Winkler, das interessiert mich.«

»Na, die Eltern. Rausgeschmissen haben s' mich. Weil ich gern fotografiert hab. Ich glaub, im Schrank is die Kamera. Wollen S' die mir holen, Fräulein? Dann mach ich auch von Ihnen einen Schnappschuss. Sie haben ein liabes G'sichterl.«

»Nicht jetzt, danke, Herr Winkler.« Agnes rückte den Sessel ein Stück näher. Der Geruch wurde intensiver. »Welche Art von Schnappschüssen haben Sie denn gemacht? Von den Kindern?«

»Die Tschopperln. So liab waren s' alle. Das wollt ich festhalten. Sonst nix. Aber die Eltern waren bös, und ich musst gehen. Jetzt bin ich arbeitslos. Schön blöd, gell. Vielleicht kann ich woanders anfangen, Hausmeister bin ich. Nein, war ich. So süß waren die

Mäderl. Die Buben ganz frech. Meine Arbeit hab ich immer brav erledigt. Ich bin das Opfer, verstehen Sie, ich.«

Dass er die Zeiten verwechselte, war nicht das Problem. Schwieriger war es für Agnes, aus seinen sprunghaften Sätzen Wahrheiten herauszufiltern. Sie wollte ihn nicht als Pädophilen abstempeln, aber wenn jemand später einmal ungefragt ihre Konstanze ablichten sollte, würde Agnes ohne Zweifel ebenfalls auf die Barrikaden gehen.

»Herr Winkler, abgesehen von den Fotos und Ihrem Rauswurf. Die Namen, die ich vorhin aufgezählt habe – können Sie sich an einen noch erinnern?« Agnes begann von vorn. Doch schon im Ansatz unterbrach Henry Winkler sie.

Diesmal wurde er laut. »Bös waren s', die Gfraster. Bös. Zu mir und zueinander. Grad die. Der Jost kann es bezeugen.«

»Jost Stelling? Meinen Sie den?« Agnes sah den Stiefvater des Witwers vor sich, wie er Tränen im Auto vergossen hatte, als Xaver Misselbach von der Identifizierung zurückgekommen war. »Wer war böse?«

Henry Winkler stierte vor sich hin. »Böse und gemein« war alles, was er murmelte.

»Herr Winkler, lassen Sie mich vorlesen und sagen Sie ›Stopp‹, wenn der Name fällt.«

»Und wer sind Sie?«

»Revierinspektorin Agnes Kirschnagel. Revier Kufstein.«

»Da hab ich früher gearbeitet. In der Volksschule, in Kufstein. Ich weiß noch, als die hübsche Helga, die Putzfrau, eine tote Ratte hinter den Spinden g'funden hat. Hat die geschrien.«

Kurz schoss Agnes der Fall mit dem Torso durch den Kopf, dazu die Ergebnisse aus dem Labor. »Ratte?«

»Ich hab das Viech entsorgt, und gut war's.« Der alte Mann wackelte mit dem Kopf. »Alles is daneben'gangen. Außig'schmissen bin ich worden. Perdu. Perdu. Jetzt bin ich Maler. Landschaftsmaler.«

Die Tür ging auf. Die füllige Frau von der Rezeption kam mit Schwung und mit zwei roten Flecken auf jeweils einer Wange

142

herein. »Sie müssen gehen, Frau Kirschnagel, bitte.« Sie flüsterte aufgeregt.

Agnes stand auf. »Warum das denn? Ich hatte Ihnen doch meinen Ausweis gezeigt.«

»Ja, aber ich hab grad mit meiner Kollegin gesprochen. Eigentlich hätten Sie sich bei der Leitung anmelden müssen. Ein paar Tage vorher. Ohne Begleitung dürfen S' nicht zum Herrn Winkler. Mein Fehler, sorry. Wenn der Chef das gleich merkt, krieg ich echt Probleme. Ich hab die Stelle noch nicht lang und möcht nicht entlassen werden.«

»Ich bin entlassen worden!« Henry Winkler erhob sich vom Bett. Malheft und Buntstifte fielen geräuschvoll zu Boden. Ein grüner Stift rollte bis ans Fenster vor. »Jorinde is schuld.« Er schwankte.

Die füllige Frau stürzte auf ihn zu und stützte ihn. Sie war wesentlich kleiner als er, er drohte auf sie zu fallen. Agnes griff ein. Sie steckte das Handy in die Jeans und packte Henry Winkler mit beiden Händen unter der rechten Achsel. Gemeinsam hievten die Frauen ihn zurück aufs Bett. Kaum saß er, wurde er wieder ruhig.

Agnes sammelte Heft und Stifte ein und drückte sie ihm in die Hand. »Meinen Sie Jorinde Roth, die damalige Klassenlehrerin der 1c?«

»Wen sonst?« In seinen Augen schimmerten Tränen. »Ich muss doch meine Tochter durchbringen. Mei Frau is g'storben. Hab ich ihr gesagt, grad eben noch. Als sie mir mitgeteilt hat, dass die Schulleitung mich schasst. Dabei war sie es.«

»Was war sie?«

»Dieses böse Dirndl.«

»Jorinde Roth?«

»Die is ein Hascherl. Aber die Böse da. Ich hau der eine runter, die verdient eine Watschn.«

Die füllige Frau zwängte sich zwischen Agnes und Henry Winkler. »Bitte, gehen Sie. Wenn Sie mehr mit dem Herrn Winkler parlieren wollen, melden Sie sich bei der Leitung vorab an. Bitte!«

Die hektischen Flecken auf ihren Wangen hatten sich vermehrt. Als hätte sie sich rote Sommersprossen aufgepinselt.

Henry Winkler hatte indes wieder auszumalen begonnen. Versunken und sich selbst und sein Leben vergessend. Agnes fragte sich, wie ihr Altern einmal ablaufen würde.

Doch statt sich zu sorgen, sah sie sich mit Mitzi und Axel auf einer Bank am Inn sitzen. Grauhaarig, aber alle drei fit für das hohe Alter. Konstanze kam über die Brücke, eine erwachsene Frau mit ihren eigenen Kindern. Agnes und Axel als Dreifach-Oma und -Opa. Mitzi als Patentante, auch von diesen Kindern. Kitschig war die Vorstellung und wahrscheinlich nicht realistisch. Agnes dachte daran, Mitzi zu erzählen, dass auch sie sich, mitten in Ermittlungen, wegträumen konnte.

Ihr Handy summte, es war das Revier.

»Bin weg!«, rief Agnes der fülligen Frau zu und huschte aus dem Zimmer. Erst im Freien rief sie Bastian zurück. »Was gibt es?«

»Ich bin seit Stunden an dem Gruppentreffen dran, das dir vorschwebt.« Er hustete. »Sorry, vor lauter Reden versagt mir bald die Stimme. Außer unseren drei Verletzten und dem Neu-Witwer, wenn ich ihn so nennen darf, sind fünf bereit, sich gemeinsam mit dir zu treffen. Die anderen, die wir bisher haben, nicht. Zwei studieren in Innsbruck, einer is in Amerika, ein anderer in der Schweiz und so weiter. Übermorgen hast du ein Treffen mit neun Personen, Agnes. In der Schule. Auch das konnt ich arrangieren. Leider abends, weil die tagsüber arbeiten müssen und im Schulgebäude sonst Kinder herumlaufen würden. Das wäre der jetzigen Schulleitung nicht recht gewesen. Passt dir das, Chefin?«

»Super, Bastian. Ruf auch noch Jorinde Roth an, sie sollte dabei sein. Also zehn.«

»Mit dir elf, Chefin.«

»Basti, bitte kein Korinthenkacken, ja? Und schick mir bitte die Nummer von Jost Stelling. Dalli, dalli!«

Er legte lachend auf.

Der Stiefvater des Witwers meldete sich erst nach langem Klingeln. »Ja! Wer will was?« Schroff klang der Ton und unfreundlich.

»Agnes Kirschnagel, Herr Stelling.«
Die Stimme des Mannes nahm übergangslos die bekannte Weichheit an. »Ach, Sie sind's. Ich denk immer, wenn ich die Nummer nicht kenn, es is einer von diesen Betrügern, die mir was vorlügen. Gibt's was Neues? Fortschritte?«
Agnes verneinte und kam direkt auf den Hausmeister zu sprechen.
Nach einer längeren Denkpause räusperte sich der Angerufene. »Ehrlich gesagt, Frau Kirschnagel, der Name sagt mir überhaupt nix. Meine verstorbene Frau, die Mutter vom Xaver, hat sich immer um das Schulische gekümmert. Entschuldigen Sie, dass ich nicht mehr dazu sagen kann. Wäre es wichtig gewesen?«
»Möglicherweise. Bitte, denken Sie noch mal nach, ja?«
»Das mach ich. Tut mir leid. Total leid.« Er jammerte jetzt. »Der Xaver is so unglücklich, isst kaum was und igelt sich ein, der arme Bub. Was für ein Unglück. Aber er wird drüber hinwegkommen, irgendwann. So spielt das Leben, nicht wahr?«
»Spielen Sie Darts, Herr Stelling?« Die Frage kam bei Agnes aus dem Bauch heraus.
Erneut eine Pause. »Früher. Ewig her. Warum?«
»Nur so. Ich melde mich.«
Agnes erreichte ihr Auto. Sie nahm sich vor wiederzukommen. Aus den Fetzen in Henry Winklers zerfallendem Gedächtnis war möglicherweise etwas Interessantes herauszufiltern.
Kaum saß sie hinterm Steuer, rief Mitzi an.

2

»Mitzi, langsam und der Reihe nach. Also, bei der Begrüßung ist es passiert?«

»Genau. Da hat Rudolfo gedacht, dieser Ben will mir was tun, und hat ihm einen Kinnhaken verpasst.«

»Ist er verletzt? Ich meine diesen Briefeschreiber.«

»Es wird einen schönen Bluterguss geben, Agnes. Aber Ben sieht von einer Anzeige ab. Rudolfo hat sich entschuldigt und ihm einen Eisbeutel gebracht. Den konnt Ben sich aufs Kinn legen.«

»Okay. Ich werde nichts dazu sagen, dass du mich im Vorfeld nicht eingeweiht hast, Mitzi. Kommen wir lieber zurück zu diesem Kerl. Ben und wie weiter?«

»Ben Horvath heißt er. Er hat sich schnell erholt. Wirklich fest hat Rudolfo nicht zugeschlagen. Aber Agnes, es tut mir übrigens leid, dass ich vorher nichts angedeutet hab. Es is völlig okay, dass du jetzt so skeptisch klingst.«

»Tatsächlich okay für dich? Kein Protest, kein Aufschrei, Mitzi? Weil ich den Mann sicher noch lange nicht für deinen wiederauferstandenen Bruder halten werde.«

»Agnes, ganz ehrlich. Im ersten Moment war ich wie gelähmt, als er vor mir gestanden hat. Im zweiten hab ich absolut gedacht, es muss Benni sein, mein Benni. Und im dritten Moment is diese Sicherheit verschwunden, und ich werde mich erst total freuen wie auch weinen vor Glück, wenn sich seine Geschichte bestätigen lässt.«

»Mitzi, du überraschst mich. Ich bin sprachlos.«

»Bist du nicht, haha. Eben hast du was gesagt.«

»Keine Witze, danach ist mir nicht. Du hättest es mir erzählen sollen. Ich mache mir sogar im Nachhinein Sorgen.«

»Brauchst du nicht, ehrlich, Agnes. Ich bin älter als du, hab die dreißig schon überschritten. Ich besitze demnächst ein gut ge-

führtes Café und hab einen festen Freund. Nur manchmal fühl ich mich wieder wie sieben, aber das steht auf einem anderen Blatt.«
»Fast fehlt mir die Mitzi, die sich voll und ganz auf diesen Fremden eingelassen hätte. Aber nur fast. Bitte, bleib erwachsen.«
»Ha! Siehst du, jetzt machst du deinerseits sogar einen Witz. Aber ernsthaft: Agnes, du wirst den Mann überprüfen, ja? Dazu seine ganze Story, die filmreif sein könnt. Nach dem Eklat mit Rudolfo sind wir nämlich noch zusammengesessen. Er hat viel berichtet, aber auch viel ausgelassen. Ich schwanke ziemlich in meinem Bauchgefühl.«
»Gib mir einfach die Fakten.«
»Viel is es eben nicht. Er hat gemeint, dass er selbst erst langsam auf diese neuen Pfade einschwenken muss.«
»Seine Zieheltern sind aus Slowenien?«
»Adoptiveltern. Eva und David Horvath. Beide verstorben. Erst nach ihrem Tod hat er die Unterlagen von der Polizei in Kresnica und dem Kinderheim, in dem er war, entdeckt. Das war ein Schock für ihn. Seit drei Jahren forscht er nach. Er hat obendrein die Frau ausfindig gemacht, die ihn damals herumirrend gefunden hat. Außer das Wort ›Ben‹ hat er nichts geredet, deshalb haben sie ihn so gerufen. Verletzt war er und traumatisiert. Völlig dehydriert und am Ende seiner Kräfte. Agnes, es könnte sein, dass er als Bub nach der Explosion einfach davongelaufen is. Immer weiter und weiter. Panisch und geschockt.«
»Von Kalsdorf nach Kresnica oder wie das heißt? Mit vier?«
»Ich hab's schon gegoogelt. Zu Fuß wären das ungefähr neun Stunden. Für ein Kind vielleicht zwei oder drei mehr. Aber nicht unmöglich.«
»Ohne dass ihn jemand gesehen und die Behörden verständigt hat?«
»Na ja. Vielleicht. Agnes, ich weiß auch nicht. Jedenfalls is ja mein Benni, also der Benni, an den ich mich erinnern kann, nach der Explosion mit meinen Eltern zusammen für tot erklärt worden.«
»Sie müssen dazumal seine Leiche gefunden haben, sonst wäre kein Totenschein ausgestellt worden.«

»Das hab ich auch gedacht. Der Mann, also dieser Ben, meint, dass die Polizei damals zwar untersucht hat, wie es zu dem Unglück gekommen is, es aber von vornherein klar war, dass alle in dem Blockhaus ums Leben gekommen sein mussten. Keiner hat sich wahrscheinlich weiter im Detail darum gekümmert.«

»Geh, Mitzi, unmöglich. Blödsinn. Denn das wäre fahrlässig gewesen. Da irrt sich dieser Ben völlig.«

»Dass es meine Schuld war, das stand rasch fest.«

»Deine Schuld, hör auf.«

»Ich sag das ganz ohne Emotion, Agnes. Jedenfalls galt Benni als verstorben, und Ben wurde in einem anderen Land aufgegriffen. Keiner hat sich nach seinem Auffinden gemeldet. Slowenien is damals noch nicht einmal in der EU gewesen. Aber es war in den slowenischen Medien, hat Ben gesagt. Darüber hab ich leider nix im Netz gefunden. Wobei es freilich schon über fünfundzwanzig Jahre her is.«

»Trotzdem muss es dazu noch Informationen geben.«

»Denk ich auch. Lass mich bitte weiterreden: Nur drei Monate danach haben die Horvaths Ben als ihr Kind angenommen. Erst in Pflege und später dann adoptiert. Er is ohne Erinnerung aufgewachsen. Nur mit ganz vielen heftigen Alpträumen, für die er keine Erklärung gehabt hat. Träume, die ihn gequält haben bis ins Erwachsenenleben hinein.«

»Na gut. Nehmen wir für einen Moment an, seine Geschichte stimmt bis dahin. Wie kommt er auf dich und deine Familie? Nach der langen Zeit, Mitzi?«

»Über eine Regressionstherapie.«

»Eine was?«

»Unter Regressionstherapie versteht man das Zurückführen des Patienten in eine frühere Entwicklungsphase während der Hypnose. Das hilft, traumatische Ereignisse erneut zu durchleben und dann endlich abzuschließen. Das gibt es, und es kann auch verschüttete Erinnerungen hochholen. Ich hab die Stellvertreterin von meinem Therapeuten angerufen. Der Dr. Rannacher is auf einem Kongress, stell dir vor, Agnes, in Köln. Aber die

Frau Doktor, die seine Patienten derweil betreut, hat es mir auf mein Nachbohren hin bestätigt. Obwohl ich glaube, wenn der Dr. Rannacher da wäre, wäre er gegenüber dieser Wendung in meiner Familiengeschichte sehr skeptisch.«

»Wie ich.«

»Ich doch auch, Agnes. Wie oft muss ich das wiederholen? Also, Ben hat sich erinnert. Dass er Benni Schlager heißt, dass er eine große Schwester hatte, dass er in Graz gelebt hat. Sogar an den Tag des Feuers im Blockhaus in Kalsdorf. Daran, dass er gelaufen is. Immer weiter und weiter.«

»Mmh. Bei welchem Therapeuten war er?«

»Das hab ich nicht gefragt. Ab einem gewissen Punkt hab ich auch viel geredet.«

»Oje, hoffentlich nicht zu viel. Mitzi. Von ihm brauchen wir jedes Detail, nicht er von dir. Ich werde neben meiner Aufklärungsarbeit versuchen zu recherchieren. Trotz Zeitmangel. Bevor du irgendwas mit dem Kerl weiter unternimmst, wartest du.«

»Ben will genau das auch. Die Sache hat ihn emotional stark mitgenommen, hat er gemeint. Allein das Suchen nach seiner Ursprungsfamilie hat ewig gedauert. Dabei hatte er einen Privatdetektiv engagiert, wie Axel einer is.«

»Dessen Name?«

»Hab ich vergessen zu fragen. Mach ich noch.«

»Mitzi, Axel wird dich jederzeit unterstützen. Er kann leisten, was ich momentan nicht kann. Dafür braucht aber auch er genaue Angaben.«

»Ben hat gemeint, er is am Limit. Das zu verdauen, is nicht leicht. Und er wird sich wieder melden.«

»Wo ist er zu erreichen? Wo hat er eine Bleibe hier in Österreich? Wie ist seine Adresse in Kresnica?«

»Er wohnt schon Jahre in Ljubljana. Dorthin is die Familie in seiner Teenagerzeit gezogen.«

»Telefonnummer und Adresse. Infos über die Eltern. Über seinen Werdegang.«

»Herrje, Agnes. Das is mir alles z'samm total durchgerutscht.

Anscheinend bin ich doch nicht so cool, wie ich vorhin g'sagt hab.«

»Alles in Ordnung, Mitzi. In der Aufregung kann niemand an alles denken.«

»Wie soll ich mich weiter verhalten? Ihm gleich wieder eine Nachricht schicken mit all deinen Fragen? Ihn morgen wieder treffen? Wenn er überhaupt in Lilienfeld übernachten wird. Jessas, nicht einmal das hab ich nachgefragt. Aber Rudolfo auch nicht, der is ganz schweigsam geblieben.«

»Lass mich nachdenken. Wie fühlst du dich?«

»Ganz schön fertig, Agnes.«

»Dann geh die Sache bitte langsam an. Dieser Ben kommt ohnehin wieder, dessen bin ich mir sicher. Bis dahin nimmst du dir einen Therapietermin bei deinem Dr. Rannacher oder der Stellvertreterin, damit du seelisch stabil bleibst. Du kümmerst dich um dein Café. Rudolfo soll ständig bei dir bleiben.«

»Blödsinn, Agnes. Vielleicht fahr ich nach Salzburg, ruh mich aus.«

»Willst du lieber zu uns?«

»Ich überlege es mir. Mal schauen. Was machst du?«

»Es gibt nun immerhin erste Fakten, die ich auswerten kann. Die gebe ich an Axel weiter. Schick mir bitte die Handynummer von dem Mann. Damit lässt sich vielleicht schon etwas anfangen, selbst wenn es nur ein angemeldetes Prepaidhandy wäre. Aber keine Angst, ich rufe ihn nicht hinter deinem Rücken an. Du entscheidest, wie du vorgehen möchtest.«

»Danke! Von Herzen danke.«

»Mach mich nicht verlegen, Mitzi. Das ist selbstverständlich.«

»Ich hab ihm auch von dir erzählt und von deinem Job.«

»Wäre besser gewesen, wenn nicht. Doch das spielt keine Rolle. Wenn ich es überlege, vielleicht sogar nicht schlecht. Wenn er ein Betrüger ist, traut er sich nicht, weiter zu gehen.«

»Wie weiter?«

»Bei solchen Tricksereien geht es immer ums Geld, Mitzi.«

»Ich hab keines.«

»Doch. Du hast das Grundstück verkauft, ihr werdet bald das Café eröffnen. Da denken einige Subjekte, bei dir wäre etwas zu holen.«

»Subjekte klingt lustig. Ben is aber keines. Hoffe ich.«

»Mitzi. Mein Job ruft mich. Ich muss hier weitermachen.«

»Eh klar, Frau Revierinspektorin. Ich salutiere.«

»Haha. Bussi und pfiat di.«

»Du, Agnes. Bleib dran! Noch was.«

»Was denn?«

»Also, Ben hat mich auch eingeladen. Nach unserer Begegnung hat er mir wieder getextet. Er überlegt, nur kurz in Ljubljana in seinem Zuhause zu bleiben und dann mit mir gemeinsam was zu unternehmen. Zum näheren Kennenlernen.«

»Wie, eingeladen? Wohin denn?«

»Stell dir vor, eben nach Kufstein. Ich hab ja auch viel über die Berge, die Wanderungen und die Gegenden geplaudert. Kufstein hat für ihn am besten geklungen, deshalb will er dorthin, sich ein paar Tage im Goldenen Löwen einquartieren. Mich dazuholen, um ihn herumzuführen. Bei allem, was wir besprochen haben: Da hätte ich schon große Freude. Und ich könnt ihn weiter ausfratscheln.«

»Ich weiß nicht ...«

»Er hat es mir ganz freigestellt, Agnes. Noch is nix fix.«

»Wenn du das wirklich machst, wohnst du bei uns. Wie immer. Kannst die Gelegenheit tatsächlich nutzen, mehr über ihn zu erfahren. Zuallererst kommt ihr zu mir ins Revier. Keine Treffen davor.«

»Aber Agnes!«

»Nichts mit: Aber Agnes. Ich will ihn in Augenschein nehmen.«

»Agnes. Was, wenn die G'schicht stimmt? Wenn es wirklich Benni is?«

»Warten wir es ab, Mitzi.«

3

Abends eine Schule zu betreten ohne den Tumult der Schülerinnen und Schüler löste bei Agnes ein eigentümliches Gefühl aus. Die jetzige Hausmeisterin, eine Frau in den Fünfzigern, hatte sie eingelassen, ihr den Weg gezeigt und sich im Anschluss zurückgezogen.

Der Gang war lang, mit hohen Wänden in Gelb und einem blauen Strich durchzogen. Der Hall der Schritte auf dem Terrazzoboden, die vielen gemalten Bilder an den Wänden und ein offener Schrank, in dem einzelne Hefte, ein vergessenes Paar Sneakers, eine Figur aus Ton und komischerweise ein Schnuller lagen, wirkten ohne Kinder einsam. Als ob die Menschen insgesamt von der Welt verschwunden wären.

Der Treffpunkt war in der 4a, eine der Abschlussklassen in diesem Jahr. Eine c-Klasse gab es nicht mehr, der Geburtenrückgang machte sich auch hier bemerkbar.

Der junge Witwer kam Agnes noch vor Erreichen des Klassenzimmers entgegen. »Haben Sie den Täter?« Er schleuderte Agnes die Frage entgegen. »Haben Sie ihn?«

Xaver Misselbach sah noch schlechter aus als bei ihrer ersten Begegnung. In den Tagen seit dem Mord an seiner Frau war er einmal im Revier erschienen, als Agnes unterwegs gewesen war. Bastian hatte ihr erzählt, dass er sich bitter über die trägen Ermittlungsfortschritte geäußert hatte. Agnes hatte im Anschluss versucht, ihn anzurufen, ihm aber nur auf die Mailbox sprechen können. Ein Rückruf seinerseits war nicht erfolgt.

Die dunklen Ringe unter seinen Augen hatten sich verstärkt, die hellen Haare wirkten ungewaschen, der Bart ungepflegt. Sein Erscheinungsbild drückte Elend aus.

»Herr Misselbach, wir tun, was wir können. Die Soko Pfeilschütze ist mitten in den Ermittlungen.«

»Ihre Soko scheint nicht genug zu sein«, erwiderte er erschöpft.

»Ich warte, wir warten, auf Ergebnisse, nichts geht weiter. Es zermürbt uns.«

Agnes überlegte, ob er neben dem Stiefvater auch Elif Samet meinte, hakte aber im Moment nicht nach. »Bitte, schenken Sie uns weiter Vertrauen. Haben Sie die Liste der Kunden der Werbefirma, um die ich Sie gebeten hatte? Die fehlt uns ja noch.«
»Kriegen Sie, Frau Kommissarin.« Erneut betitelte er Agnes falsch, sie ließ es ihm wieder durchgehen. »Ich hab hinter jedem Namen Bemerkungen gemacht. Wie ich die jeweilige Person sehe. Dasselbe mit einer zweiten Auflistung, die nicht nur Freunde, sondern auch unseren erweiterten Bekanntenkreis angeht. Manches ist nicht sehr schmeichelhaft, aber ich wollte ehrlich sein.«
»Sehr gut, Herr Misselbach. Wir durchleuchten jeden. Ist auch Elif Samet bei Ihrer Aufzählung und Charakterisierung dabei?«

Die Arbeit der türkischstämmigen jungen Frau in ihrem Lokal in der Innenstadt war auch ihr Alibi.

Die Reaktion des Neu-Witwers, wie Bastian ihn bezeichnet hatte, fiel heftiger aus als erwartet. »Elif war eine wirklich gute Freundin meiner liebsten Mila. Wenn Sie sie beschuldigen, können Sie auch gleich mich anklagen. Mehr gibt es dazu nicht zu sagen.«

Dass der Ehemann auch weiterhin automatisch zum Kreis der Verdächtigen gehörte, verschwieg Agnes ebenfalls. Er tat ihr leid. Ein Häufchen Elend, das war eine treffende Beschreibung. »Niemand klagt Sie an. Trotzdem vergessen Sie Frau Samet nicht, und sei es der Vollständigkeit halber.«

»Elif kümmert sich rührend um mich. Besucht mich seither jeden Tag. Das tröstet mich ein wenig. Aber natürlich liste ich sie auf.« Er senkte den Kopf. »Entschuldigen Sie.«

Beide Frauen, die getötete Mila und Elif, schienen von dem Schriftsteller Xaver Misselbach angetan gewesen zu sein. Nur eine aber hatte er geheiratet. Konnte diese Tatsache von Bedeutung sein? »Schon okay. Arbeiten Sie an Ihrem neuen Roman?«

Der Kopf blieb unten. »Nein, nein, im Augenblick sitze ich einfach so vor meinem PC und starre eine leere Seite an. Vielleicht später werde ich über Mila schreiben.«

»Klingt schön, Herr Misselbach.«

»Bekomme ich denn eine Garantie, dass die Polizei diese Bestie findet, die meine Mila ermordet hat?« Erst jetzt sah er Agnes wieder an. »Die Bestie, die mit Pfeil und Bogen umgehen gelernt hat?«

»Es ist ein Mensch, der die Taten begangen hat, Herr Misselbach. Ich versichere Ihnen, dass meine Kollegen und ich jeden Tag unser Bestes geben. Kommen Sie, lassen Sie uns zu den anderen gehen.«

Er nickte und folgte Agnes mit großem Abstand, als hätte sie eine ansteckende Krankheit.

Beim Betreten des Klassenzimmers hatte Agnes das eigenartige Empfinden, selbst wieder zum Kind zu werden. Die einbestellten ehemaligen Schüler saßen an den Tischen in Zweiergruppen wie im Unterricht. Am Lehrerpult lehnte Jorinde Roth, als würde sie gleich mit einem Vortrag beginnen.

Kaum war Agnes im Raum, standen drei der Anwesenden auf. Mit Jorinde waren es zehn Personen, die sich eingefunden hatten. Obwohl eine fehlte. Emma Wengler, eines der Opfer, hatte erst vor einer halben Stunde am Revier angerufen und sich entschuldigt. Eine Migräne mache es ihr unmöglich zu kommen. Stattdessen würde sie die Tage persönlich bei Agnes vorbeikommen.

Agnes konnte verstehen, dass die Frau emotional überfordert war, aber eine nächste Befragung konnte sie ihr nicht ersparen. Außer der Täter oder die Täterin war bis zum Beginn der nächsten Woche gefasst. Unwahrscheinlich, doch nicht unmöglich.

Die drei, die sich um Agnes scharten, waren Elif sowie Paul Schranz, immer noch Student, und Gitte Brunninger, eine Zahnärztin in einer Gemeinschaftspraxis.

In der letzten Reihe sitzen geblieben waren die beiden vom Bogenschützen Verletzten, Lilo Kammerer und Oskar Baumschulte. Beide waren blass, auch sie regte das Treffen sichtlich auf. Vor ihnen hatte sich Katharina Müller, die als Kind Naseband geheißen hatte und in der Stadtverwaltung arbeitete, platziert. Neben ihr ein Denis Meierhoff, Juniorchef eines Handwerksbetriebes. Bastian hatte Agnes im Vorfeld Porträts von damals gesendet. Die Gesichter waren erstaunlich leicht zuzuordnen. Bastian selbst würde bald nachkommen.

Jorinde Roth war wie beim ersten Zusammentreffen schrill gekleidet, heute in einem schimmernden grünen Kleid und mit langen, ebenfalls grünen Ohrringen. Ihr dunkelrotes Haar hatte sie hochgesteckt und einzelne Fäden herausgezogen. Für einen Besuch im Theater wäre ihr Outfit passender gewesen.

Der Einzige, den Agnes noch überhaupt nicht kannte, war ein Mann mit krausen Haaren, der statt Hosen einen Männerrock trug.

Nach ihrer eigenen Vorstellung und dem obligatorischen Händeschütteln kam sie als Letztes zu ihm an den Tisch. »Guten Abend. Von Ihnen weiß ich nichts.«

»Pipp!« Er verbeugte sich leicht. »Pipp Hausgruber. Die Elif hat mich ausfindig gemacht und verständigt, vor der Polizei. Wir werden alle abgeschossen werden, hat sie gemeint.« Dabei grinste er unpassend. »Die Wege des Universums sind unergründlich.«

»Mag sein, Herr Hausgruber.«

»Pipp, bitte. Agnes, nicht wahr?«

Agnes insistierte. »Die Ermittler sind dafür zuständig, das Universum außen vor zu lassen und zu recherchieren. Es bleibt auch bitte bei Revierinspektorin Kirschnagel, Herr Hausgruber. Wir sind nicht zum Spaß zusammengekommen.«

»Wenn es nur was bringen würde«, meldete sich Xaver Misselbach zu Wort und ließ sich mit einem Ächzen auf einen Stuhl fallen, ebenfalls in der letzten Reihe.

Bevor sich Jorinde Roth oder einer der anderen weiter äußern konnte, bewegte sich Agnes nach vorn und startete direkt mit ihrer Ansprache. »Wenn Sie sich bitte alle hinsetzen würden, wäre ich Ihnen dankbar.«

Ein Murmeln ging durch den Raum, Stühle wurden gerückt. Agnes wartete ein paar Sekunden, bevor sie weitermachte. »Stellvertretend für die Polizei Kufstein habe ich Sie heute hergebeten, weil wir zusammen noch einmal in der Gruppe überlegen sollten, welche Bedeutung es haben kann, dass alle vier Opfer der Attacken in derselben Klasse dieser Volksschule waren.«

Elif zeigte auf wie eine brave Schülerin, Agnes blockte sie jedoch ab.

»Ich rede nicht lang, danach können Sie Fragen stellen, mir gerne Ihre eigenen Spekulationen mitteilen. Denn das ist eines unserer Vorhaben heute. Egal, wie unbedeutend oder absurd Ihnen eine Anmerkung, Theorie, auch Beobachtung vorkommen mag, trauen Sie sich, sie zu äußern. Möglicherweise fallen dann jemand anderem weitere Zusammenhänge ein.«

Im Türrahmen war Bastian aufgetaucht, was Agnes erleichterte. Zu zweit würde es einfacher sein, mit den Leuten zu beraten, die zu Recht aufgeregt, verängstigt und verärgert waren. In der einen Hand trug er einen schwarzen Aktenkoffer, den er auf dem vordersten Tisch abstellte.

»Ihre Personalien haben wir bereits. Bis auf Pipp Hausgruber wissen wir auch, wo Sie sich nach Ihren Angaben am Tattag aufgehalten haben. Es geht heute Abend um Gemeinsamkeiten und Geschehnisse aus der Vergangenheit.«

Wieder kam die Hand von Elif hoch.

»Bitte, Sie sind dran.«

»Revierinspektorin Kirschnagel.« Sie sprach Agnes' Namen mit einer gewissen Süffisanz aus.

Sie war wirklich eine bildschöne Frau mit den langen dunklen Haaren und intensiven braunen Augen. Agnes erinnerte sich, mit Axel in den letzten Monaten zweimal im Lokal Samet essen gewesen zu sein.

»Uns wurde Schutz versprochen. Aber ein Polizeiauto hat bloß bei den Befragungen vor meiner Haustür geparkt. Wenn wir alle in Gefahr sind und die Nächsten sein könnten, warum werden wir nicht rund um die Uhr beschützt?«

»Leider fehlen uns die Mittel, um jeden und jede von Ihnen vierundzwanzig Stunden zu überwachen. Seien Sie aber versichert, ich bemühe mich um eine Lösung.«

»Echt nur Leut aus der 1c?« Pipp meldete sich zu Wort. »Das is Karma, Agnes, ich meine, Frau Inspektor.«

Agnes ignorierte erneut die falsche Dienstbezeichnung.

»Karma? Wie meinen Sie das, Herr Hausgruber?«

»Die waren alle keine netten Kinder, stimmt's?« Er wandte sich an die Anwesenden. »Ich weiß noch genau, wie gemein ihr zu mir g'wesen seid. Jetzt zahlt es euch einer heim.«

»Du redest wie früher immer noch Scheißdreck«, fuhr ihn Xaver unvermittelt an.

Pipp stutzte. »Das sagst grad du, Xaver. Dich hat es doch ebenso erwischt. Saufratz und Haisltschigg waren noch die nettesten Nicknames, Bruder.«

»Ich bin nicht dein Bruder.« Xaver wischte sich über die Augen. »Meine Frau is gestorben, Pipp. Vergiss das nicht. Als Einzige … meine Mila …« Er brach ab.

Elif lief zu ihm und legte ihm die Arme um die Schultern.

Jorinde Roth mischte sich zum ersten Mal ein. »Kinder. Ihr seid keine mehr, ich weiß, aber ich nenne euch so. Kinder, keiner von euch war bös. Ihr wart eben nur – Kinder.«

»Ich bitte um Ruhe.« Agnes griff ein. »Anschuldigungen helfen nicht weiter. Mein Vorschlag ist, dass jeder von Ihnen zu Wort kommt. Einer nach dem anderen. Wenn Ihnen Namen einfallen, bitte weitergeben. Ebenso Ereignisse oder auch nur Nebensächlichkeiten. Inspektor Klawinder notiert, ich höre aufmerksam zu.«

Die nächste Stunde verlief entgegen Agnes' erster Befürchtung nach dem holprigen Start ruhig und sachlich. Tatsächlich kamen viele Erinnerungen hoch, wurden geteilt und ergänzt. Pipp Hausgruber beteiligte sich als Einziger nicht, äußerte sich auch nicht mehr zu seinen Mobbingvorwürfen. Agnes würde ihn allein ins Revier einbestellen.

Bastian schrieb mit Tempo in sein Laptop, das er mitgebracht hatte, während Agnes sich auf die Zwischentöne der einzelnen Statements konzentrierte.

»Was ist mit denen, die heute nicht anwesend sind?« Jorinde Roth kam zu Agnes. »Da fehlen mir einige.«

»Die Anwesenden heute sind in Kufstein und Umgebung wohnen geblieben. Der Rest lebt in einer anderen Stadt, in einem anderen Bundesland, auch im Ausland. Wir mussten eine Vorauswahl treffen. Es ist bisher niemand außerhalb von Tirol überfallen worden. Nicht einmal außerhalb von Kufstein.«

Zum Glück, fügte Agnes in Gedanken hinzu. Wenn sich der Bogenschütze – wobei sie, wenn sie sich die durchtrainierte Elif ansah, eine Bogenschützin keinesfalls ausschloss – ehemalige Schüler außerhalb vorgenommen hätte, wäre die Soko erweitert worden, und man hätte Agnes die Leitung abgenommen. Noch kam sie ohne den angekündigten Vorgesetzten vom Landeskriminalamt aus. Das sollte auch so bleiben. Trotzdem hatte sie die neue Kollegin Elsbeth angewiesen, täglich die Meldungen im In- und Ausland und das polizeiliche Intranet zu durchforsten, ob es einen neuen Fall ähnlich den hiesigen gab.

Gegen Ende brach Lilo Kammerer in Tränen aus. Sie war das erste Opfer bei einer Wanderung gewesen. Xaver, der Witwer, war diesmal schneller bei ihr als Elif. »Alles wird gut, Lilo. Alles. Ich werd darüber schreiben. Ich werd meine Mila darin weiterleben lassen.«

Noch hatte sich Agnes nicht mit Xavers literarischen Werken beschäftigt, aber ob er nach dem Tod von Mila Klar-Misselbach allein nach München übersiedeln würde, interessierte sie.

»Keine Ahnung.« Er seufzte. »Ich denke, nein. Mein Stiefpapa, der Jost, hat mir geraten, endlich meinen Traum voll und ganz zu leben. Meine verstorbene Frau hatte nämlich Kontakte zu einem Verleger geknüpft. In Innsbruck. An ihrem Todestag hat er eigentlich zu uns nach Kirchbichl kommen wollen, dann aber per Mail bei Mila abgesagt. Deshalb war sie stinkesauer.« Unerwartet schlug er mit der Hand auf den Tisch vor ihm. »Der ist an dem Tag statt zu mir nach Kufstein gefahren.«

»Wenn es so ist, Herr Misselbach, bräuchten wir den Namen des Verlegers ebenfalls. Gerne auch die gesendete E-Mail.« Immer noch fehlten so viele Puzzleteile zu den Fällen, was Agnes sauer aufstieß.

»Können wir die Beerdigung von Mila denn bald planen? Was meinen die Herrschaften von der Polizei?« Elif wieder, immer noch mit dieser Ironie im Ton. »Ich will mich verabschieden. Nicht nur ich, wir alle. Ihre Mutter ebenso wie Xaver und Jost.«

»Die Leiche wird sicher demnächst freigegeben, Frau Samet.« Es war an der Zeit, den nächsten Grund des Zusammentreffens offenzulegen. Auf die Reaktionen darauf war Agnes gespannt. »Eine weitere Sache, um die ich Sie hier und heute bitten möchte. Inspektor Klawinder hat DNA-Tests mitgebracht. Bitte geben Sie eine Speichelprobe für eventuelle Vergleiche ab. Auch die beiden anwesenden Opfer würde ich darum ersuchen.«

»Keine Chance!« Pipp sprang auf. Seine anfänglich lässige Art war verschwunden. »Ich lass mir keine Wattestäbchen in den Hals stecken.«

»Warum nicht?« Bastian stellte die Frage.

Pipp reagierte erneut aufgebracht. »Weil ich nicht geklont werden möchte.«

»Herr Hausgruber, niemand hat auch nur ansatzweise so etwas vor. Es geht um die Aufklärung von Kapitalverbrechen. Sie machen sich gerade verdächtig, wenn ich das sagen darf.«

Elif zeigte auf, wartete aber nicht ab. »Auch ich finde es unverschämt, dass uns die Polizei von gefährdeten Personen zu Schuldigen verkehrt.«

Bastian holte Luft. »Keiner klagt Sie an, Frau Samet. Hören Sie meiner Chefin bitte weiter zu.«

»Zuerst spreche ich mit meinem Anwalt.« Elif erhob sich. »Es ist spät. Ich muss nach Hause.«

»Wir können Sie nicht zwingen, noch nicht«, schaltete sich wieder Agnes ein. »Doch es wäre ein Zeichen Ihrer Mitarbeit.«

»Nein!« Pipp stellte sich hinter Elif.

»Ich mache es. Wenn der Täter gefasst is, schlaf ich wieder besser.« Lilo Kammerer kam nach vorn.

»Danke, Frau Kammerer.« Bastian öffnete den Aktenkoffer, zog sich Latexhandschuhe über und präsentierte eines der Teströhrchen. »Die anderen bitten wir noch einmal eindringlich.«

Jorinde Roth huschte vor und wandte sich flüsternd an Agnes. »Der Pipp is ein Guter. Er schreibt auch. Ratgeber, die sich genial verkaufen. Ich hab selbst einen von ihm.« In ihren Augen schimmerten Tränen. »Sie alle waren gute Kinder. Auch heut noch.«

»Dann hat keiner von ihnen etwas zu verbergen.« Agnes senkte ebenfalls ihre Lautstärke. »Erzählst du mir mehr vom Mobbing.«

»Da war nichts, ehrlich.«

Dass die Frau log, war Agnes sofort klar.

4

Dass es draußen zu regnen begonnen hatte, hatte Mitzi schon an den Tropfen gehört, die weiter oben aufs Dach klatschten. Sie saß auf der obersten Stufe im Treppenhaus von Rudolfos Wohnhaus. Er lebte in einem winzigen Appartement in der Nähe des neu entstehenden Cafés in Lilienfeld. Das enge Bad, mit winziger Dusche und schmalem Waschbecken, erreichte man nur durch eine ebenfalls beengte Küchenzeile, das Wohnzimmer war zugleich auch Schlaf-, Ess- und Arbeitsraum, und der sogenannte Balkon war ein Austritt für eine Person. Zwei hätten keinen Platz gefunden. Zusätzlich gab es bei dem unrenovierten Altbau zwar hohe Wände, wunderschön mit Ornamenten im Mauerwerk, aber die Toilette lag immer noch am Gang. Zum Glück war Rudolfo der einzige Mieter auf der Etage, somit auch der einzige Toilettenbenutzer. Außer wenn Mitzi auf Besuch weilte.

Trotzdem liebte Rudolfo die »gute Stube«, wie er sein Zuhause nannte. Mitzi scherzte öfter, dass der platzmäßig größte Wohnraum, in dem sie sich aufhielt, Agnes' Gästezimmer war.

»Mein Bruder lädt mich ein, stell dir vor.« Sie rief Rudolfo die Neuigkeit entgegen, kaum dass sie ihn um die Ecke biegen sah. Es war düster im alten Treppenhaus, aber Mitzi hatte bereits an den Schritten erkannt, dass es nur ihr Freund sein konnte.

Rudolfo selbst zuckte zusammen, als hätte ihn eine Schlange angezischt. Erst nach ein paar Sekunden fasste er sich. »Mitzi! Spatzl! Du hast mich total erschreckt. Mit dir hab ich nicht gerechnet.«

Zuvor noch, hatte Mitzi wahrzunehmen gemeint, war seine Hand automatisch unter seine Regenjacke geglitten, als würde er nach etwas greifen, um sich zu verteidigen.

Zum wahrscheinlich hundertsten Mal fiel ihr wieder das Springmesser ein, das sie in seiner Kajüte an Bord des Ausflugsschiffes, auf das er sie letzten Sommer eingeladen hatte, entdeckt hatte. Längst war es überfällig, ihn darauf anzusprechen. Doch Mitzi wartete immer noch auf den richtigen Moment.

Manchmal, wenn er sich neben ihr einrollte, kam das Bild des Messers in ihrem Kopf hoch. Einmal, als er hier in Lilienfeld zu seinem Dienst als Nachtportier in der Pension der Wanderfreunde fort war, hatte sie sogar die gute Stube durchsucht. Aber nichts gefunden.

Mitzi war ein gebranntes Kind, was Geheimnisse in Beziehungen allgemeiner Natur anging, und hatte in ihrer Beurteilung von Menschen, Frauen wie Männern, bereits ein paarmal falschgelegen. Beim Auftragsmörder Sam hätte es sie beinahe das Leben gekostet.

An Sam zu denken, erlaubte sie sich seit seinem Ausbruch aus dem Gefängnis höchst selten. Als jetzt Rudolfo auftauchte, gab es den Augenblick, in dem sie sich fragte, ob auch dieser Mann etwas vor ihr verbarg.

»Du und erschrecken?« Sie überspielte ihr Gefühl des Unwohlseins mit einem Scherz. »Du bist groß und stark. Wie du mich verteidigt hast gegen Ben, fand ich beeindruckend.«

»Das war aus dem Moment heraus. Gut, dass er es mir nicht übel genommen hat. Aber groß stimmt. Stark auch.« Rudolfo schien verlegen. Er stellte eine Einkaufstüte hinter sich ab. »Trotzdem, vergiss nicht, dass ich ein Künstlerherz hab. Nachtportier, Songwriter und bald Kaffeehauspächter. Nichts davon hat mit was Kriminellem zu tun.«

Jetzt erst stand Mitzi auf, ging ein paar Stufen nach unten und umarmte ihren Freund. »Immer wenn du von einer Donautour zurück bist, rieche ich tagelang das Wasser an dir.« Sie schnupperte an seiner Wange.

Er gab ihr einen Kuss auf die ihre. »Das bildest du dir ein, Spatzl. Ich kann höchstens nach dem guten Essen riechen, das du mir immer kredenzt, wenn du da bist. Ich hab frisches Obst im Sackerl. Heute vielleicht dein steirischer Apfeltommerl? Ich bräucht einmal wieder was Besondres und Süßes.«

»Nach Backen is mir nicht zumute, tut mir leid. Aber verspro-

chen: Wenn die Marillenernte hier losgeht, mach ich uns Marillenknödel. Nur mit den waschechten Wachauer Marillen«, zitierte
sie einen Werbeslogan, »saftig und gesund und nachhaltig.«
»Meine Mitzi, du bist meine Lieblingsmarille.«
Das leicht unangenehme Gefühl in Mitzi verschwand, und nach
einem innigen Kuss, diesmal Mund auf Mund, wiederholte Mitzi
die Neuigkeit. »Stell dir vor, mein Bruder will recht spontan nach
Kufstein und möchte, dass ich dann nachkomm.« Sie startete mit
der Erzählung der Details.

Was die Einladung betraf, wechselten ihre Gefühle hin und
her. Die Frage, ob nun tatsächlich Ben Horvath der tot geglaubte
Benni war, löste fortwährend, von einer Minute zur anderen,
schwankende Gefühle in ihr aus. Freude, Vorsicht, Glückselig-
keit und Misstrauen bildeten eine Mixtur, die ihr wie ein Cocktail
vorkam, dessen Geschmack sie nicht einordnen konnte.

Passend dazu war Mitzi ziemlich unstet und mehr noch als
sonst unterwegs. Es trieb sie ein undefinierbares Gefühl der Eile
an. Sogar ihre Konzentration auf ein gutes Buch wurde dadurch
geschmälert. Weit öfter starrte sie beim Zugfahren aus dem Fenster, doch ohne die Landschaften, die vorbeizogen, richtig wahrzunehmen. Das momentane Lebensdreieck und dessen Haltepunkte,
die aus Salzburg, Kufstein und Lilienfeld bestanden, wechselte sie
in atemberaubendem Tempo. »Du allein hältst die Österreichische
Bundesbahn am Laufen«, hatte Axel dazu im Spaß gemeint.

»Gefällt mir nicht.« Rudolfos Reaktion war eindeutig. »Warum
lädt dich der Kerl ein? Das geht zu rasch. Wir wissen zu wenig
über den.«

Mitzi schob ihn von sich weg. »Du bist bloß eifersüchtig.«

»Niemals, Mitzi.« Er setzte sich auf eine der Treppenstufen
vor der Eingangstür, blickte zu ihr hoch. »Ich bin einfach nicht
überzeugt. Der Kerl schreibt einen Brief, taucht dann im Café
auf. Verschwindet wieder. Und du hängst jedes Mal in der Luft.
Es regt dich mehr und mehr auf, das spür ich doch. Der hätt
vielleicht sogar noch einen Kinnhaken verdient.«

»Sag das nicht, Drosselbart. Denk nicht einmal daran. Obwohl … ja, du hast nicht ganz unrecht. Um den Mann zu durchleuchten, muss ich mich aber mit ihm treffen. Ihn näher kennenlernen. Ob er wirklich mein Bruder is oder nicht, wird sich nicht ohne mein Zutun aufklären. Aus der Ferne geht gar nichts. Abgesehen davon, Agnes checkt ihn durch. Also, gib du eine Ruh. In Ordnung?«

»Warum müssen wir das im Treppenhaus diskutieren? Lass uns in die gute Stube gehen, Spatzl. Ich freu mich, dass du da bist. Es gibt viel vom Café Therese zu berichten und herzuzeigen. Der Fritz und ich haben weitergebastelt. Ich wollt mich frisch machen, das Shirt wechseln und dann gleich wieder zurückspazieren. Jetzt kannst du mitkommen, was super is. Ich kredenze dir eine sensationelle Melange.«

»Ich bleib nicht, Rudolfo, ich lauf von hier zurück zum Bahnhof. Ich wollt dich nur einmal küssen.«

»Spinnst? Warum willst gleich wieder fahren?«

»Weil ich nur beim Zugfahren zur Ruhe komm. Klingt komisch, aber is so. Zumindest im Moment. Und weil ich, wenn Ben es mit Kufstein ernst meint, dann dorthin weiterfahren will.«

Bevor Rudolfo zu einer Erwiderung ansetzen konnte, stoppte Mitzi ihn ab. »Noch mal zum Mitschreiben: Ich teile deine Skepsis, Drosselbart. Auch die von Agnes. Ich bin aber hin- und hergerissen. Stell dir vor, bei dir taucht jemand wie aus dem Nichts auf, den du für tot gehalten hast.«

Eine Pause zwischen ihnen entstand. Der Regen trommelte weiter aufs Dach. Mitzi würde auf dem Weg zum Bahnhof nass werden. Sie überlegte, doch zu bleiben, aber da war erneut diese Unruhe, die sie weitertrieb.

»Rudolfo …«, setzte sie an.

»Ich will doch nur, dass du in Sicherheit bist.« Diesmal ließ er sie nicht ausreden, fasste sie an den Fingern der linken Hand. »Mach keine Dummheiten. Reicht dir denn nicht, dass dieser Sam immer noch frei herumläuft? Ich hab lang über all das nachgedacht, was du mir stückerlweise so offenbart hast, Mitzi. Um Schutz geht es. Dass du nie mehr in Gefahr gerätst. Abgesehen von allem: Ben und Sam, das klingt für mich ähnlich. Obwohl ich die nicht vergleichen möchte, sorry.«

Unvermutet stieg Ärger in ihr hoch. Sie hielt sich am Geländer fest. Ihr war schwindlig. Ihr Mund öffnete sich, scheinbar ohne ihr Zutun. »Du brauchst mir nix von Sicherheit reden. Du mit deinem versteckten Messer.«

»Bitte?«

Es war überhaupt nicht der passende Zeitpunkt, aber immerhin hatte Mitzi es endlich ausgesprochen. »Ich hab unter deinen Sachen letztes Jahr am Schiff das Springmesser gefunden. Rein zufällig, ich wollt nicht stierln. Das nicht.«

»Was hast du gefunden?« Langsam zog er sich zum Stehen hoch, war aber immer noch eine Stufe unter Mitzi. Sie konnte ihm direkt in die Augen sehen. Er blinzelte. »Ich hab keine Ahnung, wovon du redest. Vor einem Jahr? Das beschäftigt dich die ganze Zeit? Ich –«

»Hast du denn ein Springmesser?«

Es war das minimale Zögern, das Mitzi sofort glauben ließ, dass Rudolfo sie anlügen würde. »Nein. Wozu tät ich denn eines brauchen? Ich hab ein normales Taschenmesser dabei, das kennst du doch.«

Neben dem Schwindel erfasste Mitzi ein altbekanntes Gefühl. Nämlich seit ihrer Kindheit in einer Welt zu leben, in der sie sich nie zurechtfinden würde, egal, wie lange und wie oft sie ihren Therapeuten Dr. Rannacher aufsuchte. Tausend Stunden mehr würden sie ebenfalls nicht weiterbringen. Auch nicht der Job, nicht die Beziehung und nicht die Freundschaft zu Agnes, nicht einmal ihre heiß geliebte kleine Konstanze würde genug sein, um für Mitzi einen stabilen Anker zu schaffen.

»Lass uns reingehen. Hörst den Regen? Es waschelt immer heftiger. Wir reden und gehen erst später los. Ins Café. Oder ich bring dich zum Bahnhof. Wie du magst, Mitzi.« Rudolfo stand auf, packte die Tüte und stieg die Stufen hoch, an Mitzi vorbei. Dann drehte er sich um und sah jetzt auf sie herunter.

Über ihr wirkte er riesig. Er trug eine seiner geliebten Lederhosen, ähnlich der, die Ben bei ihrer ersten Begegnung angehabt hatte. Rudolfos Muskeln bewegten sich unter dem Shirt und unter den Hosenträgern. Dort lebt der Lindwurm, dachte Mitzi weiter. Sie stellte sich vor, wie das Tattoo lebendig werden würde. »Ach, liebstes Spatzl. Komm her. Lass dich drücken und busseln.« Er breitete die Arme aus, wurde selbst zu einem überdimensionalen Flugdrachen aus Licht und Schatten.

Die Überforderung kam in einer Welle über Mitzi. Sie drehte sich auf dem Absatz herum, stolperte fast und eilte die Treppen nach unten. Luft brauchte sie, Luft und wieder einen klaren Kopf. Vielleicht auch Regen. Viel Regen, der diese alten Krusten aus der Vergangenheit wegschwemmte.

»Mitzi, bleib. Herrgott! Mitzi!« Rudolfo rief ihr hinterher.

»Danke übrigens für deinen sorgfältigen Bericht, Bastian, zu der alten Torso-Geschichte.« Agnes war zu ihm ins Großraumbüro gewechselt.

In der ersten Zeit ihrer Leitungsübernahme hatte sie sich mehrmals am Tag hierherbegeben, weil sie sich im Chefbüro ein wenig verloren und einsam gefühlt hatte.

»Ich hab festgestellt, dass die makabre Puppe mit dem Pfeil vom letzten Jahr noch in der Asservatenkammer im LKA Innsbruck eingelagert ist«, erklärte sie. »Weil wir es damals als Tierquälerei zu den Akten gelegt haben, hat die Staatsanwaltschaft angewiesen, die Beweismittel dort länger aufzubewahren. Zumindest laut der digitalen Auflistung, die ich mir angeschaut hab, ist alles da.«

Bastian saß am PC links der Tür. Agnes' alten Schreibtisch am Fenster, inzwischen samt Drehsessel, hatte die neue Kollegin Elsbeth übernommen. Der dritte Arbeitsplatz war bisher unbesetzt geblieben.

Mit einem kurzen Seitenblick registrierte Agnes, dass ihr früherer Aschenbecher auf der Fensterbank weiterhin benutzt wurde. Zu den Zeiten, als sie noch geraucht hatte, hatte sie öfter am offenen Fenster gestanden und die Rauchwölkchen mit der freien Hand nach draußen gewedelt. Jetzt war sie froh, das Laster losgeworden zu sein. Vielleicht ergab sich einmal eine Gelegenheit, um auch Elsbeth ins Gewissen zu reden.

»Chefin, du tauchst auf wie ein Vampir in der Nacht.« Bastian hörte abrupt auf, am Monitor zu scrollen, und aktivierte den Bildschirmschoner.

Mit einem Schulterklopfen kam sie neben ihn und lehnte sich an die Tischkante. »Erstens ist es Nachmittag, und die Sonne würde mich verbrutzeln, wenn ich eine Vampirin wäre. Und zweitens hast du doch hoffentlich nichts zu verbergen vor mir?«

»Ich bin weiter auf Recherche, was unsere Schüler und Schülerinnen von dieser 1c angeht. Die weitere Überprüfung des Umfelds. Die Alibis. Die Aussagen vergleichen. So viele Notizen und Daten. Es is mühsam.«

»Wenn ich ehrlich bin, Bastian, glaube ich, dass ich am Freitagabend die möglichen Gefährdeten alle getroffen habe. Außerhalb von Kufstein ist ja niemand zu Schaden gekommen. Ich hoffe, es bleibt so. Obwohl ich laufend die News am Handy durchgehe, selbst vor dem Einschlafen und einmal in der Nacht, als mich Konstanze aufgeweckt hat.« Sie gähnte.

Zumindest den Sonntag hatte Agnes im Kreis der Familie verbracht. Nicht ganz stressfrei, leider. Seit der Geburt ihrer Tochter überkam sie manchmal das Gefühl, keiner Seite gerecht werden zu können. Kind, Mann und Beruf zu vereinen, war ein Kunststück, das ihr öfter misslang. Axel schien sich diese Frage nie zu stellen, worum sie ihn ein wenig beneidete. So auch dieses Mal. Immer wieder waren ihre Gedanken bei dem Mordfall und den drei Attacken gelandet.

Manch eine Bemerkung der ehemaligen Klassenkameraden war ihr im Hirn herumgespukt. Dazu die Weigerung von Elif Samet und Pipp Hausgruber, eine Speichelprobe abzugeben. Es war nicht direkt verdächtig, aber die anderen hatten sich nicht dagegen gesperrt. Morgen hatte sie ein Treffen im Bezirksgericht mit dem Staatsanwalt. Er sollte eine Anordnung unterzeichnen, die die beiden gerichtlich dazu auffordern würde.

Elif hatte sogar sofort einen Anwalt ins Spiel gebracht. Warum? Hatte sie etwas zu verbergen? Agnes mutmaßte, dass sie in Xaver verliebt war. So innig, wie sie sich um ihn kümmerte. Konnte diese Beobachtung von Bedeutung sein? Abgesehen von Elif Samet und all dem anderen war Pipp ein seltsamer Vorname. Wer nannte sein Kind denn Pipp?

Sie verschränkte die Arme. »Sag ehrlich, Basti: Konzentriere ich mich zu sehr auf diesen einen gemeinsamen Nenner der Volksschule?«

»Er is der einzige, den wir bis jetzt haben. Sonst wär die Auswahl der Opfer rein willkürlich.«

»Du sagst es. Und das macht mir Angst, zugegeben.« Aus ihrer

Brust stieg ein langer Seufzer auf. Agnes war hoch unzufrieden mit den bisherigen Ermittlungsergebnissen. Ergebnisse, ha, dachte sie weiter. Wir haben so gut wie nichts.

»Ich fahr gleich los und hol mir beim Bezirksgericht die Anordnung zur Herausgabe dieser alten Beweisstücke ab. Den Pfeil, den Puppentorso und das Seil, mit dem der an den Baum gebunden war.«

»Vergiss den schäbigen Koffer nicht, Agnes. Ohnehin ein Wunder, dass die Sachen nicht schon aussortiert worden sind.«

»Könnte genau das Wunder sein, das wir brauchen, Basti.«

Agnes hob beide Daumen. »Noch was. Ich will die Detektei Brecht miteinbeziehen können in die Recherchearbeit. Dann wärst du entlastet.«

»Besser nicht, Chefin. Der Axel is doch dein Gspusi, dein Liebster. Da würd sicher einer in der Gemeinde nach Bevorzugung, wenn nicht Amtsmissbrauch schreien, wetten?«

Volltreffer. Daran hatte Agnes überhaupt nicht gedacht. Sie wollte nicht klüngeln, wie Axel es auf Kölsch formuliert hätte, sondern fand, dass er der beste Mann für diesen Job wäre. Aber Bastian hatte sie auf eine Problematik hingewiesen, die sie beachten musste.

Was weiter bedeutete, dass Axel ihr nur unter der Hand einen Gefallen tun konnte. Eine private Unterstützung für die Lebensgefährtin sozusagen. Wieder einmal. Manche Vorgänge wurden auch in der Wiederholung nicht besser.

»Stimmt, Basti. Heißt für dich weiter Überstunden schieben. Als Dankeschön für deinen Rat eben begleitest du mich heute. Raus aus dem Büro und in den Sonnenschein hinein. Nach dem Bezirksgericht geht es nach Innsbruck in die Asservatenkammer.«

Am Bildschirmschoner wechselte die Aufnahme, bunte Regenschirme segelten vor einem trüben Himmel von oben nach unten.

»Eigentlich reicht's mir mit der Hitz, Agnes. Schon virtuelle Tropfen kühlen ab. Die Schwüle macht mich müd und schlaff. Aber gut möglich, dass ein Ausflug mit dir mir das Hirn auslüftet. Wir könnten auf der Stelle los.«

Die Neue, Elsbeth Kucherer, kam zur Tür herein. »Griaß di, Chefin.«

»Elsbeth, du kommst genau richtig. Du kriegst gleich was zu tun.«

Die frischgebackene Inspektorin zuckte zusammen. Sie schien das Gegenteil von Agnes zu sein. In ihrem ersten Jahr hatte sich Agnes regelrecht aufgedrängt, Ermittlungsarbeit zu übernehmen. Sie beobachtete, dass Elsbeth den Stehkalender vor den Aschenbecher schob. Zu spät, Mädel, ich hab dich, dachte sie und grinste innerlich.

»Ruf bitte in der Universität in Innsbruck im Labor an, in der Forensik dort. Am Samstag haben wir denen eine Reihe von DNA-Proben vorbeigebracht. Lass dich mit einem Dr. Christian Krempl verbinden. Sag ihm, dass Inspektor Bastian Klawinder und ich heute mit älteren Beweisstücken vorbeikommen, die er bitte ebenfalls auf möglicherweise noch vorhandene Haare, Hautschuppen oder andere DNA-fähige Spuren untersuchen soll. Besonderes Augenmerk auf das Seil. Ja?«

»Wird sofort erledigt, Chefin.«

»Gut, Elsbeth – und bitte erst danach eine Rauchpause einlegen.«

Die junge Inspektorin wurde puterrot, und Bastian brach hinter Agnes in lautes Gelächter aus.

Im Untergeschoss des Landeskriminalamts Innsbruck war es wesentlich kühler.

»Hier könnt ich mir einen Liegestuhl aufstellen«, feixte Bastian, während er durch die Menge an Gegenständen im Aufbewahrungsraum für Asservate ging. Diese Räumlichkeit war nicht die einzige. Für die Listungen all der beschlagnahmten Gegenstände und sichergestellten Beweise füllten chronologisch sortierte Akten im gesamten Archiv mehrere hohe Hängeregale. In jeder Mappe steckte ein Registrierungszettel, wann und wo die jeweiligen Beweismittel sichergestellt worden waren.

Agnes und Bastian voraus trippelte eine kleine dunkelhäutige

Frau mit Rastalocken, eine der Asservatenverwalterinnen. »Ich bin eigentlich schon im Feierabend«, meinte sie leicht genervt. »Danke, dass Sie sich die Zeit nehmen.« Agnes verkniff sich eine schärfere Antwort. Sie waren wegen des starken Verkehrs eine Stunde später als angekündigt erschienen. Die Beamtin hatte gewartet, das allein zählte.

»Da schau, ein präparierter Tigerkopf.« Bastian blieb stehen. »Wow. Wie cool.«

Die Asservatenverwalterin drehte sich zu ihnen um. »Das is bei Weitem nicht das Skurrilste, liebe Kollegen.« Bastians Interesse ließ sie auftauen. »Hier lagern Tausende Beweismittel aus laufenden Strafverfahren. Drogen, Waffen, Diebesgut. Eine Facebook-Freundin von mir arbeitet in der Asservatenkammer in Frankfurt. Dort sind die ältesten Asservate Nylonstrümpfe und pornografische Aufnahmen, die zu einem ungelösten Sexualmord gehören, datiert vom 16. Januar 1958.«

»Ihr tauscht euch über die sozialen Medien aus? Habts ihr eine Gruppe?« Bastian klang fasziniert.

»Aber nein. Wobei das eine witzige Idee wäre.«

»Ich unterbreche nur ungern, aber wir müssen gleich noch in die Gerichtsmedizin.« Agnes hatte ihr Handy gezückt. Vorhin am Aufzug war eine Nachricht hereingekommen, die sie beantworten wollte. Hier, weiter hinten im Gang, war der Empfang jedoch weg. »Ich geh kurz ein Stück zurück, ich brauche drei Balken zum Telefonieren. Macht allein weiter.«

»Nur net hudeln«, rief die Rastalockenkollegin Agnes nach. »Ohne mich kommst du hier nicht wieder raus. Die Sicherheitsvorkehrungen sind hoch. Ich allein hab die Chipkarte und den Code.«

»Lass dir Zeit, Agnes, ich schau mich derweil weiter um.« Bastian hörte sich wie ein Bub im Spielzeugladen an.

Agnes tippte direkt auf Rückruf, kaum dass sie wieder Empfang hatte.

Direkt nach dem ersten Klingeln nahm jemand den Anruf an. »Dr. Christian Krempl am Apparat.«

Den schlaksigen Gerichtsmediziner kannte Agnes bereits seit zwei anderen Fällen. Er war letztes Jahr ins Klinikum gewechselt, aber seit einem Monat hatte er eine Stelle in der Forensik angetreten. Zu Agnes' freudiger Überraschung. Was er als beruflich unstet bezeichnete, empfand sie als eine glückliche Fügung. Sie schätzte seine Kompetenz. Noch hatte sie ihn nicht persönlich wiedergetroffen, aber sie wusste, dass die Beweismittel unter seiner Aufsicht und Analyse bestens aufgehoben waren.

»Agnes Kirschnagel hier.«

»Ah, Frau Revierinspektorin. Gratulation zur Beförderung, Agnes.«

»Danke, langsam gewöhne ich mich daran.«

»Eine gute Entscheidung von den Obigen, wie ich finde.«

»Du hast um Rückruf gebeten?«

»Genau. Die Kollegin aus Kufstein hat mich instruiert. Ich warte auf euch. Wo bleibt ihr?«

»Wir sind zu spät, tut mir leid, Christian. Der Verkehr zu Büroschluss ist die Pest.«

»Das nächste Mal planst du mehr Zeit ein, Agnes. Dazu auch einen Kaffee in meinem Büro.«

»Wenn es mein Dienstplan erlaubt, versprochen.« Sie hielt sich nicht gern mit Small Talk auf, würde aber für den Gerichtsmediziner eine Ausnahme machen. »Zu meinem Anliegen, Christian. Mein Kollege und ich sind in Kürze mit vier Beweismitteln im Labor, die ich neben den DNA-Proben vom Samstag zusätzlich vorbeibringen will. Diese vier sind schon länger archiviert worden. Ein Seil, ein alter Koffer, ein Pfeil und ein Plastiktorso.«

»Echt ein Torso?«

»Arme sind noch dran, die Beine und der Kopf fehlen. Angezogen mit einer Jeans und einem Holzfällerhemd. Eine Art makabre Schaufensterdekoration.«

»Interessant. Eine Hose, obwohl die Beine fehlen.« Er ließ ein kurzes Lachen hören.

»So ist es. Schräg halt. Die früheren Ergebnisse findest du im Bericht bei den Akten. Ketchup mit Rattenblut war auch im Spiel.

Davon ist höchstens ein eingetrockneter Fleck übrig. Bei der Sache damals gab es aber keine Vergleichsmöglichkeiten. Jetzt hätten wir eine Gruppe von Leuten, die wir heranziehen können.«
»Wenn Spuren an einem der Teile dran sind, alles kein Problem.« Er machte eine Pause. »Die bisherigen Auswertungen bei den Bogenschützenfällen mit lebenden Zielen waren ja leider Misserfolge.«

Dr. Krempl hatte direkt den Zusammenhang hergestellt, ohne dass Agnes mehr erklären musste. »Das ist richtig, Christian. Was gleich bei dir landet, stammt meiner Meinung nach von einer Art Übungsplatz, den der Täter vor Monaten aufgebaut hat. Auf einer Lichtung am Berg. Schön abgeschieden.«

Sie schilderte ihm das vorgefundene Szenario. »Weil es damals als Vandalismus und Tierquälerei gegolten hat und wir leider keinen Verdächtigen ausfindig machen konnten, sind die Sachen nie explizit auf DNA-Spuren untersucht worden. Möglicherweise war der Täter dabei ja nicht so umsichtig wie bei der Ausführung der eigentlichen Taten.«

»Wenn du richtigliegst, die Verbrechen geplant waren und das Bogenschießen geübt wurde, dann kann ich dir wenig Hoffnung machen. Der Täter wird auch da sauber gearbeitet haben. Falls ich doch etwas finde –«

»… dann vergleichst du es bitte mit den Proben aus der Schulklasse. Zwei fehlen zwar, aber die könnte ich auf Anordnung demnächst nachliefern. Hoffentlich.«

Schon wollte sich ein nächster Seufzer aus Agnes' Brust drängen, sie unterdrückte ihn. »Vielleicht ist uns endlich das Glück hold, wie es so schön heißt. Was Spuren am Pfeil und der Puppe betrifft, denke ich wie du. Aber ich könnte mir vorstellen, dass er beim Seil nicht so achtsam war. Möglicherweise auch beim Koffer.«

»Er?«

»Er oder sie, Christian.« Von einer Sekunde auf die andere hatte Agnes die dunkelhaarige Elif vor Augen. Konnte plastisch vor sich sehen, wie die junge Lokalbesitzerin nach dem Tattoostechen nicht ins Restaurant Samet ging, sondern im Eiltempo eine Wanderung begann. Einen Bogen über der einen Schulter, einen Köcher über der anderen. Oder beide Teile in einer neuen Tasche verborgen. Denn den alten Koffer hatte sie letzten Herbst zurücklassen müssen.

»Agnes? Bist du noch dran?«

Im nächsten Szenario in Agnes' Kopf war es allerdings Jorinde Roth, die statt Stöckelschuhen Wanderboots trug. Ihr rotes Haar wehte im Wind, sie legte einen Pfeil an, zielte.

»Ja, Christian. Bin ich.«

Was, wenn eines der drei Opfer in Wahrheit auch Täter war? Die mögliche Bedeutung dessen war gewaltig. Denn danach musste es zwei Schuldige geben. Die zarte Lilo Kammerer mit einem Komplizen? In welche Richtungen ihre Spekulationen auch liefen, Agnes tappte im Dunkeln, aber eine Frau schloss sie deshalb nicht aus.

»Agnes?«

»Ich bin ganz Ohr, Christian.«

»Gut. Bringt mir alles, ich klemme mich dahinter.«

»Weißt du, ich habe überlegt, dass vielleicht er oder eben sie sich zu der Zeit nicht ausreichend geschützt hat. Weil es bloß eine Übung war. Oder der oder die sich Handschuhe erst nach dem Werfen des Seils über den Ast angezogen hat. Ich bin das mögliche Vorgehen in Gedanken durchgegangen, und genau bei dem ersten Akt hab ich selbst in meinem Kopfkino den Schutz vergessen.«

»Kopfkino. Interessant. Bis gleich.«

Agnes konnte jetzt auch Dr. Krempl vor sich sehen, wie er seine buschigen Augenbrauen hob. Er kam immerhin als Verdächtiger ganz und gar nicht in Frage.

6

Mehr als einmal hatte Mitzi Agnes anrufen und ihr vom Streit und ihrer momentanen Gefühlslage erzählen wollen, aber sie vermutete, dass sich auch Agnes ähnlich wie der Freund äußern würde. Noch mal die Ermahnungen zu hören, war ihr schlicht zu viel. Deshalb versuchte sie, allein mit der Situation klarzukommen. Die Auseinandersetzung mit Rudolfo setzte Mitzi am folgenden Tag immer noch zu. Zur Abwechslung schien schon am Morgen in Salzburg die Sonne, leider passte es nicht recht zu ihrer Stimmung.

Auch wenn sich Rudolfo inzwischen per WhatsApp gemeldet hatte und sie sich trotz der gestrigen Differenzen gegenseitig ihrer Liebe versicherten, blieben bei Mitzi Zweifel. Dass er keine Ahnung von dem Springmesser hatte, mochte stimmen, aber sicher war sich Mitzi auf keinen Fall. Warum zum Teufel hatte sie ihn nicht schon damals zur Rede gestellt, als sie das Messer entdeckt hatte? Für sie war die Sache noch nicht vom Tisch, für Rudolfo anscheinend schon. Das Päckchen schleppte Mitzi also auch zukünftig mit sich herum.

Von einer anderen Perspektive aus gesehen, warf der Streit in ihr die Frage auf, ob sie nicht einen Grund zu finden versuchte, ihre Beziehung ins Wanken zu bringen. Mit ihrem ersten langjährigen Freund, dem Ungarn Freddy, hatte Mitzi eher eine Nebenbei-Liebe gepflegt, ohne Tiefe. Das war bei Rudolfo anders.

Gerade deshalb durfte der wiedergefundene Bruder Rudolfo und sie nicht entzweien. Aber Bens Einladung und die Zeit, die sie mit ihm verbringen würde, würden mehr Licht in die Angelegenheit bringen, davon war sie überzeugt. Dazu den einen oder anderen Zweifel ausräumen. Mitzi würde auf jedes Detail bestehen, das Agnes brauchte, um den Mann zu überprüfen.

Sollte Ben Horvath wahrhaftig der verstorben Geglaubte sein, würde sich Rudolfo damit abfinden müssen. Punkt. Und wenn der

Mann ein Schwindler oder Betrüger oder Abzocker war, würde Mitzi weiterhin am Grab der Eltern und Großeltern in der Steiermark auch eine Kerze für Benni Schlager anzünden.

Aus einer eher vernebelten Region ihrer Gedanken tauchten sachte, aber schwer unterdrückbar ganz andere Fragen auf. Machte sie sich nicht etwas vor? Spielte sie bloß die Coole und Vernünftige, während es in ihrem Unterbewusstsein brodelte? Ihre Unruhe, ihr Rückfall in alte Verhaltensmuster gaben eine klare Antwort. Doch im Verdrängen gewisser Realitäten war Mitzi stets groß gewesen. Passend zu diesem Teil ihres Charakters, wischte sie die Überlegung auch schon wieder weg.

Sie konzentrierte sich auf das Hier und Jetzt. Diese Stunde zählte, dieser Moment war wichtig. All das Grübeln verursachte bloß Kopfweh und ein schweres Herz.

Den Vormittag über lenkte sich Mitzi mit Korrekturen ab. Die neuen Artikel, die sie für die Zeitschrift auf Rechtschreibung und Beistrichfehler überprüfte, waren in der Themenauswahl interessant und abwechslungsreich. Für Mitzi, die neben dem Gespür für Verbrechen auch ein Auge für richtige Orthografie hatte, war es eine leichte Arbeit. Mit dem Vorteil, alles online erledigen zu können. Abgesehen davon brachte ihr der Job Geld, denn noch kamen keine Einnahmen über das neue Café herein.

Drei Stunden später hatte sie alle Beiträge fertig bearbeitet zurückgesendet.

Mittags ging sie erst einkaufen, dann stellte sie sich eine Brettljause zusammen, zu Probezwecken für das Caféangebot. Das Gericht erschien ihr geeignet und war leicht zuzubereiten.

Im Feinkostladen hatte sie alle Zutaten bekommen, die sie sich vorstellte. Nach dem Original einer steirischen Brettljause belegte sie einen großen runden Holzteller aus der Hinterlassenschaft ihrer Oma Therese mit Geselchtem, kaltem, aufgeschnittenem Schweinsbraten, einem Trockenwürstel, Speck, zwei Scheiben Käse, einem Löffel Liptaueraufstrich, Verhackertem und einem hart gekochten Ei. Als Dekoration gab sie zwei Radieschen, Gurkenscheiben und ein Stück Paprika anbei. Sie schnitt das Bauernbrot auf und rieb als Letztes die Krenwurzel. Frisch schmeckte Kren am besten.

Axel hatte ihr einmal erklärt, dass die österreichische Bezeichnung für Meerrettich aus dem Slawischen stammte. Von »krena«, was so viel wie »weinen« bedeutete. Es war die Wurzel der Krenpflanze, die zur selben Familie wie Kohl, Brokkoli, Radieschen und Kresse gehörte. Als schärfstes Familienmitglied wurde der Kren auch Scharf- oder Beißwurzel genannt, hatte Axel damals doziert. Anspruchslos im Anbau, wuchs ebenso im Schatten. Wie ich, genügsam und scharf, eine seltsame Mischung, hatte sie gedacht und sich darüber amüsiert, ohne es vor Axel laut auszusprechen. Das Gemüse machte seinem Namen jetzt alle Ehre. Die Tränen liefen Mitzi beim Reiben nur so über die Wangen, aber der fertige Teller sah großartig aus. Mitzi fotografierte ihn und schickte Rudolfo und Agnes jeweils das Bild. Beide schickten einen Daumen hoch mit Herz zurück, was Mitzi endlich wieder glücklicher stimmte.

Nach dem Essen – übersatt, denn bis zum letzten Krümel hatte sie die Brettljause verputzt – hielt sie entgegen ihrer Gewohnheit ein Verdauungsschläfchen. Nach einem Kaffee im Anschluss packte sie ein paar Utensilien in ihren Rucksack und machte sich einmal mehr auf den Weg. Ihre Strategie gegen Stress und Kummer war eben das Wandern oder das Reisen. Mit beiden Arten der Fortbewegung schaffte Mitzi es meistens, sich wieder ins Gleichgewicht zu bringen.

Da Ben die Zeit über kein weiteres Lebenszeichen von sich gegeben hatte, war Mitzi frei wie der Wind und konnte sich überall hintreiben lassen. Dass sie es geschafft hatte, sich nicht ihrerseits bei ihm zu melden, empfand sie als kleinen Sieg über ihre Ungeduld.

Am Bahnhof in Salzburg herrschte reges Treiben.

Mitzi setzte sich im Wartebereich auf eine der Bänke und suchte auf ihrem Handy wahllos Sehenswürdigkeiten heraus. Warum nicht einmal in Kärnten am Klopeiner See schwimmen gehen, im Burgenland an einer Weinverkostung teilnehmen, eine Karte für die Bregenzer Festspiele ergattern? Selbst Köln mit seinem Musical Dome stach ihr ins Auge. Wie würde Axel staunen, wenn sie sich aus seiner Heimatstadt meldete und ihm bei ihrer Rückkehr ein originales Kölsch mitbrachte.

Mit einem Nachtzug heute noch wegzufahren, um morgen vollkommen woanders aufzuwachen, erschien ihr sehr verlockend. Es wäre keine Flucht, redete sie sich ein, eher ein Auslüften der Emotionen.

Als sie gerade gedanklich und virtuell auf ihrem Handy den deutschsprachigen Raum verließ und checkte, was eine Karte in Verona bei den Festspielen kostete, fing ihr Mobilteil zu vibrieren an.

Die Nummer, die Ben ihr gegeben hatte, leuchtete auf.

Mitzis Zeigefinger schwebte über dem Display. Köln, Verona, Bregenz oder Ben lautete die Auswahl. Vielleicht alle drei Orte, zusammen mit dem noch nicht verifizierten kleinen Bruder. Die Auswahl mochte besser als die Einladung nach Kufstein sein, weil für Mitzi unbekannt und neu und weit weg von allem. Selbstverständlich wäre auch Ljubljana mit Ben als Fremdenführer eine reizvolle Option.

Nicht, bevor es Gewissheit gab, ermahnte Mitzi sich.

Ein DNA-Vergleich wäre ein wichtiger nächster Schritt, schoss ihr durch den Kopf. Geschwisterlicher Nachweis. Statt den Anruf anzunehmen, begann sie sich über das Thema zu informieren. Ein Leichtes, eine solche Überprüfung zu machen, wie sie lesen konnte. Mit gegenseitigem Einverständnis konnte sie einen Test bestellen, mit Ben durchführen und einschicken. Sollte er sich querstellen, wäre es ein Indiz, dass er etwas zu verbergen hatte. Oder sie belog.

Herrje! Bloß das nicht! Besser kein Test. Viel besser war es, die Hoffnung am Leben zu erhalten, bis … ja, bis wann? Bis Agnes sich der Sache annehmen würde. Agnes würde mit der nötigen Distanz den Fall Ben übernehmen, wenn Mitzi nicht … Sie schüttelte den Kopf, als würde sie allem zustimmen, nur nicht der Maßnahme, die zweifelsfrei über Bens Identität bestimmen könnte.

Eine Werbung ploppte auf. Ein Portal pries ein Wochenende in Lissabon an. Last-Minute-Vorteilspreis für zwei Personen.

Erneut meldete sich das Mobiltelefon, wieder war es Bens Nummer.

»Wir zwei in Lissabon, was meinst?« Mitzi gab das Angebot direkt weiter, ohne eine Begrüßung. »Tirol is schön, aber die Ferne mit Meerblick wär doch auch was, Ben.«

Am anderen Ende der Leitung rauschte es. Mitzi meinte, im Hintergrund Stimmengewirr zu vernehmen. »Es klingt, als wärst du ganz weit weg. Von wo aus rufst du an?«

Es wurde aufgelegt, Sekunden später wieder angerufen. »Ben? Hallo?«

»Bin in der Notaufnahme, Mitzi. In Kufstein. Im Bezirkskrankenhaus.«

Der Schreck fuhr ihr mit einer kalten Klarheit in den Bauch und breitete sich über ihr Herz aus, das schneller zu klopfen begann. »Notaufnahme?« Mitzi brachte einzig dieses Wort heraus.

Ben hustete. »Nix Schlimmes.«

Wenn man aus der Notaufnahme anrief, war es immer etwas Gravierendes, dachte Mitzi. Keiner fuhr dorthin, weil er einmal heftig niesen musste.

»Mitzi, hörst mich?« Ben redete bereits weiter. »Ich bin schon nach Kufstein gereist, hab im Hotel eingecheckt. Wollte noch ein bisserl spazieren gehen, mich umschauen an dem Ort, von dem du so geschwärmt hast. Später wollt ich dir sagen, dass ich schon da bin und du schnellstmöglich nachkommen sollst. Und dann … dann hat mich ein Pfeil getroffen.«

Was? Mitzi rief, aber kein Ton kam aus ihrer Kehle. Ein Pfeil, was für ein Pfeil? Um Gottes willen.

»Hier is es laut, ich hoffe, du verstehst mich, liebe Mitzi.« Im Hintergrund krachte etwas, jemand stieß einen Fluch aus. »Mach dir keine Sorgen, es klingt heftiger, als es is. Die Polizei wird gleich kommen. Is aber nur eine Fleischwunde am Arm, genauer gesagt in der Beuge zwischen Oberarm und Schulter. Tut höllisch weh, hat echt geblutet. Ich hab nämlich den Pfeil selber herausgezogen und auf dem Weg ins Spital meinen Steirerhut gegen die Wunde gepresst. Der Hut is jetzt hinüber, aber der Arzt hat vorhin gemeint, mein Vorgehen war gut gegen den Blutverlust. Ich werde auf Station verlegt, Mitzi, dann melde ich mich noch mal. Okay?«

Mitzi sprang von der Bank auf und rannte zur Anzeigetafel. Obwohl sie genau wusste, welche Verbindungen es zu jeder Tageszeit zwischen Salzburg und Kufstein gab. Einmal umsteigen in Rosenheim, und sie würde in weniger als zwei Stunden am neuen Ziel ankommen. Oft genug fuhr sie zu Agnes und Konstanze. Trotzdem war sie sich nicht mehr sicher. Auf einmal schien die ganze Welt auf eine schiefe Ebene zu rutschen. Ihre Brust verkrampfte sich, das Atmen ging nur stoßweise. Jegliche Sicherheiten standen auf dem Spiel.

»Mitzi, bist du noch dran? Da kommt ein Pfleger. Mit einem Rollstuhl. Ich ruf wieder an, ja?«

Ben wartete auf eine Antwort, doch Mitzi hatte ihre Stimme verloren. Aphon, tonlos, war sie – gänzlich.

7

Während Mitzi den Flur des Bezirkskrankenhauses in Kufstein entlanghetzte, verschwand mit jedem Schritt ihr Misstrauen gegenüber Ben Horvath. Schon im Zug hierher waren Kilometer um Kilometer die Zweifel verschwunden. Er war ihr kleiner Bruder Benni. Benni hatte überlebt. Auf dieser Welt gab es die kuriosesten Geschichten. Eltern und Kinder, die sich nach Jahrzehnten wiedergefunden hatten, Liebende, die Mauern und Zäune nicht von einem Wiedersehen abhalten konnten. Nicht zu vergessen all die Storys über Haustiere, die unendlich lange Strecken zurückgelegt hatten, um zu ihren Frauchen und Herrchen zu gelangen.

In der Zeitschrift, deren Artikel Mitzi korrigierte, wurde von Zeit zu Zeit ebenfalls von wundersamen Ereignissen berichtet. Was hatte sie beim Lesen gestaunt. Es gab nichts, was es nicht gab. Folglich gab es auch Bennis Rückkehr.

Wie hatte sie zweifeln können?

»Es tut mir leid.« Mit diesen Worten riss Mitzi die Tür zu Zimmer 139 auf. Zu viel an wertvoller Bruder-Schwester-Zeit war bereits verloren gegangen, nun ging es ans Aufholen.

An der Anmeldung war ihr gesagt worden, dass die Besuchszeit in einer halben Stunde enden würde. Mitzi war mit einer Dreiergruppe mitmarschiert, die sich gerade Richtung Lift in Bewegung gesetzt hatte. Ben lag im ersten Stock, wie sie auf der Orientierungsanzeige auf einem Bildschirm gesehen hatte.

»Mitzi?« Er saß aufrecht im ersten Bett neben der Tür und sah frischer aus, als Mitzi es erwartet hatte. Sein Oberarm und seine linke Schulter waren einbandagiert.

Mit zwei großen Schritten war sie an der Bettkante. »Benni. Mein Benni. Wie fürchterlich.«

Im Hinterkopf registrierte Mitzi, dass sie ihn zum ersten Mal

mit Benni ansprach. Er war kein Fremder mehr, dessen Identität
es noch zu überprüfen galt, sondern Mitzis nächster lebender
Verwandter. So schnell änderten sich manchmal die Gegebenheiten.

»Schon einmal was von Anklopfen gehört, Lady?« Der Zimmergenosse von Bett Nummer zwei zog sich am Galgen hoch.
Er war älter als Ben, und sein Bein war geschient. »Die Tür auch
wieder zumachen. Es zieht. Hopp auf, Lady!«

Mitzi folgte ohne Widerrede der Aufforderung, es war nicht die
Zeit, sich über die Unverschämtheit aufzuregen. Dann hechtete
sie zurück.

»Das is meine große Schwester«, sagte Ben an den Bettnach-
barn gewandt. Damit rührte er Mitzi endgültig zu Tränen.

»Benni, ich bin wie der Blitz hergefahren.« Sie ließ ihren gelben
Rucksack von den Schultern nach unten gleiten. »Und ich kann
direkt bleiben. Tagelang, wenn nötig. Wie geht's dir? Wie schlimm
is es? War die Polizei schon da? Was sagen die? Was meint der
Arzt? Musst du operiert werden?«

Ben legte lächelnd seine heile Hand auf Mitzis Wange. »Pscht,
Mitzilein. Alles gut. Du hättest nicht extra auftauchen müssen.«

»Sag das nicht. Du bist angeschossen worden. Wie hätt ich
da in Salzburg bleiben können! Oder woanders hinreisen. Du
könntest tot sein. Ein Opfer mehr.«

»Ah so, deshalb hat man mich vorhin mit dem Bett hinausge-
rollt. Als die Polizei da war.« Der Zimmergenosse meldete sich
erneut. »Jetzt weiß ich Bescheid. Angeschossen bist du word'n?
Schrotflinte, oder was? Is mir auch einmal passiert. Ein Kumpel
hat mich mit einer Wildsau verwechselt. Haha.« Er nahm einen
Schluck aus der Teetasse, die auf seinem Nachttisch stand.

Ben war anzumerken, dass er ungern Auskunft gab. »Nein.
Bei mir war es ein Pfeil.«

»Der unheimliche Bogenschütze war's.« Mitzi schaltete sich
dazwischen. Für sie lag diese Tatsache klar auf der Hand.

»Aber geh!« Neugierig beugte sich der Mann zur Seite. »Der
die viere am Berg um'bracht hat?«

»Es is nur eine Frau gestorben, Erwin.« Wieder Ben. »Ob es bei mir derselbe Täter war, kann keiner wissen.«

»Ich weiß es.« Mitzi wischte sich mit dem Unterarm über die Augen. Alle Taschentücher in ihrer Umhängetasche hatte sie bereits verbraucht. »Der war's.«

»Mitzi«, Ben schlug einen ungewohnt strengen Ton an, »geh rüber zu meinem Nachtkasterl und hol dir aus der ersten Lade ein Kleenex aus der Box. Dann lass uns auf dem Gang spazieren gehen.«

»Du kannst aufstehen?«

»Klar kann ich das. Is nur eine Fleischwunde. Die is schon bestens versorgt worden.«

»Jetzt sag schon, wie es passiert is.«

»Ich bin noch einmal raus aus dem Hotel, wollte laufen, um müd zu werden. Meine Vorfreude auf unsere gemeinsamen Tage haben mich nicht schlafen lassen.«

»Du bist in der Dämmerung in die Höh?«

»Nein. Es war da noch taghell. Andere waren, wie ich, unterwegs. Nach einer Weile war ich ganz allein. Eigentlich kein Problem, aber plötzlich kam was geflogen, ich hab einen Stoß gespürt, einen Schmerz, und schon …«, er stockte, sah auf die Bandagen, »is es eben passiert gewesen. Ganz schnell. Ich konnte weder was sehen noch erkennen.«

»Ein Pfeil! Ein echter Pfeil?«

»Den hat inzwischen die Polizei. Die waren vorhin bei mir hier im Spital.«

Erwin, der Bettnachbar, hob unpassenderweise den Daumen. Mitzi ignorierte ihn.

»Meine Agnes war bei dir, Benni? Sie hat dunkle Locken, is schlank und sportlich. Sie wirkt streng, is aber ganz eine Liebe.«

»Nein, Mitzi, deine Agnes nicht. Es waren zwei Beamte. Eine blonde Frau und ein Mann. Ich kann mich an die Namen nicht erinnern. Das kann von den Schmerzmitteln kommen, mein Hirn fühlt sich breiig an. Die haben auch eine DNA-Probe von mir mitgenommen. Und stell dir vor, ein Polizist wird gleich noch vor dem Krankenzimmer Wache halten, haben sie gesagt. Furchtbar, das alles. Hoffentlich kann ich bald hier raus. Am liebsten schon morgen. Eine Nacht durchschlafen, um mich vom Schock zu erholen, reicht. Abgesehen davon hab ich meine Krankenkarte in Ljubljana vergessen. Die Nummer wusst ich nicht auswendig. Ich werd hier alles erst mal privat zahlen, schön blöd.«

»Wurscht. Lass das den Arzt entscheiden, Benni. Ich borg dir Geld, jederzeit. Nix überstürzen.« Mitzi schnäuzte sich ins Kleenex. »Warum bist du überhaupt schon in Kufstein? Wir hatten unser Treffen doch noch gar nicht genau zeitlich fixiert.«

»Zum Vorfühlen. Kaum bei mir zu Hause, hat es mich sofort wieder zurück nach Österreich getrieben. Deshalb bin ich gleich noch mal los, hab mich in Kufstein im Goldenen Löwen einquartiert. Leider hab ich noch kein Zimmer für dich gebucht, ich wollt ja alles erst mit dir besprechen. Und dich überraschen. Aber heute Nacht nimmst du meines. Erklär dort, was passiert is. Wenn du meine Übernachtung nutzt, dagegen kann keiner im Hotel was sagen.«

»Ich kann bei Agnes schlafen, Benni. Soll ich sie anrufen, dass sie direkt Bescheid weiß und sich persönlich um dich kümmert?«

»Lass es für heut gut sein, Mitzi. Magst nicht wirklich lieber ins Hotel? In mein ungenutztes Bett dort? Es is spät. Ich geb dir die Schlüsselkarte mit.«

»Bei meiner Freundin kann ich auch mitten in der Nacht auftauchen. Die sind meine Familie. Außerdem brauch ich Agnes' Zuspruch.«

Im Zug hatte Mitzi einige Anläufe genommen, Agnes zu schreiben, weil sie die Leitung für Ben hatte frei halten wollen. Doch auch da hatten ihr immer noch die Worte gefehlt. Warum aber hatte sich Agnes nicht umgekehrt bei ihr gemeldet, nachdem die Nachricht über ein neues angeschossenes Opfer hereingekommen war? Höchstwahrscheinlich wusste sie noch nichts davon, überlegte Mitzi. Dabei hatte der unheimliche Bogenschütze wieder zugeschlagen. Nicht dass die Presse vor Agnes Wind davon bekam und einmal mehr die Polizeiarbeit kritisierte.

Oder, Mitzi erschrak in Gedanken, gab es mehr, was Agnes ihr aus polizeilichen Gründen nicht mitteilen durfte? Sofort nach dem Krankenbesuch würde Mitzi ihrer Freundin all die Fragen stellen.

»Das is schön, Mitzi, wirklich.« Er verzog den Mund, aber nicht vor Schmerz. »Aber ich bin deine Familie. Wir zwei, Schwesterherz. Sobald ich hier rauskomme, buche ich auf der Stelle das Extrazimmer für dich.« »Schwesterherz« klang wie Musik in den Ohren. Mitzi streichelte Ben über den Kopf. »Okay. Ich bin einverstanden. Wir gehen ein paar Schritte auf dem Gang. Und du erzählst mir bitte alles noch einmal. Mit mehr Details. Lass ja nix aus, Brüderlein.« Ben schlug die Decke zur Seite und stützte sich mit dem heilen Arm auf Mitzi.

»Mich tät's auch interessieren«, rief ihnen der Zimmernachbar Erwin hinterher.

Mitzi war froh, dass er eine Verletzung am Bein hatte und ans Bett gefesselt war.

Auf dem Weg vom Krankenhaus zu Agnes durch das nächtliche Kufstein musste Mitzi eine Pause einlegen, weil ihr übel wurde. Alles drehte sich, die Lichter der Straßenlaternen zerflossen zu einem Brei aus Helligkeit. Sie hatte eben Agnes Bescheid geben wollen, aber auch das Display verschwamm vor ihren Augen. Sie musste etwas trinken. Der Tag war wieder heiß und trocken gewesen, und Mitzi hatte außer einem Schluck Limonade und einem Kaffee nichts Flüssiges mehr zu sich genommen.

An der Straßenecke war das Innere einer Trafik erleuchtet. Mitzi steckte das Handy weg, taumelte mehr weiter, als dass sie ging. Dort angekommen, hielt sie sich am Rahmen des Verkaufsfensters fest.

»Griaß di«, sagte der Trafikant, nachdem er die Plexiglasscheibe zur Seite geschoben hatte. »Schaust blass um die Nase aus. Alles gut?«

»Nach einem ordentlichen Schluck Wasser geht's mir gleich

wieder besser. Ein Mineral bitte. Eine Brezel dazu. Am besten auch einen Kaffee. Cappuccino. All das brauch ich jetzt.«

Er reichte Mitzi eine kleine Flasche und das Gebäck, dann setzte er einen Becher unter die Kaffeemaschine. »Pass auf: Hinter meinem Häuserl steht ein Liegestuhl. Für mich in der Mittagspause. Dort setzt du dich. Ich bring dir den Cappuccino nach.«

»Danke. Superlieb von dir.«

»Bin ich zu allen Kunden. Deshalb kommen sie auch immer wieder. Geh und ruh dich aus. Ich bin übrigens der Erwin.«

Zwei Erwins an einem Abend. Ein Tropfen Heiterkeit floss in die Aufregung dieser Stunden. Mitzi umrundete die Trafik und ließ sich in den Liegestuhl fallen. Ein Schluck Wasser, ein Bissen von der Brezel, und langsam wurde die Welt um Mitzi wieder stabil.

Sie konnte sogar ein wenig lächeln. Wie nett der Trafikant war. Mitzi war einmal mehr von der Freundlichkeit der Tiroler beeindruckt.

Sie schloss die Augen.

Eine Erinnerung durchfuhr sie ohne Vorwarnung.

Der kleine Benni. Am Tag, als das Unglück passierte, hatten er und Mitzi an einem Bach gespielt. Mitzi mit ihrer neuen Barbiepuppe, Benni mit seinem neuen Holzboot. Beides Geschenke von Oma Therese.

Vor Mitzis Augen ging der Film weiter. Sie sah sich und Benni zurücklaufen. Kurz darauf stand sie am Campingherd, beschloss zu kochen, drehte den Schalter auf. Wechsel zu der Szene, in der sie bei den Obstbäumen nach dem Gas gefragt wurde. Mama und Papa liefen los Richtung Blockhaus. Und Benni war auf Papas Arm. Mit dem blauen Segelboot.

Er blieb auch auf Papas Arm, solange Mitzi ihn sehen konnte. Benni war bei Papa. Dann die Explosion. Das Feuer.

»Der Cappuccino!«

Mitzi blinzelte. Nun, da sie gerade dabei war, sich auf Ben einzulassen, ihm wirklich zu glauben, kam diese Erinnerung mit Macht zurück.

Wobei Mitzi wusste, wie trügerisch die Bilder sein konnten.

Trotzdem begann eine Frage in ihr zu wachsen, die drauf und dran war, all die anderen Fragen zu überholen. Wie hatte der kleine Benni damals das Feuer überlebt?

Geh weg, dummer Gedanke, dachte Mitzi, weg mit dir.

Sie stand auf. Es war allerhöchste Zeit, mit Agnes über alles, diesmal wirklich alles, zu reden.

8

Agnes und Mitzi studierten die Speisekarte, obwohl sie genau wussten, was angeboten wurde. Die Freundinnen saßen am frühen Morgen an ihrem Stammtisch am Fenster.

Das Buchcafé in Kufstein öffnete eigentlich erst um neun, aber der Kellner Gustav, genannt Gustl, hatte für die beiden eine Ausnahme gemacht. »Griaß euch! Immer herein, meine Damen«, hatte er von innen gerufen, als Mitzi und Agnes im Vorbeilaufen angehalten und in die Auslage gesehen hatten. Seit Jahren besuchten die zwei regelmäßig das Lokal.

Für Mitzi war es auch Vorbild für ihren Laden in Lilienfeld. Sollte das Café Therese gut anlaufen, würde sie Rudolfo überreden, Lesestoff in Form eines ersten Bücherregals im Gästebereich zu platzieren.

Agnes war skeptisch. »Wirklich ein zweites Frühstück? Die Vorkommnisse machen mir eher Bauchschmerzen als Gusto auf Essen. Vielleicht trinke ich einen Kaffee, das reicht.«

»Im Gegenteil, Agnes!« Mitzi glitt mit dem Zeigefinger die angebotenen Variationen entlang. »Wir brauchen beide Kraft. Bevor die Sache mit Benni passiert is, hab ich eine ganze Brettljausen aufgegessen. Weißt, die vom Foto, das ich dir geschickt hab.«

Mitzi klopfte sich auf den Bauch, Agnes nickte nun doch zustimmend, und sie bestellten.

Während sie warteten, vermieden sie das Thema Ben Horvath und die Attacke auf ihn. Stattdessen redeten sie über Konstanze und den Hund, als wäre nichts geschehen. Gestern hatten sie bis in die Nacht die neuen Ereignisse diskutiert. Die wenigen Stunden Schlaf waren vor allem Agnes anzusehen.

Der unheimliche Bogenschütze oder die gruselige Bogenschützin, je nachdem, ob Täter oder Täterin, hielt Agnes und ihr Team vollkommen in Atem. Die wenigen freien Atempausen gehörten abends eigentlich ihrer Tochter. Nicht einmal für Axel und seine neuen Recherchen zu einem Versicherungsbetrug hatte sie ein offenes Ohr.

Aber noch bevor Mitzi am gestrigen Abend aufgelöst und unerwartet aufgetaucht war, war Agnes schon den Bericht von Bastian und Elsbeth über den neuerlichen Angriff zum zweiten Mal durchgegangen. Erst hatte sie noch an eine zufällige Namensübereinstimmung geglaubt. Doch das aktuelle Opfer war tatsächlich der Ben Horvath, der sich bei Mitzi als angeblich wiederauferstandener Bruder gemeldet hatte.

»Bittschön, die Damen!« Der Kellner servierte. »Lasst es euch schmecken.«

»Werden wir, danke, Gustl.« Mitzi biss sofort mit einem genüsslichen Seufzer in das ofenwarme Kipferl. »Frühstücksvariationen aller Art muss Rudolfo in seinem Lokal anbieten. Unbedingt.«

Inzwischen hatten andere die offene Tür bemerkt, und das Buchcafé füllte sich.

Agnes schlürfte den Schaum von ihrer Melange ab. »Dein Lokal, Mitzi.«

»Nicht wirklich. Also, auf dem Papier schon, aber mein Drosselbart kümmert sich um alles. Möglich, dass er irgendwann in der Zukunft der wahre Besitzer wird, mir das Café seinerseits abkauft. Obwohl es nach meiner Oma benannt is, will ich mich nicht binden. Zumindest nicht an Besitz. Klingt komisch, ich weiß.«

»Aber nein, Mitzi. Erzähl mir, wie der Fortschritt ist.«

»Rudolfo is zuversichtlich, dass wir Mitte August eröffnen können. Er arbeitet wie ein Tier. Seine Zeit als Pianist auf einem Donauschiff hat er diesen Sommer auf eine Woche und eine Fahrt verkürzt. Du musst bald mit Konstanze nach Lilienfeld kommen und es dir ansehen.«

»Wirst du auch die Rezepte deiner Oma preisgeben für die Süßspeisen?«

»Zuerst werden die von einer Konditorei geliefert. Aber Omas

Apfeltommerl soll hausgemacht angeboten werden. Das will ich so.«

»Toll. Ich bin total gespannt und freue mich für dich und Rudolfo.«

Eine Weile plauderten sie weiter bei Kaffee und Kipferl. Die Sonne schien in den Gastraum, über ihnen startete die Klimaanlage mit einem Surren. Es hätte ein normaler Tag und ein unbekümmertes Treffen unter Freundinnen sein können.

Mitzi legte das Kipferl ab und begann die Brösel aufzustippen. »Wie mir das gefehlt hat, merk ich erst jetzt. Dieses Nur-wir-zwei, Agnes.«

Agnes winkte dem Kellner für eine weitere Melange. Zwar würde sie zu spät im Polizeirevier erscheinen, aber sie war die Chefin. Einmal musste ihre Beförderung auch ein Privileg darstellen. Rasch tippte sie eine Nachricht an Bastian ein. Er sendete ebenso flott eine zurück, die für Agnes nicht erfreulich war. Die Presse war auf die neuerliche Attacke aufmerksam geworden. Agnes hatte gehofft, etwas mehr Zeit zu haben.

»Wir sehen uns doch regelmäßig, Mitzi.«

»Stimmt. Aber entweder is Axel dabei oder Konstanze. Oder ich bin allein mit dem Stanzerl unterwegs und treff dich bloß zur Übergabe. Es is wunderbar mit meiner Patentochter, bitte versteh mich nicht falsch. Dann dein Job. Ich finde es aufregend, über Verbrechen, Untaten und Mord zu spekulieren, aber die Fälle sind schon länger das Hauptthema. Bei mir sind es halt das Café und jetzt Benni. Es geht kaum mehr nur um uns zwei, Agnes. Wann haben wir das letzte Mal einfach hier gesessen und unsere Seelen baumeln lassen?«

»Heute! Eben! Jetzt! Trotz allem, Mitzi.« Agnes zwinkerte ihrer Freundin zu. Doch Mitzi hatte recht. Sie flogen seit einiger Zeit nebeneinanderher. Aber das Leben veränderte sich laufend, es gab keinen Stillstand.

Als der nächste Kaffee serviert wurde, legte Agnes ihre Hand auf Mitzis Arm. »Mitzi, genug geschwafelt. Bevor gleich die volle Wucht der Ermittlungen auf mich einstürzt und die Soko Pfeilschütze mich verschlingt, muss ich mit dir auf gestern zurück-kommen.«

»Du kümmerst dich persönlich um Bennis Fall, bitte, ja?« Mit einem Schlag wurde Mitzi wieder so aufgeregt wie letzte Nacht. »Selbstverständlich.« Agnes hingegen blieb äußerlich so gelassen wie nur möglich. »Aber nicht, weil Ben Horvath mit dir zu tun hat, sondern weil er höchstwahrscheinlich von demselben Täter angeschossen worden ist. In der Besprechung gleich beraten wir uns alle. Später muss ich der Presse ein Statement abgeben, der erste Journalist hat bereits nachgehorcht. Die brandneuen News werden sich wie ein Lauffeuer verbreiten.«

»Agnes! Die Fälle müssen zusammenhängen. Im Spital hab ich das schon zu Benni gesagt. Wer sonst tut denn so was? Noch ein Irrer mit Pfeil und Bogen? Glaub ich nicht.« Mitzi hob ihre Tasse hoch, ihre Hand zitterte dabei. »Außerdem hoffe ich, dass du heute selbst zu Benni gehst und nicht deine Kollegen. Hör dir seine Schilderungen an.«

»Mitzi, erinnere dich an gestern Abend. Ich habe dir darauf schon geantwortet.«

»Diese Attacke auf Benni macht mir weiter Angst, Agnes. Und du bist die Beste für den Job.«

»Bastian und die Neue, Elsbeth, sind durchaus fähige Beamte. Wir entscheiden gemeinsam in der Soko, wie es weitergehen soll. Das hab ich dir mehrfach versichert.«

»Aber du warst nicht persönlich bei ihm. Das wundert mich.«

»Mitzi. Bleib bitte vernünftig. Ben Horvath passt nicht in den Kreis der bisherigen Opfer beziehungsweise der Personen, die gefährdet sein könnten. Deshalb recherchieren wir intensiv und halten uns andere Optionen offen. Ein üblicher Vorgang. Mein Team ist genauso kompetent wie ich, Mitzi.«

»Benni is in Gefahr, Agnes.« Tränen schimmerten in Mitzis Augen. »Jemand hat ihn mit einem Pfeil hinterrücks überfallen. Wie die anderen. Nicht dass ich ihn verlier, gerade wo ich ihn wiedergefunden hab.«

»Hör mir zu.« Agnes drückte Mitzis Arm fester. »Wir schließen nichts aus. Ein Streifenpolizist wurde über Nacht vor seinem Krankenzimmer postiert. Deshalb konntest du im Gästezimmer, ohne Angst um den Mann, wie ein Bär schnarchen.«

Der Scherz drang nicht zu Mitzi durch. »Dafür danke ich dir gleich noch einmal. Der arme Benni.«

»Das hätte ich für jeden anderen ebenfalls getan.«

Die neueste Wendung in den Bogenschützenfällen war höchst alarmierend. Agnes machte die Entwicklung mehr Sorgen, als sie Mitzi zeigte. Wieder stand sie vor der Entscheidung, die Gegend um Kufstein abzusperren, was touristisch eine Katastrophe bedeuten würde. Überhaupt, welches Gebiet in welcher Ausdehnung? Dazu kam, dass es bei der neuen Attacke schlicht keine Verbindung zur Schulklasse von Jorinde Roth gab. Agnes' Gebäude an Zusammenhängen war somit eingestürzt. Obendrein als Spitze die Überlegung: Was, wenn es tatsächlich einen Nachahmer gab? Nicht auszuschließen, denn beim aktuellen Überfall gab es einige Unterschiede zu den anderen Opfern. Eine Hiobsbotschaft mehr, sollte sich ein zweiter Irrer in den Bergen herumtreiben.

Ihre Gedanken liefen weiter. Ob er nun das neue Bogenschützenopfer war oder nicht – Agnes' Mistrauen gegenüber Ben Horvath war geblieben. Auch wenn sie sich keinen einzigen Grund vorstellen konnte, warum der Mann eine solche Geschichte vom verlorenen Bruder erfinden sollte. Mitzi war weder reich noch berühmt. Es gab nichts, was sich für eine mögliche spätere Erpressung oder eine Erbschleicherei geeignet hätte.

Sie brauchte Zeit, um eine tiefer gehende Überprüfung durchzuführen.

Bastian hatte gestern die Adresse des Mannes in Ljubljana aufgenommen, auch die sonstigen Daten. Doch die bedeuteten nichts für seine Behauptung, Benni Schlager zu sein. Es waren zwei Paar Schuhe, einerseits die Attacke, andererseits die Offenbarung gegenüber Mitzi. Immer noch hatte er Mitzi nicht den Namen der Therapeutin genannt, bei der er diese Rückführung durchgemacht hatte. Nicht näher erklärt, durch welche Recherchen mit welcher Detektei er schließlich an Mitzi gekommen war. Der möglicherweise einzige Vorteil an dem Ereignis gestern Abend war, dass Agnes und ihr Team ab sofort mehr über Ben Horvath in Erfahrung bringen konnten, schlicht, weil er Teil der Ermittlungen war.

Mitzi war bis vor Kurzem ebenfalls wesentlich kritischer gegenüber dem Mann gewesen. Allerdings hatte der Überfall auf ihn alte Muster bei ihr aktiviert. Die Gutgläubigkeit war zurück, ebenso die Schuldgefühle aus der Kindheit.

Zu Agnes' Leidwesen war der Faktor, Extrazeit für Ben Horvaths Lebensgeschichte außerhalb der Fälle aufzubringen, zur Stunde nicht gegeben. Sie setzte noch mal an. »Sobald Ben Horvath aus dem Krankenhaus entlassen ist, soll er aufs Revier kommen, dort werde ich selbst mit ihm ein zweites Mal seine Aussage durchgehen.«

»Es war genau der Ablauf wie bei den anderen, Agnes. Benni is wandern gegangen, is attackiert worden. Mit einem Pfeil. Die Wunde musste genäht werden. Im Internet gibt es eine klare Zuordnung zu den anderen Vorkommnissen.«

»Im Netz steht jede Menge. Dort wurden die Angriffe schon einer Umweltgruppe angelastet, was totaler Blödsinn ist. Und ja, Mitzi, das alles weiß ich. Warum aber ist der Mann schon in Kufstein? Wenn ich mich richtig erinnere, hattet ihr keinen festen Termin abgemacht. Abgesehen davon, du wohnst in Salzburg, euer Wiedersehen war in Lilienfeld. Seine Fixierung auf den Ort verstehe ich nicht.«

»Das liegt halt eben an mir.« Mitzi runzelte die Stirn. »Ich hab ihm vorgeschwärmt von der Gegend. Hab ihm von meinen Ausflügen erzählt. Ein Ausflug auf die Walleralm, ins Kaisergebirge marschieren. Die Runde um den Hintersteiner See ablaufen. Er möchte unbedingt zum ›Bergdoktor‹-Hof, das is seine Lieblingsserie im österreichischen Fernsehen. All das wollte er schon einmal vorerkunden, hat er gesagt. Bis zum Geschwisterurlaub dann. Jetzt bleib ich und umsorge ihn. Er will ein Zimmer für mich im Hotel dazubuchen.«

»Würdest du weiterhin bei uns übernachten, wenn ich sage,

ich finde es keine gute Idee, zu ihm ins Hotel zu ziehen? Dass du ihn Benni nennst, gefällt mir auch nicht. Das hast du vorher nicht getan. Da war er Ben, ein Mann, dessen Geschichte es noch zu beweisen gilt. Erinnere dich, es ist nicht lange her. Was sagt überhaupt Rudolfo dazu?«

»Nix. Der arbeitet am Café. Endspurt bis zur Eröffnung.« Mitzi presste die Lippen aufeinander und sah aus dem Fenster, ohne weiterzureden. Den Gesichtsausdruck kannte Agnes. Wie stur Mitzi sein konnte, hatte sie nicht vergessen.

»Agnes, ich will ins Hotel. Nichts gegen euch. Aber so kann ich mich besser anfreunden. Mich kümmern.«

»Mitzi …« Eine nächste Ermahnung wäre wirkungslos, Agnes versuchte es anders. »Pass auf: Sobald ich auf dem Revier bin, läute ich die Besprechung ein. Ich gehe mit Bastian und Elsbeth sowieso den Mordfall und die anderen drei Attacken durch. Ben Horvath und der Bericht über ihn kommen obendrauf. Ich mache mich von allen Vorurteilen frei.«

»Hernach darf ich dich und die Deinen endlich mit meinem Bruder besuchen. Ja?«

»Eins nach dem anderen, Mitzi.« Agnes wollte ihr nicht sagen, dass sie einen Besuch bei ihrer Familie erst als allerletzten Punkt in Erwägung ziehen würde.

Mitzi zückte ihr Handy. »Ich hol Benni vom Spital ab, und wir fahren mit dem Taxi ins Hotel. Er hat mir geschrieben, dass er sich so gut fühlt, dass er mit mir auf die Festung gehen kann. Das geht doch, Agnes? Trotz deiner Ermittlungen.«

»Es steht dir alles frei, Mitzi. Eine große Bitte aber: Lauf nicht einsam in den Bergen mit ihm herum. Weiteren Polizeischutz gibt es nicht.«

Mitzi schnappte sich eine Serviette und schnäuzte sich. »Versprochen. Und entschuldige, Agnes, ich bin konfuser, als es mir lieb ist.«

Vielleicht hat der Mann genau das bezweckt, überlegte Agnes. Doch sie sprach es nicht aus. Denn – ein weiteres Mal betont – es gab keinen Grund dafür.

Himmel, Arsch und Zwirn. In ihrem Kopf stieß sie einen für sie seltenen Fluch aus. Die Geschichte glich einer Schlange, die sich in den Schwanz biss.

»… beißt«, endete Mitzi eben.

Agnes war irritiert. »Wie bitte?«

»Ich hab eben g'meint, dass es jedes Mal ein Hochgenuss is, in ein warmes Kipferl zu beißen.«

Zumindest darüber herrschte Klarheit.

… es ist gemein, was ich vorhabe. Es ist gemein und gegen die Regeln unserer Freundschaft. Überhaupt gegen das Gesetz. Herrje! Noch dazu sollte ich mich um andere Dinge kümmern, die viel wichtiger sind. Oder auch nicht. Denn es könnte Mitzi schützen, auch wenn es wehtut. Oder sie unglücklich machen. Egal – es ist trotzdem nicht ganz okay …

Die Gedanken ratterten durch Agnes' Hirn, während sie auf einer Vierersitzreihe im Flur vor Dr. Krempls Büro wartete. Ein weiteres Wattestäbchen in einem Röhrchen hatte sie ihm mitgebracht. Doch nicht nur das. Auch ein Kuvert, in dem ein paar von Mitzis Haaren aus der Bürste, die sie in Agnes' Wohnung benutzt und liegen gelassen hatte, steckten.

Mitzi war demnach nicht die Einzige gewesen, die über einen DNA-Test nachgegrübelt hatte.

Die Idee mit dem heimlichen Vergleich war Agnes bereits nach dem ersten Treffen zwischen Mitzi und Ben Horvath in den Sinn gekommen. Doch sie hatte sich zu dem Zeitpunkt dafür entschieden, es nicht anzusprechen. Eine bessere Gelegenheit würde sich ergeben oder Mitzi selbst das Thema anschneiden, hatte Agnes damals spekuliert. Sogar die Möglichkeit, dass der wiederauferstandene Bruder von seiner Seite aus um einen Test bitten würde, hatte Agnes abgewartet.

Ein einfaches Verfahren, das Gewissheit schenkte. Warum wehte es in Abständen immer wieder durch Agnes' Hirn, aber anscheinend nicht durch die Gedanken von Mitzi und diesem Ben?

Es widerstrebte Agnes, dass Mitzi ihn Benni nannte. Auf einmal, denn vor der Attacke hatte sie es vermieden. Die Verletzung hatte die Dinge geändert. Für Agnes aus einem anderen Grund als für Mitzi. Zugleich tadelte Agnes sich für ihr tiefes Misstrauen.

Es gab die seltsamsten Lebensgeschichten, alles war möglich. Auf der einen Seite. Axel konnte sich eine derartige Verkettung von Umständen vorstellen, hatte er Agnes erklärt. Auch wenn er für Umsicht und Vorsicht argumentierte, hielt er es für möglich. Doch, hier kam die andere Seite zum Tragen, es gab auch Betrügereien, Verrat und Lügen ohne Ende.

Was Agnes nun aber vorhatte, hatte sie ihrem Lebensgefährten nicht gebeichtet. Ebenfalls durfte es niemand aus der Kollegenschaft in der Soko Pfeilschütze wissen. Christian Krempl gegenüber würde sie gleich extrem einfühlsam ihren Wunsch vortragen müssen. Sollte er nicht zustimmen, hätte ihr Vorgehen ohnehin hier bereits das Ende erreicht.

Ganz allein saß Agnes im Warteraum im Institut für Gerichtliche Medizin Innsbruck und wartete mit Bauchgrimmen und schlechtem Gewissen auf Dr. Krempl, um ihn unter vier Augen um einen eigentümlichen Gefallen zu bitten.

Die Wattestäbchenproben der Runde vom Freitagabend hatte das Kriminallabor bereits offiziell erhalten. Auch hatte sich die entschuldigte Emma Wengler inzwischen freiwillig testen lassen. Für die beiden Verweigerer, Elif Samet und Pipp Hausgruber, lagen noch keine richterlichen Beschlüsse vor, die sie zur Abgabe hätten zwingen können. Der begründete Verdacht fehlte bei beiden. Eine Schlappe für Agnes. Zuletzt war Ben Horvath, das brandneue Opfer des Bogenschützen, im Krankenhaus ebenfalls um eine DNA-Probe gebeten worden.

Er hatte sofort zugestimmt. Bastian hatte Agnes berichtet, dass der Verletzte mit Eifer bei der Sache gewesen sei. Dass Bastian nicht bei ihr nachgehakt hatte, warum die Chefin diesen Test höchstpersönlich und allein überbringen wollte, empfand sie als Erleichterung. Es wäre ihr zusätzlich schwergefallen, ihren Kollegen anzulügen, um den tieferen Grund neben der Verbrechensaufklärung zu verheimlichen.

Das Auftauchen des Gerichtsmediziners unterbrach Agnes' düsteres Sinnieren.

»Frau Revierinspektorin, Agnes, servus. Bitte, bleib sitzen.

Was für eine Überraschung. Mit dir hätte ich nicht so schnell wieder gerechnet. Als dich der Pförtner angekündigt hat, dachte ich, er hätte sich im Namen geirrt. Du bist zu früh. Die Beweisstücke Seil, Torso, Pfeil und Koffer untersuchen wir noch auf verwertbare Spuren. Sind wir dabei erfolgreich, geht es weiter. Heißt, diese Ergebnisse werden mit den aus den Speichelproben gewonnenen DNA-Profilen verglichen. Die Ergebnisse hast du übermorgen. Wir können nicht zaubern, aber für dich lege ich mich fest.«

Der weiße Kittel streckte seine ohnehin schon lange Gestalt. Die Hände hinter dem Rücken verborgen, glich er einem weißen, schmalen Riesenvogel. Der Letzte, der Agnes um zwei Köpfe überragt hatte, war der frühere Hausmeister der Volksschule gewesen. Doch im Gegensatz zu Henry Winkler war Dr. Krempls Verstand voll leistungsfähig.

»Wie schön, dass wir uns einmal mehr in die Augen schauen können, Agnes.«

»Hallo, Christian.« Agnes lächelte.

Gern hätte sie hinzugefügt, dass die Zusammenkunft rein beruflich war. Sie wollte dem Gerichtsmediziner, der durchaus Gefallen an ihr fand, keine Hoffnungen machen. Aber heute war sie wahrhaftig auch in privater Mission unterwegs. Erneut lief ihr das Unbehagen über ihr Vorhaben wie Gänsehaut über den Rücken.

»Willst du einen Kaffee in meinem Büro trinken?« Seine Arme waren immer noch verborgen. »Wenn du mehr Zeit mitgebracht hast, könnten wir auch einen Happen in der Mensa essen.«

»Lieber Christian«, Agnes nahm sehr freundlich Anlauf, um ihn positiv gestimmt zu lassen, »ich bin auf dem Sprung. Setze mich gleich wieder ins Auto und fahre zurück.«

Auf seinem Gesicht flackerte eine kurze Enttäuschung auf, dann präsentierte er Agnes ein breites Lächeln. »Ich hab's mir schon gedacht und uns Koffeinbooster besorgt. Zum Soforttrinken.«

Christian Krempl ging einen Schritt zurück, machte eine Dre-

hung und hielt zwei Häferl vor Agnes hin, bis zum Rand voll mit
Kaffee samt Kaffeesahne. Eines drückte er ihr in die Hand, dann
setzte er sich mit einem Stuhl Abstand neben sie.

Dass Agnes ihren Kaffee lieber schwarz oder mit Milchschaum
genoss, ließ sie unerwähnt. Auch dass der sterile Geruch in den
Gängen ihre Lust auf ein Getränk minimierte. »Super, das ist ein
Service.«

»Für dich immer gerne, Agnes.«

Nach dem ersten Schluck kam sie direkt zur Sache. »Schau:
Ich halte in meiner einen Hand dein wunderbares Häferl, in der
anderen zwei Proben, Christian. Ein Stäbchen von einem Mann,
der in den Bogenschützenfall involviert ist. Er wurde ebenfalls
angegriffen. Der neueste Überfall.«

»Ich habe es in den News gelesen.«

»Ja, das verbreitet sich schnell. Allerdings ist diese Verletzung
bisher die harmloseste. Eine nicht allzu tiefe Fleischwunde. Wir
stehen vor einem Rätsel mehr.«

»Dessen Probe hast du dabei?«

»Genau.« Agnes legte das Röhrchen auf den freien Platz zwischen ihnen. »Hinzu kommen ein paar Haare einer weiblichen
Person.«

»Ich verstehe, dass du mir die DNA des aktuellen Opfers
bringst. Aber wer is die Frau? Eine weitere Geschädigte?« Christian Krempl stellte die Frage ohne Hintergedanken.

Agnes wollte ehrlich sein, ohne zu viel zu verraten. »Nein.
Die Sache hat nur zum Teil mit der Soko zu tun, Christian. Es ist
bloß eine Bitte, die ich an dich habe. Um eine Freundin geht es.«
Sie wusste nicht mehr weiter. »Reicht das?«

»Je nachdem, was du von mir verlangst.«

»Das Einzige, was mich bei einem Vergleich der beiden Proben
interessieren würde, sind die Verwandtschaftsverhältnisse.«

»Vater, Kind?«

»Schwester und Bruder.« Das auszusprechen fiel Agnes derart
schwer, dass sie einen komplett trockenen Mund bekam. Nicht
einmal ein nächster Schluck vom Häferlkaffee konnte das Ge-

fühl der Trockenheit dämpfen. »Einfach ob und, wenn ja, wie die beiden verwandt sind. Geht das?«

Christian Krempl lachte einmal herzlich auf. »Nichts leichter als das. Die Verwandtschaftsdiagnostik liefert dank der modernen DNA-Analyse über zwei Generationen sichere und zuverlässige Ergebnisse. Geht es um die gleiche Vaterschaft? Ich kann dir eine Rekonstruktion eines Stammbaumes darlegen. Aus mehreren Großeltern oder anderen nahen Verwandten, wie Onkel, Tanten, Cousinen, Cousins und anderen, kann man Teile der väterlichen Erbinformationen rekonstruieren und mit einem Enkelsohn oder einer Enkeltochter vergleichen.«

»Hört sich sensationell an, ich will aber einzig die eine Information: Geschwister oder nicht.«

Jetzt erst verstand er. »Die wohl unter der Hand?«

»Du musst nicht, aber ja, es ist eben nichts Offizielles.« Sie bemühte sich, den Blickkontakt zu halten.

Er hob sein Häferl in die Höhe und sah sich die Unterseite an. In dem Moment erwartete Agnes eine Standpauke von ihm, dass es unlauter wäre, ohne Einverständnis die DNA von zwei Menschen zu untersuchen. Gegebenenfalls eine Straftat. Einer Leiterin eines Polizeireviers nicht würdig. Auf keinen Fall würde er, der seriöse Gerichtsmediziner Krempl, sich darauf einlassen. Nicht ohne richterliche Anordnung.

»Ist es sicher kein Vaterschaftsnachweis?«, fragte er stattdessen. »Auch wenn es mich nichts angeht.«

»Sicher nicht. Hoch und heilig geschworen!« Agnes legte die Hand ans Herz, woraufhin Christian Krempl ein nächstes lautes Lachen anstimmte. Eine Gruppe von Mitarbeitern, die am Ende des Ganges zusammenstanden, drehten einmal kurz ihre Köpfe zu ihnen um.

»Wann brauchst du das Resultat, Agnes?«

»Du machst es also?«

Er nahm seine Brille in die Hand und rieb die Gläser am Stoff des Laborkittels, setzte sie wieder auf. »Kein Brillenputztuch kommt an den ran. Komisch. Ich sollte ihn in Stücke schneiden und untersuchen, woran es liegen könnte. Doch die Tatsache, dass die Gläser nach dem Reiben wie durchsichtig sind, genügt mir.«

»Du kannst Nein sagen. Ich bin dir weder böse, noch werde ich die Sache je wieder anschneiden. Du hast mein Wort. Wenn du es nicht tun möchtest, stehe ich auf und gehe.«

»Bleib sitzen und trink, Agnes.« Röhrchen und Kuvert verschwanden in der Tasche des Laborkittels von Dr. Krempl. »Morgen. Ich melde mich.«

10

Mitzi liebte es, Wandertouren zu entdecken, die jenseits der gängigen Touristenströme verliefen. Ein Trail, den sie oft unternommen hatte, war die Strecke zum versteckten Gipfelkreuz kurz vor dem Pendlinghaus. Auch im Sommer fand sie hier meistens Ruhe, weil sie abseits der viel bewanderten Forststraße entlang eines Jägersteigs lag.

In der modern ausgebauten Berghütte auf über tausendfünfhundert Metern Höhe hatte sie schon mit Agnes übernachtet. Sie hatten die besten Kaspressknödel gegessen, die Mitzi je zu sich genommen hatte. Hinzu war der geniale Ausblick gekommen. Bei schönem Wetter hatten sie vom Kaisergebirge zu den Zillertaler Alpen bis hin zum Großvenediger und Großglockner sehen können. In die Weite des Himmels ebenso, als sie beide den Kopf ganz in den Nacken gelegt hatten. Gegen Abend schließlich hatten Wolken das Tal verhüllt, und Mitzi hatte sich vorgestellt, dass die Welt darunter verschwunden war.

Wie kleine Mädchen hatten sie sich in die karierten Bettdecken gekuschelt und geflüstert, als würden sie große Geheimnisse teilen. Am nächsten Morgen, beim einfachen Frühstück, hatte Mitzi Agnes vorausgesagt, dass sie sich in den Privatdetektiv Axel verschießen würde oder schon verschossen war.

»Der mit seinem schwarzen Bart, den er so pflegt«, hatte Agnes mit gerümpfter Nase gemeint. »Der wird bald wieder nach Köln abziehen, und mir bleiben bloß seine kölschen Sprüche: Et es, wie et es. Plus ein paar Kölsch im Kühlschrank.«

Inzwischen aber hatte Mitzi recht behalten und zog Agnes manchmal damit auf.

»Das hätte meinem Bruder gefallen.« An den Satz erinnerte sie sich ebenfalls gut.

Und dass sie Agnes an diesem Abend von Momenten erzählt hatte, die sie noch von Benni, ihren Eltern und dem Familienleben im Kopf hatte. Viel war es nicht, vielleicht einiges dazu sehr ausgeschmückt, was Mitzi durchaus bewusst gewesen war. Seither war sie ein Dutzend Mal nach oben marschiert. Dreimal davon mit Agnes, obwohl sie nie mehr über Nacht geblieben waren. Doch Mitzi hatte einen Rastplatz auf der Strecke zwischen Thiersee und dem Gipfelkreuz am Pendling gefunden, den sie zuerst das Bergziegen-Eck getauft hatte und der einzigartig war. Die Benennung hatte ihren Grund. Auf dem Abschnitt, der über einen schmalen Weg mit begehbaren Stufen führte, gab es eine Stelle, an der ein enger, überwachsener Pfad hinter einer Zirbelkiefer begann. Durch Zufall und aus Neugierde hatte Mitzi ihn entdeckt und war ihm gefolgt. Der Pfad war in Wahrheit einfach ein kurzes steiniges Stück zu einem Felsplateau hin. Keine paar Meter weiter führte er bergab. Man musste trittsicher sein, um nicht abzurutschen. Dann folgte eine von der Natur geformte ebene Fläche, bevor der Platz an einem schroffen Felsen endete. Dort ging es fast senkrecht in die Tiefe.

Genau an diesem Ort hatte beim ersten Mal, als Mitzi sich umgesehen hatte, eine Bergziege gestanden.

Mitzi war vor Ehrfurcht, Schreck und Erstaunen wie erstarrt gewesen. Das Tier hatte seinen Kopf Richtung Mitzi gedreht und sich sofort aus dem Staub gemacht. Mitzi aber hatte sich auf einen der flacheren Steine gesetzt und ihre Jause ausgepackt. Nie hatte ihr Wurstbrot besser geschmeckt. Bevor sie auf die vorgegebene Route zurückmarschiert war, hatte sie sich bis an den Rand des Felsens gewagt, eine Weile nach unten gesehen und sich vorgestellt, wie es wäre, wie eine Bergziege über steile Abhänge zu springen.

Die Stelle hatte sie bei Gelegenheit auch Agnes vorgeführt. Leider war an dem Tag keine Ziege weit und breit erschienen. Mitzi erinnerte sich genau. »Vielleicht sollte ich das hier umtaufen und Benni-Platz nennen«, hatte sie dabei nebenbei erwähnt. Agnes hatte nicht darauf reagiert, somit war es beim Bergziegen-Eck geblieben.

Genau von diesem herrlichen Aussichtsplatz schwärmte sie Ben am nächsten Morgen nach seiner Entlassung vor. Es war der Tag der Sommersonnenwende. Nun, da ihr Bruder zu ihr zurückgekehrt war und ihr wahrhaftig beim Frühstück im Hotel Goldener Löwe gegenübersaß, quoll Mitzis Herz über. Ihre Zweifel waren geschmolzen wie ein Eisberg im Klimawandel. Agnes wäre darüber erschrocken, wie wenig von Mitzis anfänglicher Skepsis übrig war. In der neuen gemeinsamen Zeit hatten sie und Ben Horvath – oder eben Benni Schlager – unfassbar viel über Landschaften, Städte, Wanderungen und das Kochen geredet. Rezepte ausgetauscht. Er hatte von seiner Teenagerzeit berichtet und wie er fast auf die schiefe Bahn geraten war. Sein Ziehvater hatte ihm damals mehr als einmal eine Ohrfeige verpasst.

»Kinder schlägt man nicht.« Die Meinung würde Mitzi nie ändern. »Egal, wie schwierig es is.«

»Ach, hin und wieder eine saftige Watschn hat mir nicht geschadet.« Unvermutet packte Ben Mitzis Hand. »Weißt du was, Mitzi. Heut zeigst du mir diesen Bergziegen-Weg.«

»Bergziegen-Eck hab ich es getauft. Aber es is noch zu anstrengend für dich, Benni.« Mitzi winkte ab. »Das ist eine Tour von locker über vier Stunden von Kufstein aus. Du bist angeschlagen, vergiss das nicht. Nix Schlimmeres, als wenn du unterwegs nicht mehr weiterkannst.«

»Ich bin putzmunter. Und damit bei mir keine Angst vorm Wandern bleibt, will ich rasch wieder losmarschieren. So wie man wieder auf ein Pferd steigen soll, wenn man hinuntergefallen is.« Er hob den noch bandagierten Arm und machte mit zwei Fingern das Siegeszeichen. »Gut eingepackt, verheilt die Wunde prächtig. Der Arzt im Spital hat g'sagt, ich kann auf jeden Fall schon Spaziergänge machen. Weh tut es überhaupt nicht mehr.«

»Spaziergänge ja, aber keine Bergtour.«

Ben lächelte aufmunternd. »Mein Vorschlag: Du bestimmst, bis wohin wir mit einem Taxi fahren können. Den Rest schaff ich. Komm, Schwesterherz! Wir trennen uns, jeder besorgt einen Teil für die Jause. Ich will mir noch einen Rucksack kaufen, meiner hat ein Loch, hab ich festgestellt. Nach einer neuen Kopfbedeckung schau ich mich ebenfalls um. Vielleicht steht mir ja auch ein Tirolerhut?«

»Da komm ich mit.«

»Ich bin kein Tschopperl, Mitzi. Wir trennen uns und kaufen jeweils dem anderen eine Überraschung, okay? Oder du telefonierst mit deinem Rudolfo, der wird sonst richtig eifersüchtig.«

»Wir sollten nicht einsam herumlaufen, sagt Agnes. Das hab ich ihr versprochen.«

»Blödsinn! Heute is der längste Tag des Jahres. Da wird es nicht so schnell finster, und jede Menge anderer sind unterwegs. Außerdem marschieren wir ja nicht die ganze Tour ab. Ich merk, dass ich es brauche, um mir wieder Mut zu machen und den Schock zu überwinden.«

»Du wolltest aber endlich zu Agnes ins Revier, Benni. Es is höchste Zeit, dass du sie kennenlernst. Sie wartet.«

»Ich hab mit dem einen Inspektor telefoniert, der meine Aussage im Spital aufgenommen hat, Mitzi.«

»Echt? Wann denn?«

»Vorhin grad. Der hat gemeint, dass ich morgen kommen soll, das reicht. Dann begleitest du mich, und dann erzählen wir beide deiner Agnes zusammen von dem Ausflug heute. Ich könnte mir vorstellen, dass sie das freut. So als schöne erste gemeinsame Geschichte, die wir präsentieren können. Damit sie nicht mehr böse is, dass du nicht bei ihr und deinem Patenkind übernachtest.«

»Agnes is nicht böse, Benni. Besorgt, wachsam. Eben eine Polizistin.«

»Versteh ich total, Mitzi. Aber sie wird ihre Meinung ändern. Morgen dann! Bis dahin is es was zwischen Benni und Mitzi.«

»Klingt schön.«

»Finde ich auch. Also, was sagst? Treffpunkt in ein paar Stunden. An der Rezeption um zwei am Nachmittag.«

Mitzi überlegte. Es gab die Möglichkeit, bis zum Alpengasthof Schneeberg mit dem Auto zu fahren. Keine zwanzig Minuten.

Von dort aus schätzte sie die Strecke zu Fuß auf eine Stunde bis zu ihrem Bergziegen-Eck. Wenn sie nach der Rast dort wieder umkehrten, wäre es wirklich machbar für Ben.

Er war bereits aufgestanden und streckte sich. »Mitzi. Ich freu mich wie narrisch.«

Kurz dachte Mitzi an das Versprechen, das sie Agnes gegeben hatte. Aber sich wie narrisch freuen zu können, war auch für sie ein unwiderstehliches Angebot. »Die Taxifahrt hin und zurück teilen wir uns, Brüderlein.«

11

An die Sommersonnenwende dachte Agnes an diesem Morgen überhaupt nicht. Nach zwei Tassen Kaffee hatte sie den Frühstückstisch, ohne etwas zu essen, verlassen.

»Ach, Axel. Die neue Attacke passt nicht. Vielleicht wollte der Täter oder die Täterin von der Schulklasse ablenken. Oder es ist ein Nachahmer. Abgesehen davon traue ich mehreren der Befragten nicht wirklich: Elif Samet, Jost Stelling. Dieser Pipp ist anstrengend. Auch Jorinde. Ihr theatralisches Haareraufen würde ich im Moment selbst gerne alle paar Stunden durchziehen. Ich bin ratlos, völlig.«

Sie hockte nun auf der Couch, legte ihre Hände vors Gesicht. Augenblicklich war Barnaby an ihrer Seite und schleckte ihre nackten Knie ab.

Konstanze war vorhin von Agnes' Mutter mitgenommen worden. Oma Frida hatte sich beschwert, dass Mitzi mehr Zeit mit der Enkeltochter verbringen durfte als sie. Da Mitzi ohnehin im Moment mit dem auferstandenen Bruder beschäftigt war, sah die Omama ihre Chance.

»Es ist dieser Benni, nicht?« Axel versuchte, den Hund zur Seite zu schieben, was ihm kaum gelang und wenigstens einen kurzen Lacher bei Agnes auslöste.

»Du musst mit ihm in die Hundeschule.«

Sie tupfte sich mit den Fingerspitzen die Augen ab. Es gab keinen Grund loszuheulen. Alle ihre Lieben waren gesund. Dass Mitzi einmal mehr ganz eigene Pfade beschritt, war nichts Neues. Doch ihre eigene Aktion mit dem Test quälte sie. Dr. Krempl hatte sich noch nicht gemeldet.

»Außer ›Sitz‹ kann Barnaby nichts«, sagte sie schärfer als gewollt. »Dabei ist er der Hund einer waschechten Polizistin. Peinlich.«

»Eins nach dem anderen, Liebling.« Mit einem Kuss auf den

Kopf und Agnes' dunkle Locken setzte Axel sich neben sie. »Meine Alltagsreihenfolge lautet: Zuerst versorge ich unser Kind, dann kümmere ich mich um meine Detektei. Auch virtuell kostet es mich Zeit. Meist braucht mich dann unsere Mitzi, auf die ich gleich zurückkommen werde. Heute steht zusätzlich meine Schwiegermutter auf der Liste, die ich später zum Mittagsessen ausführen werde, weil du einmal mehr im Revier bist.«

»Machst du mir Vorwürfe? Arbeite ich zu viel? Anders gefragt, Axel, will ich alles und mache deshalb nichts ganz?«

»Drei Fragen, ohne Luft zu holen.« Axel setzte an, näher zu rutschen, beließ es aber bei dem kleinen Abstand zwischen ihnen. »Du machst Mitzi Konkurrenz.«

Agnes rutschte noch ein Stück von ihrem Partner weg. Obwohl sie diese Fragen stellte, wusste sie ganz genau, dass sie keine Abstriche einplanen würde. Der neue Job brachte neuen Stress mit sich und war dennoch eine herrliche Herausforderung. Ganz zu schweigen von dem guten Gefühl, das sie hatte, wenn sie ein Verbrechen aufklären konnte.

Das jetzige jedoch lag ihr mit jedem neuen Tagesanbruch schwerer im Magen. Eine Tote, vier Verletzte, Ben Horvath eingeschlossen, Mitzi, die mit genau diesem unterwegs war. Und noch einmal betont: der unerlaubte Test.

Seit Mitzi vom Gästezimmer ins Hotel Goldener Löwe gewechselt war, schien es Agnes, als würde sich ein Graben zwischen ihnen auftun. Mitzi und Ben, allein die Kombination mochte Agnes nicht. Dass er Mitzi ins Hotel eingeladen hatte, ebenso wenig.

Das Ärgerliche obendrauf war, dass es keine Erfolge für die Soko Pfeilschütze gab. Agnes machte eine Faust und schlug auf eines der Couchpolster. Ihr reichte es, sie wollte Antworten.

»Dieser Bruder setzt mir zu. Auf allen Ebenen.«

»Das ist klar.«

»Nein, ist es nicht. Ich bin misstrauisch, das stimmt. Es gibt nicht genug Informationen über ihn. Immer noch nicht. Er rückt mit allem häppchenweise heraus. Die Adresse in Ljubljana laut seinem Ausweis stimmt. Keine Vorstrafen. Er arbeitet als freier Berater, hat Bastian aber keine Branche und keinen Kundennamen angegeben. Auch keine Angaben, ob wir dort jemanden verständigen sollten. Ich bin davon ausgegangen, dass ich nach der Klärung des Bogenschützenfalls Luft habe, ihn genauer unter die Lupe zu nehmen. Doch jetzt vermischt sich der Kerl als Opfer mit meinen Ermittlungen.«

»Vermischt, sagst du? Agnes, so wenig mitfühlend?« Axel zog die Augenbrauen hoch, ähnlich wie Christian Krempl es stets tat. »Kommt er nicht heute zu dir ins Büro? Ich finde nämlich, du brauchst endlich einen persönlichen Eindruck. So kenne ich dich nicht, Agnes. Warum warst du an dem Abend des Überfalls auf Ben Horvath nicht selbst bei ihm im Krankenhaus?«

»War nicht nötig. Bastian und Elsbeth haben seine Aussage aufgenommen, auch die der behandelnden Ärztin. Dazu haben sie sich den Polizeibericht durchgesehen, der direkt nach dem Angriff erstellt worden ist. Auch ich kenne jede Notiz. Hab alles mehrfach durchgelesen. Ein normales Vorgehen.«

Mit einem Kopfschütteln widersprach Axel. »Keine Ausreden. Du hast dich lieber verschanzt, als den Typen direkt abzuchecken. Meiner Meinung nach. Ehrlich: Was befürchtest du?«

»Dass ich voreingenommen bin. Mich unprofessionell verhalte.« Was ja schon geschehen ist, fügte sie in Gedanken hinzu. »Den Mann entweder vorverurteile oder seine Geschichte komplett anzweifle. Beides geht mir durch den Kopf. Aber was mich am meisten quält, ist die Tatsache, dass ich meine schöne Theorie zum Bogenschützenfall in den Mistkübel werfen kann. Ben Horvath war nie in der Volksschule hier in Kufstein, er kennt keinen der anderen, die betroffen sind. Damit hat es sich mit dem bisherigen Kreis der Verdächtigen. Der Täter, die Täterin, die Tätergruppe, was auch immer, wählt zufällige Opfer aus. Zufall ist der Feind der Logik.«

»Was für ein philosophischer Satz, Agnes.« Nun rutschte er doch näher. »Es ist nicht hundert Prozent sicher, dass dieser Ben von ein und demselben Unbekannten attackiert wurde? Weil du eben von einem Nachahmer geredet hast oder einem Ablenkungsmanöver.«

»Nicht hundert, nein. Wir prüfen weiter. Laut Bastians Bericht hat Ben Horvath bloß eine Fleischwunde, die zwar stark geblutet hat, aber bei Weitem nicht so tief geht wie bei den anderen. Weil er angeblich vor Schreck umgekippt ist und sich den Schädel angeschlagen hat, kann er sich an nichts und niemanden erinnern.«

»Angeblich? Kann ja stimmen.«

»Ja, er hatte eine Beule, laut Bastian.« Ihre Stimme klang genervt. »Seine Geschichte, der Überfall auf ihn, all das kann durchaus wahr sein. Denn was übereinstimmt, ist der Pfeil. Den er sich aber selbst aus dem Oberarm gezogen hat, nachdem der erste Schock vorbei war. Eben weil er nicht tief drinnen steckte.«

»Ein wichtiger Unterschied zu den vier Opfern bisher. Bei denen war das unmöglich.«

»Was für denselben Täter spricht, ist, dass der Pfeil der Marke, der Farbe und auch dem Gewicht nach mit den anderen übereinstimmt. Details, die wir als Polizei nicht veröffentlicht haben, um Nachahmungstäter auszuschließen.«

»Benni könnte es von Mitzi wissen.«

»Sag du nicht auch noch Benni, solange es nicht sicher feststeht.« Mit Schwung stand Agnes auf, drehte eine Runde durch das Wohnzimmer. Barnaby folgte ihr. Kaum ließ sie sich auf die Couch zurückfallen, legte sich auch der Hund ihr zu Füßen.

Der Abstand zu Axel war größer geworden. »Tatsächlich möglich, Axel. Ich erzähle ihr zu viel. Ich muss sie beim nächsten Wiedersehen löchern, ob und was sie Ben Horvath von meinen Infos weitergegeben hat. Da gebe ich dir recht. Ich muss Privates und Berufliches strikter trennen. Die Tage wollte ich ein Ansuchen stellen, dass du als Detektiv eingebunden wirst. Bastian hat mich erinnert, dass mir dabei eine unlautere Bevorzugung vorgeworfen werden könnte.«

»Ich arbeite auch ohne Kohle für dich, Liebling.« Er hob beide Daumen.

Der Humor kam bei Agnes nicht an. »Darum geht's nicht, Axel. Sondern um mich, die Fehler macht.«

»Was menschlich ist und immer wieder passieren wird. Ernsthaft, Agnes.«

»Ich weiß. Lass uns zu Ben Horvath und den Fällen zurückkommen. Mit dir darüber zu diskutieren, mag ich und lasse ich mir nicht nehmen.«

»Okay. Könnte sich der Typ die Wunde demnach vielleicht selbst beigebracht haben?«

Agnes bejahte. »Auch daran hab ich bereits gedacht. Doch mir fällt kein Grund ein. Dasselbe gilt übrigens für das Motiv des Bogenschützen. Wir im Revier diskutieren rauf und runter, suchen nach dem Warum.«

»Beim Tätermotiv gebe ich dir recht. Bei Mitzi: Könnte es sein, dass dieser Ben sie zu beeinflussen versucht, damit sie ihm glaubt?«

»Klar, das ist durchaus möglich.«

»Also, ein Grund. Aber warum? Welche Motivation könnte ihn antreiben?« Axel faltete die Finger, ließ aber die Zeigefinger gestreckt. Eine Geste, die er öfter zeigte, wenn er intensiv nachdachte.

Tu ich ebenfalls etwas in der Art?, überlegte Agnes in einem Winkel ihres Kopfes. Und bin ich wütend, weil meine Ermittlungsstrategie perdu ist oder weil Mitzi nun nicht mehr ausschließlich mich als Familie hat? Will ich die Antwort darauf wirklich wissen?

Schon wieder drei Fragen.

»… jedenfalls sehr interessant.«

Wie anfangs legte Agnes ihre Hände aufs Gesicht. »Zuhören hab ich anscheinend auch verlernt. Entschuldige.«

»Konstanze lese ich ihre Lieblingsgeschichte seit zwei Wochen jeden Abend vor. Ich bin der Meister der Wiederholung. Sorry, das war ein nächster Versuch, dich aufzuheitern, Liebste.«

»Schon gut. Bitte, sag es mir noch einmal.«

»Weil du mich zwar nicht offiziell bezahlen kannst, mich aber dieser Fall ebenfalls sehr interessiert, hab ich die Tage meinerseits gepuzzelt und nach Hinweisen gesucht. Gemütlich, in meinem Arbeitszimmer sitzend.«

»Über welche Quellen?«

»Die öffentlichen aus der Presse, dem Netz. Die polizeilichen Infos, die zugänglich sind. Zugegeben auch über ein paar Details, die du mir verraten hast.«

»Ach, ich bin einfach –«

»Schluss mit der Selbstkasteiung, Agnes. Du bist eine tolle Ermittlerin, Punkt. Jetzt zu meiner Recherche: Was mir ins Auge gesprungen ist, hat nichts mit Ben Horvath zu tun, aber betrifft den Witwer von Mila und einen weiteren Mitschüler von damals.«

»Wen, Axel? Was hast du über Xaver Misselbach herausgefunden? Hat es etwas mit Elif Samet zu tun? Ich bin der Ansicht, dass sie etwas verbirgt und in den Mann ihrer Schulfreundin verliebt sein könnte. Möglich, dass die beiden ein Verhältnis haben.«

»Dazu kann ich dir nichts sagen, Agnes. Sondern zu dem bisher einzigen veröffentlichten Roman von Xaver Misselbach. Ich bin erst über seine Website darauf gestoßen. Er benutzt ja ein öffentliches Pseudonym und nennt sich Bernhard Schwarz. Klingt ansprechender als Misselbach, gebe ich zu. Ich habe mir das E-Book gekauft, heruntergeladen und gelesen. Gestern Nacht, als du neben mir geschlummert hast, bin ich fertig geworden.«

»Du überraschst mich immer wieder, Axel.«

»Und immer wieder gern.« Er berührte ihre Schulter. »Es gibt noch mehr. Der andere Schriftsteller, von dem du erzählt hast, dieser Pipp Hausgruber, steht allerdings im Verkaufsranking weit über dem Witwer. Auch durch dieses Buch hab ich heute Morgen gescrollt. Sein Werk ist eine Mischung aus esoterischer Selbstwertsteigerung und praktischen Alltagstipps für Aussteiger. Bücher zur Selbstoptimierung laufen immer. Beide Werke sind fast zur selben Zeit erschienen.«

»Um Bücher und Verkaufszahlen haben wir uns am Revier nicht gekümmert. Es ist ja keiner durch Schreibstifte oder Laptops getötet worden. Steht in einem der Manuskripte eine Anleitung zum perfekten Mord?«

»Das nicht. Aber Pipp hat zu Beginn eine wundervolle Widmung für jemand Bestimmten, die mich überrascht hat. Xavers Geschichte hingegen kommt ganz ohne Widmung und Danksagung aus und soll ein gesellschaftskritischer Familienroman mit erotischen Komponenten sein. Nicht schlecht, wenn auch kein genialer Wurf. Aber eine der wenigen Rezensionen ist ein böser Verriss. Ein Stern in der Wertung. Eine solch gemeine Beurteilung hat das Buch nicht verdient. Auch der Autor nicht. Noch dazu von der Seite.«

»Von welcher Seite?«

»Komm mit in mein Büro. Ich zeig dir beides am PC. Wenn du noch so viel Zeit hast.«

Langsam gaben Agnes' Hände ihr Gesicht frei. »Du hast mich jetzt total neugierig gemacht, Axel.«

»Bleib bitte doch noch einen Moment sitzen, Liebling. Ich hab zusätzlich eine kleine Überraschung für dich.« Axel drehte sich zu Barnaby um, der sie beide nicht aus den Augen gelassen hatte. »Rolle, Kumpel. Los, roll dich.«

Erst passierte nichts, der Hund hob nicht einmal wie sonst seine Ohren. Doch dann, von einer Sekunde auf die andere, wälzte er sich am Teppich einmal um die eigene Achse, blieb liegen und fixierte nun Axel.

Agnes klatschte in die Hände. »Mein Morgen ist zur Hälfte gerettet«, jubelte sie. »Ab ins Arbeitszimmer.«

12

Keine Bergziege, dafür aber ein lauer Wind und Sonnenschein. Weiße Wolkenwellen zogen über den sonst blauen Himmel. Auf dem Wanderweg waren ihnen bisher nur zwei Menschen begegnet. An einem Donnerstag arbeiteten die meisten Einheimischen, und unter den Touristen war der Trail zum Glück nicht sehr bekannt. Das Wetter, die Ruhe, die Aussicht – alles glich einer bestellten Postkartenidylle.

Mitzi war glücklich. Dass sie sich hatte überreden lassen. Dass sie mit Ben an diesem ganz besonderen Fleckchen Erde sein durfte. Es war wahrhaftig ein erhabener Moment.

»Ich hab Wurstsemmerl mit Gurkerl eingekauft. Magst eine?« Mitzi stützte die Ellbogen auf ihren Knien ab. Sie saßen auf dem flachen Felsenstück.

Benni grinste. »Ich hab beim Frühstücksbüfett dreimal nachgereicht, Mitzi. Ich bin satt.«

»Aber irgendwie gehört eine Jause immer dazu.« Sie seufzte aus purer Zufriedenheit. »Ein Selfie lass uns machen, Benni. Das schick ich der Agnes.«

»Später gern. Jetzt lass uns genießen, Mitzi. Heute is der richtige Tag, und wir sind am richtigen Ort.«

Sie schwiegen eine Weile.

»Kannst du dich noch an das Unglück erinnern, Benni?« Es war das erste Mal, dass Mitzi das heikle Thema anschnitt. »Weißt du, ich hab's versucht. Vor allem, nachdem ich dich im Spital besucht hab. Aber immer wieder seh ich dich auf Papas Arm, wie er mit dir ins Blockhaus rennt.«

Ben gab keine Antwort.

Stattdessen bewegte er sich neben ihr. Auf seinem Kopf trug er einen neuen Hut, in Dunkelrot mit einer hellen Feder. Kein Tirolerhut, aber recht fesch, wie Mitzi fand. Gerade hob Ben seinen neuen Rucksack hoch, der dieselbe Farbe wie die Kopfbedeckung hatte, und öffnete ihn. »Du solltest was trinken, Mitzi.«

Es passte nicht zu Mitzis Frage.

»Benni, grad brauch ich nix. Was hast denn mitgebracht?«

»Etwas Spezielles, extra für dich vorbereitet, Mitzi.« Es war der Klang seiner Stimme, der sich verändert hatte. Tiefer war der Ton, anders die Aussprache. Als würde ein anderer Mensch hinter Benni ans Tageslicht treten. Mitzi wandte sich Ben verwundert zu. Er hatte etwas herausgeholt, das Mitzi zuerst nicht zuordnen konnte. »Was …?«, fragte sie noch.

Doch bis die elektrischen Signale in ihrem Hirn sich ausgebreitet hatten, die Netze von Neuronen in der Großhirnrinde zusammengekommen waren, war es zu spät. Die Nervenbahnen, die das Verstehen ermöglichten und die daraus folgende Erkenntnis in ihrem Hirn begreiflich machten, waren zu langsam.

Denn es ging alles ganz schnell.

13

Bis zum Mittag war Agnes am Telefonieren. Mit Axels Entdeckung hatte sich ein roter Faden zu entwirren begonnen.

Das erste Gespräch führte sie mit dem Kriminalpsychologen und ließ sich von ihm noch einmal die möglichen Bedeutungen der zugedeckten Leiche erläutern. Moos und Erde auf dem Körper, aber die Augen waren offen geblieben.

Im Anschluss zog sie die erneute Überprüfung der schwachen Alibis vor, die alle in der Runde betraf.

Einen nach dem anderen auf der Liste ging Agnes durch. Jedem der Angerufenen stellte sie ihre Fragen, auf die sie unmittelbar Antworten verlangte. Agnes schoss ihre ganz eigenen Ermittlungspfeile ab.

Schließlich traf einer ins Schwarze.

Jost Stelling, der Stiefvater des Witwers, verwickelte sich in Widersprüche. Am Ende begann er wieder zu weinen, was Agnes jedoch nicht davon abhielt, ihn über seine Rechte aufzuklären. Ein Mord mit Heimtücke wog am Ende schwerer als alle Entschuldigungen, die man für sein Handeln fand.

»Sie wissen sicherlich, dass ein Meineid eine Straftat ist«, teilte sie ihm übers Telefon mit. Der Rest würde im Revier geklärt werden.

Agnes stellte sich vor die Pinnwand, starrte eine Weile auf die Bilder. Die Lösung lag vor ihr. Die Banalität dahinter war erschreckend.

Selbst das Motiv begann sich klarer und klarer zu zeigen. Bekam Agnes letzte Gewissheit, konnte sie mit Bastian eine Verhaftung vornehmen.

Dafür musste sie einen nächsten Anruf tätigen.

»Sie erinnern sich genau, stimmt's?« Kein Gruß, keine Höflichkeiten. Agnes fiel mit der Tür ins Haus. »Schluss mit dem Theater.«

Die Stimme am anderen Ende der Leitung wurde zu einem Flüstern.»Nein, nein, ich schwöre es.«

»Bitte, verkaufen Sie mich nicht für blöd.«

»Waren wir nicht beim Du?«

»Das nehme ich zurück. Jetzt will ich eine präzise Aussage. Es geht um Behinderung einer Mordermittlung.«

»Herrgott. Ich will ja kooperieren. Kinder können halt grausam sein.«

»Das ist keine Aussage.«

»Mir hat es damals so leidgetan. Bis heute wirkt es nach. Das war der Grund, warum ich nix gesagt hab.«

»Ist aber keine Rechtfertigung, einen heimtückischen Mord zu decken.«

»Ich hatte keine Ahnung. Sonst hätte ich nie ... Schlaflose Nächte hab ich darüber verbracht. Das musst du ... müssen Sie mir glauben. Ich hab es versprochen, dem Kinderl, dass ich nix sag außerhalb der Schule. Nix verrate, niemandem. Es is doch wichtig, Versprechen gegenüber Kindern zu halten. Das merken die sich ihr ganzes Leben lang. Auch die Quälereien bleiben im Kopf. Immer.«

»Es gibt massenhaft Kinder, die in jungen Jahren viel zu ertragen haben. Keines von denen mordet später. Warum haben Sie es mir nicht sofort erzählt? Dafür werden Sie sich verantworten müssen.«

»Aber ich hab bei nix geholfen. Nur geschwiegen.«

»Vielleicht das Schlimmere.«

Agnes legte wieder grußlos auf.

Sie wechselte ins Großraumbüro, das verwaist war. Bastian und Elsbeth waren bei einem Pfeilhersteller in Wörgl, der ihnen die Radius- und Abstandsberechnungen erklären sollte. Höchste Zeit, die beiden zurückzuabeordern.

Jetzt, wo ein Endpunkt kurz bevorstand, erfasste Agnes eine eigentümliche Trägheit. Als wollte sie ihren ersten Mordfall etwas in die Länge ziehen. Vielleicht lag es auch an der Erleichterung, die sich wie Erschöpfung anfühlte. Sie dachte an das Gespräch mit Axel und an Mitzi.

Auch Ben Horvath huschte durch Agnes' Gedanken. Axel hatte recht, es war höchste Zeit, ihm gegenüberzutreten. Sie wählte auch seine angegebene Nummer. Es klingelte, keiner nahm ab. Erst jetzt sah sie die Textnachricht von Mitzi. »Entschuldige, Agnes, aber Benni kommt erst morgen zu dir. Wir machen heute einen Ausflug. Zu einem meiner geheimen Lieblingsplatzerl am Berg. Ich freu mich total. Bitte keine unnötigen Sorgen: Wir fahren mit einem Taxi fast ganz hin. Bussi! Wir sind vorsichtig, versprochen.«

Es wird jede Menge versprochen und wenig gehalten, dachte Agnes. Und Kinder können grausam sein, absolut richtig. Was ihr noch fehlte, war ein handfester, unverrückbarer Beweis einer DNA-Übereinstimmung. Hierbei lag der Ball im Arbeitsfeld von Christian Krempl. Sich bis zu seiner Rückmeldung zu gedulden, erschien ihr mit einem Mal zu lange. Denn auch ohne das letzte Glied in der Beweiskette lag der Fahndungserfolg in greifbarer Nähe.

Agnes setzte sich auf ihren früheren Drehstuhl an ihrem ehemaligen Schreibtisch. Von dort aus wollte sie zwei letzte Anrufe tätigen, bevor sie sich auf den Weg machen würde. Sich weiter der Trägheit dieser Stunde hinzugeben, konnte sie sich als Revierchefin nicht leisten.

Beim ersten der Telefonate legte sie eine Behauptung vor, die sie mit einem Indiz untermauerte. Dafür erhielt sie eine Einladung, die höchstwahrscheinlich nicht freundlich gemeint war.

Final gab Agnes an Bastian eine Meldung durch.

»Alles klar, Chefin. Aber bitte warte auf uns, versprochen, Agnes, ja?« Er klang besorgt.

Doch kaum hatte Agnes die Verbindung beendet, brach sie auf. Auch sie hielt sich eben manchmal nicht an Zusagen.

14

Der Hauseingang lag idyllisch hinter einer hohen blühenden Hecke. Agnes hatte am Nachbargrundstück geparkt, dort auch angeläutet. Doch niemand hatte ihr geöffnet. Die Tür des anvisierten Hauses aber war nur angelehnt und lud zum Eintreten ein. Agnes betrat einen quadratischen Vorraum mit Bildern an den Wänden, die menschenleere Natur und Landschaften darstellten. Wieder war eine Tür rechter Hand geöffnet. Agnes folgte auch dieser Aufforderung.

»Hallo?« Sie rief und wusste in dem Moment, dass sie gehört wurde, obwohl sie keine Rückmeldung erhielt.

Sie kam in eine Wohnküche, die mit hellem Holz am Boden und an den Schränken ausgestattet war. Der Übergang ins Wohnzimmer war offen gestaltet, an der Decke teilte ein kräftiger Holzbalken die Räume voneinander ab. Eine Schiebetür führte in einen Garten, der mit seinem Grün und den Blumen dazwischen ein Stück mehr an Idylle hinzufügte. Gemütlich wirkte eine Hollywoodschaukel auf der rechten Seite.

All das hatte anscheinend nicht genügt.

Agnes trat ins Freie.

»Griaß di!« Die Stimme, jetzt von links, hatte einen rauen Klang. »Schön, dass du so rasch gekommen bist.«

»Warum haben Sie als Treffpunkt Ihr Zuhause gewählt?« Agnes war weiter neugierig, wie stets, auch wenn sie vor der Lösung des Falles stand. »Wollten Sie mir vorführen, wie schön Ihr Leben war, bis Sie sich entschlossen haben, es wegzuwerfen?«

»Weil es hier enden soll«, lautete die Antwort.

Ein Stöhnen unterbrach Agnes. Sie drehte den Kopf. Hinter der Hollywoodschaukel tauchte jemand auf, krallte sich an einer der Stangen fest. Agnes erkannte den Verletzten sofort. Sie hätte ahnen müssen, dass er nicht einfach zu Hause das Ende abwarten konnte. Eine Streife hätte ihn vorher abholen sollen – zu spät, diesen Fehler zu korrigieren. In einem seiner Oberschenkel steckte ein Pfeil. Keine tödliche Verletzung, wie sie erkennen konnte. »Konzentrieren Sie sich auf mich, verdammt.« Erneut die raue Stimme. »Der wird bestraft, weil er mich verraten hat.« »Das hat er nicht. Ich habe ihn zu einer Aussage gegen Sie gebracht. Es ist also meine Schuld. Lassen Sie Unbeteiligte gehen.« Ein Wutschrei folgte. »Keiner geht. Wir bleiben und läuten den letzten Akt ein. Schauen Sie mich an. Nicht durch mich hindurch, wie Mila es getan hat. Ich bin die Täterfigur in dem Spiel. Und ich bestimme, wann es zu Ende gespielt ist.«

Die Täterfigur – eine solche Betitelung hatte Agnes von einer schuldigen Person noch nicht gehört. Der Bogen in den Händen war gespannt, ein nächster Pfeil eingelegt. Die Gefährlichkeit, die von dem Moment ausging, war greifbar. Der immer noch blühende Kastanienbaum im Hintergrund wirkte seltsam friedlich in dem ganzen Szenario.

»Mich zu erschießen, wird Ihnen nichts mehr nützen. Meine Kollegen sind verständigt. Die Polizei weiß also Bescheid. Oder denken Sie, ich wage mich allein in die Höhle des Löwen? Geben Sie auf.« Agnes drückte Entschlossenheit aus.

»Sie sind auch eine Böse.« Es hörte sich beleidigt an. »Einer macht immer einem anderen ein Aua. Ich bin … ich bin …« Die selbst ernannte Täterfigur stockte in ihrer Rede.

»Keiner ist hier böse. Wir von der Polizei haben ermittelt. Außerdem ist ›Aua‹ ein recht kindischer Ausdruck.«

»Kinder können grausam sein. Grausam.«

Den Satz hatte Agnes heute bereits gehört. »Das stimmt. Aber es ist eine alte und, wie ich finde, platte Weisheit.«

»Ich hab … ich hab gelitten.«

Eine Pause folgte.

Agnes widerstand dem Bedürfnis, dem Verletzten zu helfen. Der lehnte totenblass an der Hollywoodschaukel. Zeit herauszuschinden, bis die Kavallerie eintraf, war das Gebot der Stunde. »Erzählen Sie es mir. Bitte.«

Ein leises Stöhnen folgte, doch die Waffe wurde nicht gesenkt. »Ich war sieben, als die Mila begonnen hat, mich als Zielscheibe aus… auszusuchen. Sie war auch sieben, aber bereits durch und durch hinterhältig. Ein echtes Biest. Schaut aus … aus wie ein Engel, hat aber das Herz einer Kanaille. Bis dahin fand ich die Schule langweilig, aber auch lustig. Und dann ist es losgegangen. Los-los-losgegangen. Sie hat mich von Anfang an nicht leiden mögen. Gemobbt hat sie mich. Gelacht hat sie über mich. Und weil sie so hübsch und so … so niedlich war, waren alle auf ihrer Seite. Sogar die Klassenlehrerin. Dabei hab ich die gemocht. Sie hat sich immer so Mühe gegeben, wenn ich vor-vor-vorgelesen hab. Ich war langsam. Gestottert hab ich, damals. Ge-ge-gestottert.« Ein Schrei der Empörung folgte, der Pfeil zitterte. »Die Erinnerung reicht, und schon fang ich, fang ich wieder damit an.«

Vorsichtig kam Agnes einen Schritt näher. »Sie haben Mila getötet, weil sie Sie in der Kindheit gemein behandelt hat? Eine Rache für eine kindlich dumme Geschichte? All diese Schönheit hier haben Sie für Dinge aufgegeben, die vergangen sind und unwiederbringlich vorbei?«

»Die Schlange im Garten Eden hat die ersten Menschen auch … auch … aus dem … dem Paradies vertrieben.«

»Reden Sie nicht so einen Mist.« Agnes provozierte mit Absicht. Wut führte meist zu Unachtsamkeit.

»Mist, sagen Sie? Mist war … einzig nur die Mila. Ein Luder. Wie die schimpfen kann. Beleidigen. Intrigiert gegen Kollegen. Lügt und beleidigt. Noch dazu hat sie mich betrogen. Mit dem … grad mit dem. Ich … ich weiß es. Meinen Traum hat sie ruiniert, mich vor anderen bloßgestellt. Öffentlich gedemütigt. Die Mila ist bös.«

»Jetzt ist Mila tot.«

»Sie hat es verdient. Ich würde es wieder tun. Wieder. Wieder. S-s-sie töten. Und Schluss.«

»Aber begraben wollten Sie sie. Nachdem der Pfeil Mila getroffen hat.«

»Nicht begraben. Verschwinden lassen.«

»Warum die offenen Augen?«

»Damit sie für ewig sieht, was sie mir und anderen angetan hat.«

»Schluss damit. Klingen so Ihre Rechtfertigungen für den Mord? Die Körperverletzungen?«

»Jeder, den ich erwischt hab, hat's verdient. Die haben damals alle … alle … alle … zur Mila gehalten. A-a-alle. Aber jetzt bin ich die Täterfigur! Ich hab gewonnen! Ich!«

Es folgte ein lautes Krächzen eines Raben, irgendwo über ihnen.

»Du Scheißviech. Ich erwisch dich … dich auch noch.« Die Pfeilspitze bewegte sich nach oben, der Pfeil löste sich, raste durch das Blätterwerk.

Agnes handelte.

Sie sprintete los, sprang den letzten halben Meter. Mit einer Hand packte sie den Bogen und schleuderte ihn fort, mit der anderen drehte sie das Handgelenk der Täterfigur nach hinten, dass diese aufschrie und in die Knie ging.

Als Nächstes holte Agnes die Einweghandfesseln aus ihrer Jackentasche und sagte die altbekannten Sätze auf. »Sie haben das Recht zu schweigen. Alles, was Sie sagen, kann und wird vor Gericht gegen Sie verwendet werden. Sie haben das Recht, zu jeder Vernehmung einen Verteidiger hinzuzuziehen. Wenn Sie sich keinen Verteidiger leisten können, wird Ihnen einer gestellt. Haben Sie das verstanden?«

Als keine Reaktion erfolgte, zückte Agnes ihr Handy und forderte einen Krankenwagen an.

»Ich hab ihn warnen wollen. Er is ein Guter.« Sagte stattdessen der Verletzte an der Hollywoodschaukel. »Der Bub hatte es schwer.«

Die Eingangstür wurde in dem Moment hörbar aufgerissen. Bastian rief: »Agnes, Agnes!« Die Kollegen waren ebenfalls in Kirchbichl eingetroffen.

»Hierher, in den Garten!«

Mit der Dienstpistole in der Hand kam Bastian zu den drei

Akteuren. Der letzte Akt erreichte das Ende. Sirenen waren zu hören.

»Gleich ist die Rettung da, Herr Stelling.« Bastian steckte die Waffe wieder weg und kümmerte sich um den alten Mann. Jost Stelling senkte den Kopf, stöhnte.

Agnes aber beugte sich über die Täterfigur. Den Schuldigen. Den Bogenschützen und Mörder: Xaver Misselbach.

Er holte tief Luft, stieß den Atem mit einem Pfeifton aus. »Freuen Sie sich, Frau Kommissarin. Sie haben, haben gesiegt.« Das Stottern ließ nach, die Verachtung in seinem Blick nicht.

»Nicht ich, Herr Misselbach. Die Gerechtigkeit.«

»Ist es gerecht, wenn sich die eigene Frau ein Tattoo stechen lässt mit den Initialen der Vornamen von ihr und ihrem Liebhaber? Was für eine dämliche Lüge mit dem Schmetterling. Pipp Hausgruber war der Ex. Dann der Aufgewärmte. Betrogen hat sie mich neben allen anderen Bösartigkeiten auch noch. Weil er Erfolg hatte, ich nicht. So war, war unsere Ehe.«

»Was ich nicht nachvollziehen kann: warum Sie die Frau, die Sie als Mädchen schon hassten, geheiratet haben. Oder sich später nicht haben scheiden lassen.«

»Das kam für mich nie in Frage. Trotz allem … allem. Mi-Mila … sie ist, sie war die Meine. Ich lieb … lieb … sie.« Zu Agnes' Verblüffung begann er wieder zu weinen.

»Wenn Liebe da war, verstehe ich es am allerwenigsten, Herr Misselbach.«

Leise, sodass niemand außer Agnes es verstand, kam ein Flüstern. »Sind Liebe, Hass und Tod nicht drei Gesichter ein und derselben Person? Nur von verschiedenen Blickwinkeln aus gesehen?«

Er wartete keine Antwort ab, wandte sich stattdessen jetzt laut an die anderen Polizeibeamten. »Hat einer von euch eine Zigarette für mich? Ein Königreich für einen Tschick!«

»Abführen!« Agnes blieb nur ein Kopfschütteln.

15

Benni – nein, nicht Benni.

Der Mann, der Kerl, der sie vorhin überwältigt hatte, konnte niemals ihr Bruder sein. Er hatte sich auf sie gestürzt, ihr erst einen Schlag versetzt, der sie für Sekunden Sterne hatte sehen lassen. Dann hatte er ihr die Arme nach hinten gedreht und ihre Handgelenke mit einem Strick schmerzhaft eng zusammengebunden. Derart rasch war die Idylle aus den Fugen geraten, dass Mitzis Verstand immer noch dabei war, den Vorgang zu realisieren.

Wehgetan hatte der Kerl ihr. Sie ohne Vorwarnung überfallen und gefesselt. Unter keinen Umständen im Leben konnte es Benni sein. Sie würde ihn auch nie mehr wieder Benni nennen. Keine Bezeichnung der Welt würde ihn beschreiben, keine Ansprache richtig sein. Er war einfach bloß ein gemeiner Kerl, der Mitzi in ihren Hoffnungen hintergangen hatte.

Etwas war falschgelaufen, komplett falsch. Sie hatte sich täuschen lassen, letzten Endes doch. Während sie mit ihren Fingern den Untergrund abzutasten begann, warf sie ihm trotzige Blicke zu. »Du gehörst nicht zu meiner Familie.«

»Vielleicht doch.« Er grinste jetzt und blinzelte ihr unerhörterweise zu, als wäre alles ein Scherz.

»Ein Bruder überwältigt seine Schwester nicht, schlägt sie nicht k. o. und fesselt sie.«

Mitzi überlegte, ob es Sinn machte zu schreien. Geknebelt war sie immerhin nicht. Doch die Chance, dass er ihr die Möglichkeit dazu geben würde, dass dazu noch jemand auf dem selten bewanderten Pfad in Hörweite war, war gering. Höher war die Wahrscheinlichkeit, dass sie es schaffte, den Strick um ihre Handgelenke an der Wurzel, die sie eben erspürt hatte, durchzuscheuern.

Einmal befreit, könnte sie die Flucht ergreifen.

Der Mann war kräftig, aber kein geübter Bergkletterer. Bergauf hätte er sie einholen mögen, aber bergab würde Mitzi im Vorteil sein. Schon als Mädchen, bei den Ausflügen mit ihren Großeltern, war sie auf dem Rückweg stets gern gerannt. Mit wehenden Zöpfen und geröteten Wangen hatte sie Baumstämme übersprungen, sich an schlammigen Stellen rutschend fortbewegt und oft ihren Hosenboden eingesetzt, um lange vor Opa und Oma am Parkplatz im Tal anzukommen.

»Bist du geflogen, kleines Hexerl?«, hatte Opa dann immer gefragt und seiner Mitzi ein Juchzen entlockt.

»Ja, Opa, auf einem Besen, wie es sich gehört«, hatte sie giggelnd geantwortet.

Gott, wie hatte sie sich bei diesen gemeinsamen Touren nach ihrem Bruder gesehnt. Wie oft sich vorgestellt, er würde neben ihr springen und rennen, sie überholen oder auch schimpfend hinter ihr zurückfallen.

Dieser Kerl, der ihr gerade eine Flasche unter die Nase hielt, war ihr alles andere als wohlgesonnen. So viel stand bereits fest. Welche Absichten er tatsächlich hatte, würde Mitzi in den nächsten Minuten erfahren.

Ihr Kopf zuckte automatisch nach hinten, als sie einen intensiven Geruch wahrnahm. Zugleich erinnerte er sie an Obst.

»Trink das.« Der Mann führte den Flaschenhals an Mitzis Mund. Die ersten Tropfen, die ihre Haut berührten, brannten auf ihren Lippen.

Mitzi schüttelte sich, ein Schwung der klaren Flüssigkeit schwappte über ihr T-Shirt.

»Ich lass mich nicht vergiften«, zischte sie in seine Richtung. Gleichzeitig rieb sie weiter an der Wurzel. Keine Lockerung spürbar, aber Aufgeben kam nicht in Frage.

»Vergiften?« Sein Grinsen wurde breiter. »Auf was für Ideen du kommst, Schwesterlein.«

Die Wut schoss in Mitzi hoch, wie ein Geysir aus dem Erdboden. Sie spuckte dem Mann ins Gesicht.

Seine Mundwinkel gingen in rasantem Tempo nach unten, eine Zornesfalte zwischen seinen Augen zeigte sich. »Jetzt reicht's, du Miststück.«

Er wischte sich mit der freien Hand über die Wange und streifte Mitzis Spucke an ihrem eigenen T-Shirt ab. Dann packte er Mitzis Kinn und Lippen und presste sie zusammen. Ohne ihr Zutun formte sich ein Schmollmund, der sich öffnete. Der Mann setzte einen nächsten Schwall aus der Flasche an.

Diesmal war kein Widerstand möglich, es stach und brannte und raubte Mitzi den Atem. Einige Tropfen fanden einen Weg in ihre Nase, es fühlte sich an, als würden ihr winzige Lavatropfen eingeführt.

Sie verschluckte sich, hustete und japste. Die Luft blieb ihr vollends weg, Panik schnellte hoch, es war, als würde sie an der Flüssigkeit ersticken.

»Gut so«, kommentierte der Kerl den Vorgang.

Nach quälenden Sekunden schaffte Mitzi es, einzuatmen. Es tat fürchterlich weh. Tränen strömten aus ihren Augen, sie konnte nichts dagegen machen. Das Brennen breitete sich aus. Über ihr Gesicht, in ihrer Kehle, ihren Lungen, ihrem Magen bis hinunter in ihre Eingeweide.

»Gleich noch einmal.« Er nickte ihr zu. »Wenn du dich wehrst, wird's immer schlimmer. Mach mit.«

Noch ein erzwungener Schluck folgte. Dann ein dritter. Mitzi ergab sich dem Vorgang und der Flüssigkeit. Dass es sich dabei um Gift handelte, glaubte sie nicht mehr. Stattdessen kam ihr ein anderer Verdacht, der ihre Lage allerdings nicht um einen Millimeter verbesserte.

Denn inzwischen hatte Mitzi das Getränk identifiziert: Schnaps. Ein hochprozentiger, wortwörtlich brennender Branntwein. Unter anderen Bedingungen hätte ein Stamperl gut für die Verdauung nach einem üppigen Essen dienen können.

»Noch ein Schluckerl, Schwesterherz.«

Und Mitzi musste schlucken. Der Schmerz nahm zu. Der Geruch ebenso. Das Brennen wurde infernal. Trotzdem rieb sie immer weiter den Strick an der Wurzel. Wie im Wahn, weiter, immer weiter. Hin und her. Es musste ihr gelingen, die Hände freizukriegen. Musste.

»Wart!«, rief sie ihm entgegen, auch das Sprechen schmerzte jetzt. »Ich brauch eine Atempause, sonst erstick ich.«

Die Flasche verschwand aus Mitzis Sichtfeld. Eine minimale Auszeit gönnte er ihr, wissend, dass sie ihm ausgeliefert war. »Was, wenn du mich stinkbesoffen gemacht hast?« Mitzi hörte sich an wie unter eine Ölschicht. »Wirfst du mich dann den Felsen runter?«

»Eine tolle Idee, findest du nicht?« Er lachte wieder. »›Betrunkene Wanderin stürzt ab‹ wird eine lustige Schlagzeile geben.«

Mitzi hätte ihm antworten können, dass er niemals damit durchkommen würde. Agnes wusste, dass Mitzi kaum Alkohol trank und beim Wandern ihren Almdudler oder einfach Wasser dabeihatte. Mit diesem Wissen würde sie sofort auf Mord tippen, direkt Ermittlungen einleiten und sich auf die Suche nach dem Kerl machen. Zum Glück hatte sie Agnes von dem Ausflug erzählt.

Aber leider nicht, wohin sie mit dem Mann unterwegs sein würde. Ihr nicht im Detail geschildert, dass es dieser Platz, dieses Fleckerl sein würde. Bis Agnes Mitzi fand, war der Kerl über alle Berge.

Hieß das nun, es war für Mitzi zu spät? Der Alkohol begann in ihrem Kopf einen Nebel zu bilden. Mehr und mehr verschwamm ihre Sicht.

»Bestens«, fügte er, sie fixierend, hinzu. »Weiter geht's.«

In Mitzis Sichtfeld verdoppelte sich das Gesicht des Mannes. Der Dreitagebart schien stoppeliger zu werden, seine Haare dunkler, die Federn des neuen dunkelroten Hutes spitzer und länger. Gesicht Nummer eins verschwamm, das andere wackelte. Mitzi wurde übel.

»Stopp. Bitte.« Sie rülpste.

Er kreischte vor Lachen. Oder kreischten Vögel in der Nähe? Auch wollte sie doch etwas Wichtiges mit ihren gefesselten Händen tun? Ach ja, reiben. Reiben. Und reiben.

»Was, wenn ich hinunterfall und nicht tot bin?« Mitzi kam ins Lallen. »Kraxelst du mir hinterher und brichst mir persönlich das Genick. Hä? Machst du das?«

Das erste Mal zögerte er. »Kann sein. Trink weiter.«

»Warte!«

In Mitzis Hirn tauchte erst jetzt etwas auf, das sie die ganze Zeit eigentlich schon hätte tun sollen, nämlich die einzig wirklich wichtige Frage zu stellen. »Warum hast das alles getan, du? Wer bischt du? Waschum?«

Ein neuer Ausdruck erschien auf seinem Gesicht, über den sich Mitzi so sehr wunderte, dass sie für einen Moment ihre Lage vergaß und darüber grübelte. Es war Erleichterung. »Endlich, Mitzi. Endlich.« Ganz nah war er jetzt, nah und riesig. Ein Ding mit zwei Gesichtern und einem Hut. »Ich musste schwören, dass ich es erst sage, wenn du mich danach fragst, Mitzi. Schwören. Wie ich schwören musste, dass du es erfahren musst, bevor ich wieder verschwinde. Damit es dich trifft. Richtig trifft. Dich kaputtmacht. Ich hab mir schon überlegt, wie ich es am besten anstelle. Aber zum Glück hast du ja eben die magischen Worte benutzt.«

Mitzi verstand nichts. Ihr war nun auch noch übel. Speiübel. »Wasch? Wasch?«, murmelte sie.

In seinen Augen blitzte eine gemeine Heiterkeit auf. Hundsgemein. »Mitzi, du Süße, du.« Sein Ton wurde übertrieben freundlich. »Ich soll dich grüßen. Freudig und innig und unvergessen, jawohl.«

»Wer? Wer?«

»Also, liebe Mitzi.«

Selbst verschwommen und verwackelt konnte Mitzi seinem Ausdruck eine Art Stolz anmerken, wie ein Kind, das ein Gedicht fehlerfrei vorgetragen hat.

»Ich sende Grüße von Sam.«

IV.

SchnapsApokalypse

Und dann spricht sie es aus: das Unerhörte, das Ungeheuerliche, das, was sie vor sich und dem Himmel geschworen hat, niemals laut zu sagen.

»Ich warte«, sagt Mitzi. »Ich warte auf dich und deine Umarmung – Sam!«

Was ihr nun bleibt, ist eigentlich nur der Tod. Mit diesem Satz verliert sie alles, was sie meint, gewonnen zu haben. Eine innige Freundschaft, eine Beziehung, eine Patentochter, ein neues Leben mit einer neuen Familie. Alles wird in dem so wilden Fluss ihrer inneren Dunkelheit versinken, wird mitgerissen werden von den Fluten. Keine Brücke mehr, bloß reißendes Wasser, wohin das Auge blickt.

Doch in diesem Moment der absoluten Wahrheit, in dem kein anderes Wesen an ihrer Seite ist, das ihr zuhört, fallen die Sätze ins Nichts. Keiner erschrickt darüber, keiner verurteilt sie dafür.

Mitzi ist ganz allein an diesem schwärzesten Punkt ihrer Seele.

Niemand außer sie selbst. Zum Glück.

Oder?

Denn da ist auch kein Licht, kein Trost.

Die nackte Offenbarung schmerzt wie die Hölle – Himmel, rette sie!

1

»Wie bist du auf den Witwer gekommen, Agnes?«, erkundigte sich Bastian, nachdem der Täter in den Polizeiwagen verfrachtet worden war. »Waren es die Ergebnisse vom DNA-Vergleich?« Sie standen vor dem Eingang des Hauses von Mila und Xaver. Auch die Pflanzen im Vorgarten blühten in allen Farben und zeigten eine reine Idylle. Wieder war es Agnes unbegreiflich, wie man in einem so wunderbaren Zuhause derart dunkle Rachegedanken pflegen konnte.

»Ganz ehrlich, Basti.« Sie streckte sich. Nach dem Ausgang der Konfrontation spürte sie Hunger und Durst. Ein Königreich für ein Wurstsemmerl und eine Limonade, dachte sie. »Christian Krempl hat sich noch gar nicht gemeldet. Aber ich hatte Informationen, die Xaver Misselbach zu meinem Hauptverdächtigen gemacht haben. Deswegen habe ich geblufft, Basti.«

»Kaum sind Elsbeth und ich aus dem Revier, wirst du genial. Unserem Bogenschützen einen Schmäh erzählen war aber etwas gewagt.«

»›Schmäh‹ ist nicht die richtige Bezeichnung. Axel hat …« Sie stoppte sich selbst ab, ihr Partner sollte nicht einbezogen werden. »Ich meine, ich hab auf einer Internetplattform eine echt bösartige Kritik zum Buch von Bernhard Schwarz alias Xaver Misselbach entdeckt. Aber nicht von einem unbeteiligten, neutralen Leser verfasst, wie ich erst dachte, sondern von seiner verstorbenen Frau Mila. Den Verriss hat sie auf einigen Plattformen geteilt. Das hat mich stutzig gemacht.«

»Das Opfer Mila hat ihren Mann in die Pfann g'haun?«

»Ziemlich heftig.« Agnes nickte. »Danach habe ich Pipp Hausgruber angerufen, denn in seinem Sachbuch steht wiederum eine romantische Widmung für Mila. Er hat mir ein Verhältnis gestanden, seit sie sich vor einiger Zeit zufällig wiederbegegnet sind. Danach hab ich mit Elif Samet telefoniert, die mir eine tiefe

Sehnsucht Xavers nach Milas Anerkennung bestätigt hat. Darum hat er stets gekämpft und gebettelt. Und Elif hat mir auch vom früheren Mobbing in der Volksschule erzählt. Dass sie selbst Mila trotzdem als ihre damals und wieder gute Freundin bezeichnete, konnte sie mir nicht erklären. Auch Xaver hat ja die Frau geehelicht, die ihn schon in der Kindheit traumatisiert hat.«

»Vielleicht, weil Zurückweisung und Zuneigung die beiden Seiten einer Medaille sind.«

»Sehr philosophisch formuliert, Basti. Darüber werde ich nachdenken. Aber weiter: Schließlich hat sich auch Jost Stelling, der Stiefvater, offenbart. Mir von der lieblosen Ehe erzählt. Mila, die Erfolgreiche, Mila, die Schöne. Xaver, der traurige Schriftsteller ohne Durchbruch. Zugleich hat er zugegeben, dass er Xaver an Milas Todestag nicht im Vorgarten begegnet ist. Ich glaube, er ahnte die Tat und hat gelogen, weil er seinen Stiefsohn schützen wollte. Deshalb hat er ihn auch vor meinem Auftauchen heute gewarnt.«

»Schlechte Idee von dem alten Mann. Jetzt is er erst mal im Spital. Er hat viel Blut verloren, is aber außer Lebensgefahr. Red weiter, Agnes. Es is faszinierend.«

»Als Letzte hab ich Jorinde Roth wegen der Vergangenheit gelöchert.« Agnes atmete einmal durch. »Dann meinen Bluff gestartet. Eine Mischung aus Wahrheit und Lüge. Ich hab Xaver Misselbach informiert, dass wir angeblich bereits einen DNA-Treffer haben. Aber nicht hinzugefügt, dass er von ihm wäre, sondern von dem alten Vandalismusfall mit der Puppe erzählt. Und dass wir alle Speichelproben damit vergleichen. Was ja auch stimmt. Nur eben liegt noch nicht das Ergebnis vor. Den Rest kennst du ja.«

»Ich bin beeindruckt, Chefin.« Er tippte sich an die Stirn. »Aber blass schaust aus.«

»Meine Knie zittern, stimmt.«

»Leg ein Pauserl ein, fahr nach Hause. Schnauf durch. Du bist grad bedroht worden, das steckt man nicht einfach in wenigen Minuten weg.«

»Nein, das geht nicht. Ich muss hier vor Ort koordinieren.«
»Agnes, ich kümmere mich. Vertrau mir. Delegiere. Das gehört auch zu guter Führung dazu.« Bastian machte zwei Schritte, drehte sich zu Agnes zurück. »Gratuliere. Dein erster Mordfall als Chefin is gelöst!«

2

Das Brennen von Schnaps ist nicht nur etwas für Profis. Auch der interessierte Laie kann einen eigenen Tropfen herstellen. Ganz nach Gusto und Geschmack. Allerdings braucht das Brennen von Schnaps Zeit, ist also nichts für Hektiker.

Das Endprodukt kann aber ganz anders schmecken als gedacht. Übung macht auch hier den Meister. »Nicht aufgeben und geduldig sein« lauten die Devisen.

Gut zu wissen ist dabei, dass aufgrund des österreichischen Alkoholsteuergesetzes das Brennen von Alkoholdestillationen maximal mit einem Zwei-Liter-Kessel erlaubt ist.

Doch die österreichischen Behörden zeigen sich meistens tolerant gegenüber privaten Schnapsbrennern. Also keine Sorge, wenn man vielleicht lieber einen Zweieinhalb-Liter-Kessel verwenden will. Weil ja auch die entfernte Verwandtschaft etwas abkriegen soll.

Schnaps – Prost, auf dass die Gurgl net verrost'!

Ein Hoch auf Sam. Auftragskiller, Serienmörder und Mitzi-Bewunderer – tolle Kombination.

Und Ben, niemals Benni. Der Betrüger, der Angreifer, der Kerl – schlicht der Mann, der Mitzi überwältigt hatte.

Was Mitzi nun entgegenkam, war ihre Fähigkeit auszublenden. Der Rausch durch den Schnaps half dabei sogar. Sie schob den Namen Sam in ihren Gedanken nach hinten. In die dunkle Ecke zurück, in der er seit ihrer ersten Begegnung gehockt und sie beobachtet hatte. Nicht an ihn denken. Nicht jetzt! Sam war nicht hier, aber der falsche Benni.

Aus einer spontanen Eingebung heraus keuchte Mitzi: »Ich hab's.«

Wie von ihr erhofft stoppte der Angreifer die Aktion.

»Was redest du?« Er versuchte, seiner Stimme einen schneidenden Klang zu verleihen, aber dahinter hörte Mitzi eine Erschöpfung heraus. Der Kerl war verwundet, fiel ihr ein. Erst kürzlich hatte ihn ein Pfeil am Oberarm getroffen, und er war mit dem Kopf wo gegengerannt oder gestürzt. Genau wusste es Mitzi im vernebelten Zustand nicht mehr. War das auch eine Lüge gewesen? Wahrscheinlich! Die Verletzungen jedenfalls nicht. Die Beule am Kopf hatte er Mitzi aus Spaß einmal selbst ertasten lassen. Die Fleischwunde an der Achselhöhle war im Krankenhaus genäht worden. Immer noch trug der Mann einen Verband. Die weitere Schlussfolgerung lautete: Ganz einfach war es für ihn nicht, mit ihr fertigzuwerden. Deshalb hatte er Mitzi auch gefesselt. Anzunehmen, dass er den Strick wieder lösen würde, kurz bevor er sie in die Tiefe stieß.

Seine Blessuren waren wahrscheinlich ihre einzige Chance, dem Treiben ein Ende zu bereiten und zu überleben. Vielleicht. Denn in einer vorbeiziehenden Bildsequenz konnte sie sich sehen, über den Felsen stürzend, dazu ihren Körper, wie er zerschmettert am Boden aufprallte. Selbst wenn sie nicht direkt sterben würde, wäre jeder ihrer Knochen gebrochen. Die Schmerzen würden unvorstellbar sein. Die Heilung, wenn überhaupt möglich, eine Ewigkeit in Anspruch nehmen.

Mitzi könnte weder mit Konstanze und Barnaby herumtoben noch im Café Therese ihrem Rudolfo helfen. Es würden für sie die geliebten Ausflüge und Wanderungen wegfallen. Hilflos wäre sie.

Und im Todesfall fiel jetzt auch Mitzi eine passende Schlagzeile des Tages ein: »Betrunkene Touristin aus Salzburg kommt vom Weg ab und verunglückt«. Unabhängig davon, dass Agnes und andere die Wahrheit kennen würden.

Denn nicht nur Agnes würde es wissen, Axel auch. Rudolfo würde ein wenig zweifeln, weil er sie immer noch nicht gut genug kannte, um zu wissen, dass ihr Abgang niemals so verlaufen würde. Ermittlungen unter Agnes' Führung würden starten. Doch wie lange konnten Trauer und Mordrecherche anhalten? Andere

Straftaten würden ihr als Revierleiterin die Zeit stehlen, die sie für die Aufklärung von Mitzis Tod brauchen würde.

Fazit: Es durfte die Optionen Sturz, Aufprall, Verletzung oder einen finalen Abgang schlicht nicht geben. Diese Möglichkeiten verbannte Mitzi aus ihrem Denken.

Deshalb war Gegenwehr, war Handeln angesagt. Mitzi musste einen Weg aus der Bredouille finden.

»Meisterwurz!«, war ihr nächstes Wort. »Meisterwurz, jawoll!«

Die Fessel hatte sich gelockert. Das Reiben zeigte Wirkung. Auch der Druck der sie umschlingenden Arme des Mannes ließ ein Stück weit nach. Dazu vermehrt Schweißperlen auf seiner Stirn.

»Lass den Blödsinn und trink. Ich entscheide, wann es reicht.«

Alle ihre verbliebenen Kräfte nahm Mitzi zusammen, um den folgenden Schluck aus der Flasche bereitwillig zu trinken. Nicht einfach, aber es löste bei dem Angreifer eine nächste Verwunderung aus.

»Schau an. Plötzlich schmeckt es dir, nicht wahr?« Er nickte zufrieden. Doch seine Aufmerksamkeit wie seine Kraft hatten sich spürbar vermindert.

Es war für Mitzi alles andere als leicht, sich nach dem Schlucken aufs Weiterreden zu konzentrieren, doch die Wahlmöglichkeiten waren dürftig bis nicht vorhanden. »Meisterwurzschnaps. Kenn ich. Wird seit Jahrhunderten in Tirol gebrannt. Hascht du g'wusst, dass die Meisterwurz eine krautartige Pflanze is, die auf Gebirgswiesen wächst? Ha!«

Der Angreifer öffnete den Mund, Mitzi aber ratterte weiter. Sie konnte fühlen, wie sein Griff weiter nachgab. Das Beste aber war, dass ihre Handgelenke mehr und mehr Bewegungsfreiheit bekamen. Unbedingt musste sie nachlegen. Reiben und reden.

»Gebrannt wird der Meisterwurzschnaps vor allem im Zillertal. Er gilt sogar als Heilpflanze, weil er ätherische Öle enthält. So isch es.«

»Halt den Mund, du blödes Weib.« Seine Irritation nahm zu.

Gleich war es so weit. Mitzi dachte an die Stelle an seiner Achsel, wo die Wunde war. Hatte er sie sich selbst beigebracht? Oder waren andere an dem grausamen Spiel beteiligt? Spiel? Welches Spiel? Und warum? Was hatte sie noch mal vor? Alles, nur nicht an den zu denken, der die Fäden in der Hand hielt! Nicht! Hilfe!

Sie glitt ab. Der Alkoholnebel verdichtete sich in Mitzis Gedankenabläufen.

Was konnte sie dagegen tun?

Sie imaginierte sich, wie ihr jemand eine Ohrfeige gab. Agnes, nein, Rudolfo. Noch besser: Benni. Nicht der Falschspieler, sondern der echte. Wenn Mitzis Bruder wirklich überlebt hätte und tatsächlich ein erwachsener Mann geworden wäre. Niemals hätte Benni einen Dreitagebart, und niemals würde er einen Steirerhut tragen. Ein Baseballkäppi, ja. Jeans und ein T-Shirt, auf dem ein gelber Smiley aufgedruckt war, klar doch.

Verpass mir eine Watschn, kleiner Bruder. Ja, du darfst. Fast meinte Mitzi, einen Klatsch zu vernehmen, ein Brennen auf der Wange zu spüren.

Es half. Kopf und Sprache klärten sich. »Funfact, wie's so schön heißt. Es gibt in Tirol den Brauch, die Wohnstuben mit Meisterwurz auszuräuchern, um böse Geister zu vertreiben. So wie du einer bist.«

»Schluss!«

»Ja, Schluss, du deppertes, ang'schissenes Orschloch! Du gemeine, hinterlistige Miachn, du!«

Das Fluchen tat gut und bewirkte, dass Mitzi jegliche Angst vor ihrem eigenen Angriff verlor.

Jetzt!

Sie rammte ihren Kopf nach vorn, doch statt der Achselhöhle traf sie ihn höher. An Kinn, Mund und Nase.

Ein Jaulen folgte. Eine automatische Bewegung rückwärts, um dem Schmerz und Mitzi auszuweichen. Ein leises Krachen folgte. Der Berg schrie auf. Nein, nicht der Berg. Der Kerl tat es. Mitzi konnte sehen, wie Blut aus beiden Nasenlöchern spritzte.

Doch wichtig war nur, dass sie frei war. Denn im selben Moment riss die durchgescheuerte Fessel.

»Danke, Benni«, hauchte sie.

Apropos Schnapserl: Nicht im Juni, sondern im Herbst gehen in Tirol die Vorbereitungen für das professionelle Schnapsbrennen los. Die Früchte und die Rüben werden bereitgestellt, damit dann im Winter die Herstellung losgehen kann.

Ein Schnapserl, zwei oder vielleicht auch drei. Trinken kann man freilich das ganze Jahr über – eh klar.

3

»Liebling, alles okay? Was ist los? Du wirkst, als hättest du einen Geist gesehen. Du hättest in den paar Minuten zu Hause nicht ständig ans Handy gehen sollen. Und nicht an den PC. So kannst du dich nicht entspannen, Agnes. Agnes?«

Axel hatte Konstanze auf seinem Schoß, die müde wirkte. Die Oma-Zeit war aufregend für sie gewesen. Barnaby hatte sich ebenfalls vor Vater und Tochter auf dem Boden niedergelassen.

Nachdem Bastian die Abwicklung in Angriff genommen hatte, hatte Agnes einen Abstecher nach Hause gemacht und die winzige Auszeit genutzt, um ihre Mutter zu verabschieden, einen Joghurt zu essen, Wasser zu trinken. In den nächsten Tagen würde es für sie wohl kaum freie Zeit geben.

Doch auch in ihrem Zuhause hatte das Verbrechen sie eingeholt, konnte man sagen. Die letzte Information war derart beunruhigend gewesen, dass von Entspannung keine Rede mehr war.

»Der erste Anruf, das war die deutsche Polizei.« Sie begann am Daumennagel zu kauen. »Hannes Delgau alias Sam, der Auftragsmörder, hat sich ins Ausland abgesetzt. Er hat dafür eine seiner falschen Identitäten benutzt und als Kurt Farocker am Flughafen in Wien-Schwechat eingecheckt. Destination: Québec, Kanada. Die Behörden dort sind allerdings zu spät gekommen. Oder er hat sich beim Umsteigen gleich wieder verwandelt, eine andere Maschine mit einem neuen Ziel genommen. Wie ein unheimlicher Fantomas.«

»Das ist zwar keine gute Nachricht, aber wenigstens ist er nicht mehr in Österreich, Liebling.«

Konstanze legte ihren Kopf an die Schulter ihres Vaters und schloss die Augen. Agnes ebenfalls, aber nur, um sich mehrmals über die Stirn zu streifen. Ein Zeichen, dass Kopfschmerzen bei ihr einsetzten. »Dass er die ganze Zeit hier war, ist aber unfassbar,

Axel. In Österreich. Ich war mir so sicher, dass er nicht über die Grenze zu uns kommt.«

»Wien ist nicht Kufstein, Liebste.«

»Wahrscheinlich hätte ich ihm in der Fußgängerzone begegnen können und hätte ihn nicht erkannt.«

»Seine Profession hat damit zu tun. Er ist über Jahre unentdeckt geblieben. Kein Wunder, dass es ihm nach seiner Flucht wieder gelungen ist. Jetzt ist er fort. Zumindest von unserem Kontinent verschwunden.«

»Richtig, Axel. Aber der zweite Anruf ist es, der mich gerade in Schrecken versetzt hat.«

»Was ist?«

»Dr. Krempl war in der Leitung. Er hat am Seil, mit dem die Puppe am Baum befestigt war, Hautschuppen entdeckt. Wenn die von Xaver Misselbach sind, hab ich zusätzlich einen forensischen Beweis.«

»Das ist doch perfekt, Liebling.«

»Ja, darum geht es aber im Moment nicht, Axel. In aller Kürze: Ich hab Mitzis DNA mit der von diesem Bruder vergleichen lassen. Bitte jetzt keinen Vorwurf, ja?« Sie ächzte. »Ben Horvath ist definitiv nicht mit Mitzi verwandt. Verdammt, ich wusste es.«

»Ich verstehe. Ein Betrüger. Das haben wir beide geahnt. Jeder außer Mitzi, würde ich sogar behaupten. Die Arme. Es wird sie ziemlich schocken.«

»Wenn es nur das wäre.«

»Was noch, Agnes?«

Sie flüsterten beide, um das Kind nicht zu wecken. Ihnen war unausgesprochen klar, dass Agnes in den nächsten Minuten aufbrechen würde. Nicht, um wieder ins Revier zu fahren, sondern um sich auf die Suche nach Mitzi zu machen.

»Nicht bloß, dass er nicht Benni Schlager ist. Seine Identität als Ben Horvath ist ebenso falsch. Er war im System. Dr. Krempl hat zusätzlich einen Abgleich im Rahmen der sogenannten Prüm-Kooperation durchgeführt und das DNA-Muster mit den Datenbanken von über zwanzig europäischen Ländern abgeglichen. Es war reine Intuition, hat er grad gemeint.«

»Wer ist der Mann, der Mitzi, aus welchen Gründen auch immer, aufs Glatteis geführt hat? Es macht mich direkt wütend.«

»Oh ja, mich auch. Er ist ein Krimineller aus Nordrhein-Westfalen. Werner Strauter. Mehrfach vorbestraft. Saß bis vor einem Jahr in der JVA I ein. Zusammen mit diesem Sam alias Hannes Delgau – alias, alias, alias.« Agnes ballte die Finger. Es sah weniger nach Fäusten, mehr wie ein verzweifeltes Pumpen aus. »Selbe Haftanstalt. Lang genug Zeit, um sich anzufreunden. Einen Plan zu schmieden. Ich habe es eben rasch überprüft. Werner Strauter hat bei seinen vorherigen Verbrechen nie eine andere Identität benutzt. Das hat er erst von Sam gelernt. Nicht nur das. Auch hat er von ihm alles über Mitzi erfahren. Ich bin mir sicher, Axel.«

Eine Stille folgte, in der nur das leise Schnauben von Konstanze und das Hecheln des Hundes zu vernehmen waren. Die zwei Erwachsenen sahen sich in die Augen, es schien, als wolle keiner von beiden aussprechen, was aus der Erkenntnis folgte.

Schließlich stieß Agnes einen klagenden Laut aus, der Barnaby aufspringen ließ. Das weckte Konstanze, die sich die Augen rieb und den Mund verzog.

»Alles gut, Mäuschen«, hauchte ihr Axel ins Ohr und streichelte ihre Wange. Sein Blick aber war weiterhin auf Agnes gerichtet.

»Mitzi ist mit diesem falschen Benni unterwegs, Axel. Heute, zu einem Ausflug.«

»Ich verstehe.«

»Das tust du nicht, Axel. Ich weiß nicht, wohin sie mit ihm ist. Es gibt Lieblingsplätze, geheime Flecken, Aussichtspunkte. Gott, sie könnte überall in den Bergen um Kufstein sein. Oder sonst wo.«

»Verständige Bastian, und dann saust ihr los.«

Noch einmal der Laut, der Barnaby zum Winseln brachte.

»Bastian muss sich um das Drumherum der Verhaftung kümmern.

Ich kann nicht uns beide abziehen. Ich muss los, Axel. Wer weiß, was Mitzi passieren könnte.«

»Denk nach, Agnes. Nicht die Nerven verlieren. Bisher ist auch nichts geschehen. Sie ist schon länger mit dem Mann unterwegs. Warum sollte es gerade heute sein?«

»Weil, weil …« Sie rang nach Worten. »Weil bisher Sam noch nah bei gewesen ist. Er war im Lande, egal, was du sagst. Ich weiß es. Dass er das Weite gesucht hat, macht mir Angst. Er könnte damit ein Zeichen gegeben haben, dass dieser Ben oder Werner sein Spiel nun zu Ende bringen soll.«

»Meinst du, Sam will Mitzi tot sehen?«

»Warum sonst diese Inszenierung!«

Axel erhob sich mit Konstanze, die inzwischen unruhiger geworden war. Agnes' aufsteigende Panik fühlten Hund und Kind. »Du solltest in dem Zustand nichts unternehmen, Agnes. Lass mich.«

»Nein, nein, keine Chance. Das ist meine Sache. Ganz allein meine. Aber wohin soll ich losrasen? Eins zu Dutzenden, dass ich einen Treffer lande.« Sie sog die Luft wie durch einen Strohhalm ein. »Vielleicht hat sich Mitzi längst ein neues Lieblingsplatzerl ausgesucht, von dem ich nichts weiß. Axel, gleich muss ich schreien.«

Ganz nah kam Axel an Agnes heran. Er küsste sie auf die Wange, und sie konnte auch Konstanzes zartes Haar auf ihrer Haut fühlen. Beides tat gut.

»Sobald Mitzi und der Betrüger zurück sind, kannst du ihn ebenfalls verhaften, so wie den Bogenschützen.« Axel war nun an ihrem Ohr. »Danach unsere Mitzi trösten. Bleib rational. Ob er wirklich vorhat, Mitzi etwas anzutun, kannst du nicht sagen.«

»Hat er. Ich spüre es.«

»Okay. Dann denk an Sherlock Holmes.«

»Was? Willst du mich verar–«

»Pscht, Agnes. Keine Schimpfwörter vor unserer Tochter.« Er lächelte, wenn das Lächeln auch nicht seine Augen erreichte. »Konzentriere dich und leite ab. Die deduktive Methode. Die

Logik einer Schlussfolgerung von gegebenen Prämissen auf die zwingenden Konsequenzen. Sehr hochtrabend ausgedrückt. Ben oder Werner, wie auch immer der Typ heißen mag, ist verletzt. Sein linker Arm bandagiert. Also wird er es einsam mögen, wenn er Böses im Schild führt. Damit er schnell und effektiv, ohne große Kraftanstrengung, handeln könnte. Und unsere Mitzi wird ihm einen ihrer ganz speziellen Lieblingsplätze präsentieren wollen, denke ich.«

»Himmel, Axel, du hast recht. Zumindest zum Teil.«

Agnes machte einen Schritt zurück, legte die Handflächen auf die Brust und holte tief Luft. Keine zehn Sekunden später schnappte sie sich ihre Jacke vom Stuhl. Ohne Verabschiedung rannte sie quer durchs Zimmer. Nach weiteren Sekunden knallte die Eingangstür zu.

»Mama, Mama«, rief Konstanze und fing an zu weinen. Was Barnaby zum Bellen veranlasste.

Axel wäre gern hinter seiner Lebensgefährtin hergerannt. Die Sorge und Angst hatten ihn ebenso ergriffen. Wenn Mitzi in Gefahr war, konnte es auch Agnes sein. Er kam sich hilflos und nutzlos vor. »Mama muss sich um deine Tante Mitzi kümmern. Je ruhiger wir alle bleiben, desto besser ist es, mein Schatz.«

Unerwartet, als hätte sie seine Worte genau verstanden, versiegten Konstanzes Tränen, und nahtlos gluckste sie fröhlich. Selbst Barnaby stellte das Bellen ein und machte Sitz.

Axels Herz jedoch hämmerte aufgeregt gegen seine Brust. Er war weder gelassen noch zuversichtlich. Ihm wurde mit Schrecken bewusst, dass er keine Ahnung hatte, wohin Agnes unterwegs war, um ihre Mitzi zu retten.

4

Die Freude an der wiedergewonnenen Freiheit dauerte nicht einmal eine Minute. Nach dem Kopfstoß kam Mitzi auf alle viere, krabbelte los, wollte ganz nach oben kriechen. Erst zu ihrem Rucksack, dann zu dem Pfad, der auf den Wanderweg zurückführte. Dorthin, wo Hilferufe sinnvoll waren. Unter ihren Handflächen spürte sie die spitzen Steine des Gerölls, auch unter ihren Knien. Der Schmerz war auszuhalten, einfach stur und mit zusammengebissenen Zähnen weitermachen.

Doch es war kein neuer körperlicher Angriff durch den falschen Benni, der Mitzis Flucht verhinderte. Es war eine verbale Attacke. Worte, die sie zur Salzsäule erstarren ließen.

»Wenn du abhaust, sterben deine Agnes und dieses Kind! Alles im Namen von Sam.«

Das hörte sich wie eine unheilige Beschwörung an.

Wie Dominosteine fielen nun doch die Schranken der Erinnerung und der Verdrängung wie zerbombte Mauern. Seit Mitzi vor einem Dreivierteljahr von dem Gefängnisausbruch des Auftragsmörders Sam erfahren hatte, war sie bemerkenswert entspannt damit umgegangen. Keine Angst, keine Alpträume.

Wenn sie ehrlich war, und Ehrlichkeit war das Letzte, was sie auf diesem Berg, zu dieser Stunde noch hatte, hatte sie Sam in all der Zeit, seit ihrer Begegnung auf der Innbrücke in Kufstein, immer als ihr dunkles Gegenüber gesehen. Ein Wesen, von dem sie sich durch ihre Schuld aus der Kindheit sogar auf eine absurde Weise verstanden gefühlt hatte. Im Rückblick unbegreiflich, hatte sie damals sogar geglaubt, dass es ihr gelingen würde, ihn von seiner Tätigkeit abzubringen. Ihn, den Mann, der sich menschliche Ziele per Auftrag aussuchte. Es hatte sogar eine Phase gegeben, in der sie fast zu ihm durchgedrungen war.

Nein! Lüge! Sam war stets derselbe geblieben, Mitzi ihrerseits war in seine lichtlosen Abgründe gestürzt.

»Jetzt spurst wieder, was?« Der Betrüger röhrte hinter Mitzi, die ihr hilfloses Krabbeln gestoppt hatte.

Sam seinerseits hatte sie nie vergessen, nie verdrängt. All die Jahre im Gefängnis hatte er an sie gedacht. Anzunehmen, dass er einen Kontakt in der Außenwelt hatte, der ihm regelmäßig Bericht erstattete. Im Auge behalten hatte er Mitzi. So war es. Nicht nur das. Er hatte sich – aus Langeweile oder aus purer Rachsucht – ein Theaterstück ausgedacht, eine Farce, die Mitzi verwirren, verunsichern und final brechen sollte. Sam wusste über ihre Familie Bescheid. Über das Feuer, das Trauma und ihre lebenslange Suche nach Vergebung. Jedes Detail kannte er aus Mitzis Vergangenheit. Ein Leichtes also für ihn, jemanden zu instruieren und zu instrumentalisieren.

Ich hab es doch irgendwie schon gewusst, dachte sie. Geahnt. War skeptisch, misstrauisch und weiß Gott nicht mehr die naive junge Frau, die mit der Brille der vergangenen Schuld auf der Nase gegen jede Wand aus Lügen lief.

Die Verletzung durch den Pfeil hatte den Ausschlag gegeben. Damit hatte der Betrüger Mitzi eingefangen.

Aber dass er nun Agnes, ihre einzige und beste Freundin, bedrohte, war für Mitzi wie ein Sturz von einem Hochhaus. Dazu Konstanze, das Stanzerl, dieses entzückende und vollkommen unschuldige Mädchen, Mitzis Augenstern und Herzenskinderl. Es war infam!

Wenn du einer von den zweien auch nur ein Haar krümmst, töte ich dich, wollte Mitzi dem Mann entgegenschleudern.

Dazu kam sie nicht mehr. Denn der Angreifer hatte sich von Mitzis Kopfstoß erholt und kam erneut über sie. Er packte Mitzi mit der gesunden Hand bei den Haaren, zerrte sie das Stückchen Weg, das sie auf allen vieren vorangekommen war, zurück. Mit einer unfassbaren Grobheit drehte er sie auf die Seite.

Der erste Tritt traf sie in den Bauch, der zweite auf das Knie. Für einen lauten Ton war der Schmerz zu groß, Mitzi stöhnte bloß auf.

Sie wollte sich krümmen, sich einrollen, aber er war schneller.

Mit einem Schritt stieg er über Mitzi, packte sie an den Schultern und setzte sich auf ihren Bauch. Die Luft wich aus ihr wie aus einem lecken Gummiboot.

»Luder, du!« Aus seiner Nase blutete er immer noch. Außerdem stand sie schief, was bedeutete, dass Mitzi sie ihm mit Sicherheit gebrochen hatte. Ein winziger Grund zu frohlocken. Sein Dreitagebart war fleckig, seine Augen rot, und Schweiß oder vielleicht auch Tränen flossen träge über seine Wangen. Seinen Hut hatte er längst verloren, die Haare klebten auf Stirn und Wangen. »Luder, du!«, wiederholte er.

Ein Teil des durchgescheuerten Seiles war lang genug, um damit ein zweites Mal ihre Handgelenke aneinanderzubinden. Was dann folgte, entbehrte allem, womit Mitzi gerechnet hätte.

Der Betrüger beugte sich nah zu ihr und gab ihr einen Kuss – auf die Lippen. Der schmeckte blutig, schwitzig und salzig gleichermaßen.

»Sam mag dich, Mitzi. Ehrlich. Und ich ebenso.«

Noch ein Kuss, bei dem der Mann wahrhaftig versuchte, Mitzi seine Zunge zwischen die Lippen zu pressen.

Der Ekel überholte den Schmerz.

Mitzi schaffte es, den Kopf zur Seite zu reißen, und spuckte aus.

»Du wirst mich anschauen, Luder.«

Mit der bandagierten Hand fasste er ihr Kinn, drehte ihr Gesicht wieder frontal zu seinem. Doch die Kraft im verletzten Arm war wesentlich schwächer als im gesunden. Vielleicht noch einmal eine Chance für Mitzi, denn aufgeben kam nicht in Frage. Der Kerl, der im Namen von Sam unterwegs war, durfte Mitzi nicht besiegen. Es ging um Agnes und um Konstanze.

»Sam lässt dir ausrichten, dass er dir vergibt, Mitzi. Aus Liebe.«

Einen dritten Kuss hätte Mitzi nicht ertragen. Sie wartete, und als der Mann zur nächsten erzwungenen Intimität ansetzte, biss sie ihm in die Unterlippe.

Mehr Blut und mehr Tränen beim Angreifer waren die Folge.

Er presste die Augen zusammen, riss den Kopf nach oben. Stieß ein Heulen aus, das bei Mitzi alle Muskeln zusammenzog. Lass es jemanden hören, betete sie. Einen Wanderer, der oben vorbeimarschiert. Ein Pärchen, das Hand in Hand zum Gipfel unterwegs ist. Eine Gruppe, die kurz stehen bleibt, um die Aussicht zu bewundern. Es ist Sommersonnenwende. Jemand musste unterwegs sein, um diesen herrlichen Tag zu genießen. Bitte, einer, nur eine einzige Person musste lauschen und verstehen und Hilfe holen.

»Du stirbst als Erste, Luder.«

Es ging erneut zu schnell. Mitzi schaffte es nicht, sich rasch genug noch einmal gegen ihn zu wehren.

Der falsche Benni stand auf, zog ihr an den gefesselten Handgelenken die Arme über den Kopf und schleifte Mitzi Richtung Abgrund.

5

Der Blick in die Tiefe war atemberaubend. Es mochte auch am Alkohol in ihrem Blut liegen, dass sie das Gefühl überkam, in einen nicht enden wollenden Abgrund zu schauen. Gut möglich, dass er sogar bis in die Hölle hinabreichte. Sie versuchte ihre vernebelten Gedanken in konzentrierte Bahnen zu lenken. Nach der Kante ging es steil nach unten. Zuerst reiner Fels, der sich in unterschiedlichen Grautönen präsentierte. Einen Meter unter ihr ein schmaler Vorsprung, auf dem man aber höchstens auf Zehenspitzen hätte stehen können. Das nächste, breiter vorspringende Plateau war mit etwas Grün bewachsen, doch auch hier dominierte der felsige Untergrund.

Mitzi war im Schätzen schon immer schlecht gewesen, aber der erste Abschnitt, der einen möglichen Absturz abfedern konnte, lag sicher an die acht Meter unter ihr.

Schon ein Aufprall dort würde einigen Knochen im Körper zum Verhängnis werden. Dazu kam, dass der Vorsprung einen Fall bremsen, aber nicht zum Stoppen bringen würde. Sie stellte sich erneut bildhaft vor, wie sie aufschlagen, sich drehen und weiterpurzeln würde. Wobei purzeln ein niedliches Wort war für die rohe Wucht der Schwerkraft, die von ihr Besitz ergreifen mochte.

Tiefer ging es nach der schmalen, abgeflachten Stelle, tiefer über Fels und Geröll. Weit unten erst gab es genügend Vegetation, um sie aufzufangen, viel zu spät jedoch, um noch etwas von ihr zu retten.

Linker Hand wuchs mehr Grün, eine bemooste Stelle, an der sogar Gestrüpp seinen Platz gefunden hatte. Wenn es ihr im Fallen gelänge, sich seitlich einzudrehen, den rechten Arm auszustrecken und zuzupacken, hätte sie eventuell eine Chance, sich an einer der Stauden festzuklammern.

Aber die Äste waren dünn, das Blätterwerk ein wirres Durcheinander, das alles andere als Halt versprach. Mitzi schätzte ihr Gewicht als zu schwer ein, als dass sie dort länger als eine Minute hängen bleiben könnte, ohne dass es nachgab und riss.

Nicht umsonst war diese Stelle hinter der Zirbelkiefer auf dem Wanderpfad nicht angegeben, obwohl die Aussicht so prachtvoll war. In all der Zeit, seit sie sich das erste Mal aus Neugierde Stein und Wurzeln entlang nach unten gehangelt hatte, hatte sie nie einen anderen Menschen hier angetroffen. Bergziegen-Terrain war es, das Bergziegen-Eck. Höchstwahrscheinlich waren Mitzi und die wenigen Male auch Agnes die einzigen Besucherinnen gewesen. Bis heute.

Es gab eine Handvoll solcher geheimer Lieblingsplätze Mitzis, an den unterschiedlichsten Orten. Immer verborgen, stets zufällig von ihr entdeckt. Wie gut sie sich an den Spaß und die Freude erinnerte, als sie diesen Aussichtspunkt mit Sitzgelegenheit für zwei ausgekundschaftet hatte. Beim ersten Mal war sie bis zum Sonnenuntergang geblieben, hockend, staunend über die Natur und die Welt im Allgemeinen.

Jetzt aber schien ihr die Einsamkeit des Fleckens zum tödlichen Verhängnis zu werden.

An der Kante angekommen, hatte der Angreifer Mitzi in einem Schwung einmal um die Achse gedreht, sodass sie nun bäuchlings am Boden lag. Er hatte sich über sie gestellt, hielt sie am Nacken und den Haaren fest.

Ein Zug nach vorn noch, ein kräftiger Schubs, und sie war verloren.

Selbst wenn sie die Landung überleben würde, konnte es Stunden, wenn nicht sogar Tage dauern, bis man sie fand. Der Teil des Berges war für Kletterer nicht interessant, die spannenden Touren begannen erst höher, in schwierigeren Lagen. Höchstens eine Bergziege konnte sie hier finden, an Mitzi vorbeistolzieren und sich über die dummen Menschenkinder wundern, die es nicht lassen konnten, sich in ihr Territorium zu begeben.

Mitzis gelber Rucksack lag nutzlos auf dem felsigen Sitzplatz, darin ihr im Moment ebenfalls völlig überflüssiges Handy. Gab es hier ein Netz? Das spielte in ihrer Lage keine Rolle, das Mobilteil hätte auch in einer anderen Galaxie schweben können.

Ihr gesamter Rücken brannte vom Schleifen, ihr Knie und ihr Bauch schmerzten wegen der Tritte, ihr Inneres glühte vom Alkohol. Diese Zustände würden jedoch in ganz naher Zukunft die geringsten Probleme darstellen.

Der Griff an ihrem Nacken verstärkte sich wieder. Er löste jetzt ihre Fessel, was bedeutete, dass er den Plan, Mitzi als betrunkene Bergsteigerin abstürzen zu lassen, nicht aufgegeben hatte. Was für ein Depp, dachte Mitzi, doch das half ihr nicht.

Der Angreifer setzte zum letzten Akt an.

Noch einmal versuchte sie krampfhaft die Möglichkeit durchzuspielen, irgendwie, mit immerhin freien Händen, das Gebüsch zu erfassen, wenn er sie über die Kante zog. Aber danach? Sie würde wie ein Sack Kartoffeln dort hängen, bis die Kräfte nachließen, nur um mit Verzögerung ins Nichts zu plumpsen.

Wie oft hatte sie bereits vor einer Tiefe gestanden, metaphorisch gesprochen, hinuntergeblickt und dem alten Sprichwort gelauscht, das verkündete, dass der Abgrund nach einer Weile in einen zurückblicken würde. Für ihren Fall, hier und heute, gab es leider keine Lebensweisheiten oder Sinnsprüche.

Doch, einen: »Wärst net aufig'stiegen, wärst net obi g'fallen.« Der passte.

Letzte Chance und letzter Ausweg waren Humor!

Wie aus heiterem Himmel meckerte Mitzi. Als Lachen konnte man es nicht bezeichnen, aber es drückte eine bissige Vergnügtheit aus.

»Du lachst, du Luder?« Er hielt inne.

Unter sich konnte Mitzi Kolkraben fliegen sehen, ihr Krächzen vernehmen.

Und sie hörte den Atem des Mannes rasseln, meinte sogar, sein Herz trommeln zu hören. Sie dachte erneut an die Verletzung am Übergang zwischen Oberarm und Achsel. Die Pfeilwunde, die stark geblutet hatte.

Die Verletzung, die Wanderung, Mitzis Gegenwehr vorhin, die

gebrochene Nase. All das zusammen konnte ein winziger Vorteil sein.

Dazu der Humor.

Mitzi meckerte erneut, bewusst lauter.

»Miststück, halt die Goschn.«

Bergziege, dachte Mitzi. Agnes und Konstanze, dachte Mitzi. Und: Mein Leben, es is mein Leben!

Als sie das dritte Mal zum Meckern ansetzte, ließ er ihren Nacken los und schlug sie auf den Hinterkopf.

Mitzis Gesicht wurde dadurch ins Geröll gedrückt, sie spürte einen heftigen Stich an Nase und Lippe. Aber sie war für Sekunden freier in ihrem Bewegungsradius.

Sie stemmte das rechte Knie in den Boden. Schmerz schoss hoch und bis zu ihren Zähnen hin. Aber der Druck befähigte sie, sich einmal wie eine Schlange zu winden. Sie kam vom Bauch auf den Rücken. Mit einer nächsten schnellen Bewegung zog sie die Beine an. Das malträtierte rechte Knie jaulte, nein, kreischte. Mitzi ignorierte es.

Der Angreifer, wohl überrumpelt von Mitzis unerwarteter Wehrhaftigkeit, versuchte sie mit einer Hand auf ihrer Brust niederzupressen. Die andere war die verletzte, die bandagierte. Mitzi ballte ihrerseits die Hände. Genau auf die Stelle schlug sie mit beiden Fäusten, so fest sie es aus ihrer Position heraus schaffte.

Es wirkte.

Der Mann schrie auf, verlor das Gleichgewicht, wankte und war kurz davor, mit seinem Oberkörper auf Mitzi zu fallen. Noch bevor er sie erreichte, zog Mitzi die Knie wieder an, trat mit ihren Bergschuhen gegen seinen Unterleib.

Ein »Uff!« kam aus seinem Mund. Die Augen wurden groß, die Lider begannen zu flattern.

Es brauchte keinen nächsten Tritt mehr, der Mann krümmte sich, schleppte sich ein paar Schritte weiter. Nah am Abgrund war er dennoch geblieben, ohne auf den Überhang zu achten. Im Schmerz, den Mitzi ihm bereitet hatte, stolperte er, verlor das

Gleichgewicht. Er fiel seitlich hin, sein Körper vollzog eine halbe Drehung.

Der Absturz war unvermeidlich.

Mitzi konnte sehen, wie er auf der schiefen Ebene abrutschte. Er verschwand in einem erschreckend schnellen Vorgang aus Mitzis Sichtfeld. Die Schwerkraft war zu seiner Feindin geworden, zu seinem Verhängnis.

Doch seine Finger klammerten sich weiter an den Felsen. Erst die der linken, dann die der rechten. Der Kopf, die Stirn und die verletzte Nase zeigten sich über der Kante. Mitzi vermutete, dass er mit den Zehen auf einer der schmalen Felskanten einen letzten Stand gefunden hatte. Diese Haltung würde er kaum lange durchhalten.

»Hilfe!« Er flehte. »Mitzi, hilf mir.« Er bettelte. »Bitte.«

6

Die Emotionen überlappten sich. Türmten sich auf wie hohe Wellen in einem Meer aus Wut. Rot war die Farbe des Wutwassers, alle Schattierungen, bis hinein ins Violett. Auf den Schaumkronen der Wutwellen zeigte sich der Hass. Darunter – je tiefer, desto intensiver – lag eine Enttäuschung, die sich aus Trauer, Scham und erschöpfter Leere zusammensetzte. All diese negativen Gefühle tobten sich in dem Moment in Mitzi aus, durchbrausten sie unkontrollierbar. Wo war ihr sonst so überschäumendes Mitleid? Ihre Empathie? Ihre Gutmütigkeit? Fort, weg, perdu! Die negativen Emotionen wurden von Sekunde zu Sekunde stärker. Mitzi ging in diesem Strudel vollkommen unter. Zumindest die Mitzi, die stets versuchte, das Gute in den Menschen auszugraben, sich selbst im schlimmsten Charakter auf die Suche nach den Lichtpunkten machte. Ihr neues Leben, ihre neuen Freunde verblassten, zurück blieb einzig die Tatsache, dass der Kerl da am Abgrund angedroht hatte, ihre Agnes, ihre beste Freundin und Mitstreiterin bei so vielen Abenteuern, zu ermorden. An Konstanze konnte Mitzi gar nicht denken, sonst würde sie ihm zusätzlich die Augen auskratzen wollen.

Es waren aber nicht nur die beiden. Diesmal war Mitzi egoistisch in ihrer Wut.

Denn da stand der Betrug im Raum. Oder hing an einer Kante. Dieser Benni, der nicht Benni war, niemals, zu keinem Moment. Der Mitzi betrogen, belogen und dabei ihr Herz in Stücke zerrissen hatte. Die Vergangenheit hatte er verändert mit seiner Geschichte, die Gegenwart erneut zu einem Hort innerer Qualen werden lassen. Deshalb durfte er keine Zukunft erleben. Ihn hasste sie, musste sie hassen, schon allein, weil sie sich nicht verzeihen konnte, in dem Täuscher tatsächlich ihren kleinen Bruder gesehen zu haben. Voller Überzeugung hatte sie sich hinters Licht führen lassen. Hatte Agnes, Axel, Rudolfo keinen Glauben geschenkt, sondern die Lieblingsmenschen von sich gestoßen. Stoßen, ein gutes Wort. Treten, ein noch viel besseres. »In den Abgrund befördern« klang wie Musik in ihren Ohren.

Nun war Mitzi dabei, Rache zu nehmen an Sams Handlanger. Dass der falsche Benni in den nächsten Minuten sterben würde, daran bestand kein Zweifel.

»Hilf mir«, ächzte der Mann, dessen Fingerknöchel weiß leuchteten. Die Hand am verletzten Arm rutschte immer wieder ab. Wieder und wieder fasste er erneut zu.

Mit all seinen zehn Fingern klammerte er sich an den grauen Fels, der sein seidener Faden geworden war, an dem sein Leben hing. Stürzte der falsche Benni ab, würde sein Körper an den Felsen zertrümmert werden. Nicht Mitzis, wie geplant.

Ja, schrie etwas in ihr. Zertrümmert, erschlagen, zerquetscht. Gern auch jeder einzelne Knochen gebrochen. Danach, bitte, nicht sofort tot. Minuten der Schmerzen, der Angst und der Hoffnungslosigkeit sollte der falsche Benni, der Verräter, der Täuscher, der Betrüger, erleben. Am Ende konnte er gern in die Hölle fahren.

Mitzi hebt ihren Fuß.

Die Sohle des Wanderschuhs ist dick. Staub rieselt auf den Kopf vom falschen Benni. Millimeter um Millimeter rutschen seine Finger weiter ab, der Halt und die Kraft gehen unwiederbringlich verloren. Einmal noch zieht er sich ein Stück höher, doch über die Kante zurück schafft er es nicht allein. Wenn nicht bald Rettung in Form von zugreifenden Händen naht, gibt es nur den Fall in die Tiefe.

»Bitte«, stöhnt er ein weiteres Mal.

Seine Augen sind riesig, seine Lippen ein Strich. Der Schweiß rinnt über seine Stirn und versickert in seinem Dreitagebart. Das Blut gibt ihm einen vollkommen roten Anstrich, als hätte er sich für den Fasching geschminkt.

»Bitte!«

Sie schüttelt den Kopf. Mitzi will Fuß und Wanderschuh senken. Sie ist bereit.

Plötzlich ist da ein Hauch, ein Luftzug, der ihr um den Nacken streicht.

»Mitzi«, flüstert eine Brise, die die Blätter des Gebüschs in leicht raschelnde Bewegung versetzt.

Der falsche Benni beginnt zu weinen. Die Tränen mischen sich mit den Schweißtropfen. Mitzi fragt sich, ob sie salzig schmecken wie das Wutwasser ihres Wutmeers.

Sie dreht den Kopf, um der Brise nachzuspüren, nachzuschauen, ob da mehr ist als bloß dieser Windhauch.

Was sie sieht, ist Agnes, die gerade den Pfad heruntergeklettert kommt.

»Mitzi!«, ruft sie. Im Bruchteil einer Sekunde erkennt sie, was Mitzi vorhat zu tun. »Nicht. Du machst dich unglücklich.« Derart ängstlich hat Mitzi ihre beste Freundin noch nie erlebt. »Er wird seine Strafe bekommen, ich schwör es dir. Er wird –«

Den Rest versteht Mitzi nicht mehr, denn der Wind hat zugenommen und reißt Agnes die Worte aus dem Mund und fort.

Was wäre denn sonst ausreichende Gerechtigkeit für einen solchen Verrat?, fragt sich Mitzi.

Ihre Wutwellen brausen hoch und auf, weißer Schaum auf ihren Spitzen. Höher und höher wird die Flut. Tödlich am Ende.

Der Wind erfasst auch den falschen Benni. Er stößt einen hohen Fieplaut aus. Mitzi wäre es lieber, er würde schreien. Vielleicht wird er das noch, wenn sie zutritt und ihn sprichwörtlich zu Fall bringt.

»Was soll ich der Konstanze erzählen, wenn sie größer ist und nach der Patentante fragt?« Diesen Satz kann Mitzi wieder ganz genau vernehmen. Kein Wind verweht ihn. Agnes ist dabei, zu ihr aufzuschließen.

Mitzi hebt den Blick.

Diese Aussicht. Von hier oben sieht man die ganze Welt und den Himmel dazu. Das muss sie doch dem Stanzerl bald einmal zeigen, wenn die groß genug für ihre erste längere Wanderung ist.

Es ist immer eine Frage der Perspektive, Mitzi, wagt sich nach Agnes auch eine innere Stimme zu melden, die sich nach Oma Therese anhört. Ganz ruhig klingt sie, als würden die Wut, der Hass und die Traurigkeit sie nicht erreichen können. Hätte Benni, unser Benni, das gewollt, Mitzi?, fragt die Omama.

Mitzi senkt den Kopf. Schaut auf ihren Wanderschuh. Es ist der linke. Statt Daumen rauf oder runter heißt es zutreten oder anpacken.

7

»Tu es nicht, Mitzi!«

Der Wind wurde zum Orkan. Nein, es rauschte bloß in Mitzis Ohren. Es krachte und polterte, als ob Bäume und Steine fallen würden. Irgendwo darübergelagert redete Agnes auf Mitzi ein.

»Er ist ein Betrüger, das wissen wir.«

Wer war »wir«, fragte sich Mitzi. Agnes' Stimme hatte etwas so angenehm Vertrautes, als wären sie hier, um die Aussicht ein weiteres Mal zu genießen und sich über Gott und die Welt zu unterhalten. Gleichzeitig schienen die Worte aus meilenweiter Entfernung zu kommen.

Mitzis Schuhspitze fehlten hingegen nur Millimeter, um auf die Hand des Mannes zu treten, der am Abgrund hing. Er sah sie nicht mehr an, er flehte nicht mehr. Seine ganze Konzentration galt dem Festklammern, um zu überleben.

Statt seiner redete Agnes immer weiter. »Sein Name ist nicht Benni Schlager, auch nicht Ben Horvath, Mitzi. Er war im System. Ein banaler Werner Strauter, das ist er.«

Für Mitzi konnte er genauso gut Hansi Hinterseer oder Karl Nehammer heißen. Was er getan hatte, war abscheulich und gemein, herzzerreißend gemein. Darum ging es. Aber das wusste Agnes.

»Er gehört eingesperrt, Mitzi. Hinter Gitter. In Hefn. Nenn es, wie du willst. Wenn wir ihn gerettet haben, verhafte ich ihn und führe ihn ab. Er wird bestraft. Von der Justiz. Das ist gerecht, Mitzi.«

»Meinst?«

»Ja, Mitzi. Den anderen, den Bogenschützen, haben wir auch. Ich glaube nicht, dass die zwei etwas gemeinsam haben. Werner Strauter hat meinen Fall nur benutzt, um dich gefühlsmäßig einzuwickeln. Die Wunde hat er sich selbst zugefügt, vermute ich. Sich vorher einen Pfeil besorgt. Alles nur Show. Hörst du?«

Langsam, ganz langsam ließ der Sturm in den Ohren nach. Der Klang und der Inhalt des Gesagten wurden für Mitzi präsenter, realer.

»Ganz ehrlich, Mitzi, du wirst doch nicht für einen Werner Strauter selbst ins Gefängnis gehen wollen. Denn wenn du jetzt weitermachst, wird der Mann fallen, und du bist schuld. Das brauchst du nicht, eine neue Schuld, nicht wahr, Mitzi?«

Das Argument war richtig. Doch noch hielten sich das Für und das Wider die Waage. Genugtuung zu erreichen, war wie ein süßes Versprechen auf der Seite des zutretenden Wanderschuhs.

»Wie gesagt: Ich hab grad erst den Mörder von Mila verhaftet, der aus reiner Vergeltung Menschen verletzt und eine Frau umgebracht hat. Seine Frau. Wegen einer zugegeben gemeinen Geschichte, die in der Vergangenheit ihren Ursprung hat. Aber damit hat er sich die Zukunft zerstört. Nie im Leben sind solche Taten mit Genugtuung aufzuwiegen.«

Wieder alles richtig. Eine traurige Geschichte.

»Mitzi, komm, heb den Kopf und schau mich an. Wenn schon nicht für dich selbst, dann mach es für mich und Konstanze.«

Wegen Agnes und Konstanze war Mitzi in solch eine Rage gekommen. Für Benni, den einzigen und wahren, ebenfalls.

Nein, es war für sie selbst. Für Mitzi ganz allein. Mitzis Wut und Mitzis Hass. Zwei Riesen, die sie erst hier oben auf dem Felsplateau kennengelernt hatte.

»Mitzi!«

Plötzlich war es wieder da. Ein Hauch, ein Wispern, ein Duft. Das Versprechen eines Wiedersehens. Nicht an diesem längsten Tag des Jahres, aber irgendwann in einer entfernten Zukunft.

Mitzi nickte niemand Bestimmtem und allem zu.

»Tu das Richtige, Mitzi. Jetzt lupfst du bitte deinen Fuß hoch und machst einen Schritt zur Seite. Dann gibst du mir deine Hand. Los!«

Lupfen, was für ein lustiges Wort, dachte Mitzi. So eines hat Agnes noch nie gebraucht. Später, beim nächsten Kaffee und Kuchen im Buchcafé im Lippotthaus, würde sie Agnes damit aufziehen können. Lupfen klang nach dem Hochheben eines Steirerhutes, wie ihn der falsche Benni bei der ersten Begegnung getragen hatte. Würde sie bei jedem neuen Anblick einer solchen Kopfbedeckung an diese Vorkommnisse denken? Nein. Sie konnte selbst bestimmen, wie sie die Welt sehen wollte.

Mitzi lupfte also ihren Fuß, machte einen Schritt zur Seite. Zuletzt streckte sie einen Arm aus. Breitbeinig, um einen sicheren Stand zu halten, war Agnes nah genug, um nach ihr zu greifen. Sie packte Mitzi am Ellbogen und zog sie ganz auf ihre Seite. »Sehr schön, Mitzi. Ganz wunderbar.« Agnes lächelte.

Auf einmal bekam Mitzi weiche Knie und setzte sich auf den nackten Stein. Ein Stück entfernt lag noch ihr gelber Rucksack mit der Jause. Sie verspürte einen mächtigen Hunger, als hätte sie seit Tagen nichts gegessen. Und durstig war sie, eine Flasche Wasser wäre das Größte. Wie eine Schiffbrüchige, die auf hoher See gerettet worden war, so fühlte sich Mitzi. Erschöpft, ausgelaugt, aber lebendig.

Im nächsten Moment kamen die Schmerzen zurück. Das Adrenalin hatte vorhin verhindert, dass sie etwas verspürte. Nun aber schlugen sie mit voller Wucht zu. Das Knie heulte auf, die gesamte Haut am Rücken brannte, im Bauchraum meldete sich ein Stechen. Der Schnapsgeschmack kehrte zurück, der Magen verkrampfte sich.

»Beweg dich nicht, bleib einfach sitzen, Mitzi. Bastian und meine Kollegen kommen. Die Bergrettung ist alarmiert. Gleich wirst du versorgt.« Jetzt erst registrierte Mitzi die Schweißperlen auf Agnes' Stirn und die tiefe Besorgnis in ihren Augen. »Hilfe ist unterwegs.«

»Hilfe. Hilfe.« Auf das Stichwort hin meldete sich der Betrüger das erste Mal wieder zu Wort. Kläglich und voller Angst.

Sein richtiger Name war Werner Strauter, hatte Agnes eben gesagt. Der Mann sollte eigentlich keinen eigenen Namen haben, er war eine Schande für alle Werners und Strauters auf dieser Welt. Lupfen als Wort war hingegen klasse. Lupfen konnte man mit etwas Phantasie auch eine Melange und ein Topfentascherl.

Plötzlich kamen die Tränen. Wie ein Sturzbach schossen sie aus Mitzis Augen.

»Nicht weinen, Mitzi. Ich hab kein Taschentuch dabei.« Erneut Agnes. »Außerdem muss ich mich zuerst um den da am Abgrund kümmern. Wir wollen nicht, dass er doch noch hinunterfällt, der goschate G'schichteldrucker.«

»Was hast du grad g'sagt?« Mitzi war perplex, vergaß ganz kurz das Weinen und all die Schmerzen und starrte Agnes ob ihrer Wortwahl mit offenem Mund an.

8

Mitzi konnte keine Sekunde still sitzen. Immer wieder stand sie auf, humpelte einmal quer durch den Besucherbereich, kam zu Agnes zurück und setzte sich wieder. Nur, um erneut damit zu beginnen. Von draußen trommelte der Regen an die Fenster. Schon in der Nacht hatte es heftige Gewitter gegeben, inzwischen hatte es sich eingeregnet. Durch die Wärme und die hohe Luftfeuchtigkeit des Tages hatte man das Gefühl, sich in einer Dampfkammer zu bewegen. Über den hohen Berggipfeln, die Innsbruck umgaben, zogen Wolken wie aufgetürmte Wattebäusche. Schwitz- und Kopfschmerzwetter, wie Agnes auf dem Weg hierher festgestellt hatte. Die Tische und Stühle um sie herum waren leer. Es war der erste Samstag im Juli. Eigentlich kein Besuchstag in der Justizanstalt Innsbruck.

Agnes aber hatte es möglich gemacht. Als Mitzi ihr erklärt hatte, sie sei bereit, hatte Agnes einen guten Bekannten in leitender Position im Gefängnis kontaktiert, ihre Möglichkeiten als Revierleiterin ausgelotet und sich juristisch abgesichert. Der Vorschlag, Mitzi ohne andere Besucher und Besucherinnen mit Werner Strauter zusammentreffen zu lassen, war von ihr gekommen. Noch saß er in Tirol ein, würde aber absehbar nach Deutschland überstellt werden.

Mitzi war ihrer Freundin für die Möglichkeit dankbarer, als Agnes es ahnte. Denn sie hatte sich dabei ertappt, in der ersten Zeit nach der finalen Begegnung am Berg, wie sie sich mit aller Macht der Realität entziehen wollte. Sie hatte sich eingeigelt, einen Film nach dem anderen gestreamt. Als Ausrede hatten ihr die Verletzungen gedient, das lädierte Knie, die Blutergüsse, die Schrammen. Doch in Wahrheit wollte sie sich in andere Welten beamen, sich auf keinen Fall mehr mit ihrer tief sitzenden Wut auseinandersetzen, die sie weiterhin erschreckte. Nicht einmal der Gedanke an die geplante Eröffnung des Cafés Therese hatte sie interessiert. Sich in fiktiven Geschichten zu verlieren war wesentlich einfacher.

Deshalb musste ein letztes Gespräch mit dem Betrüger sein. Auch wegen Sam. Sam, dem Schatten im Hintergrund. Er war es gewesen, der das Schauspiel inszeniert hatte. Obwohl Mitzi ihn selbst nie persönlich zu Gesicht bekommen hatte. Seine Vergeltung an ihr hatte er aus der Ferne serviert, sein Rachefeldzug mit der ausgeklügelten Täuschung hätte fast zu Mitzis Ableben geführt.

Einmal mehr nahm Mitzi gerade Platz, als sich die Tür öffnete. Als sie daraufhin aufspringen wollte, hielt Agnes sie zurück. »Cool bleiben, Mitzi«, hauchte sie ihr ins Ohr.

Kalt wie Eis bin ich, dachte Mitzi, glaub mir.

Äußerlich bebte sie, aber die Aufregung schien ihr Herz gefühlsmäßig langsamer schlagen zu lassen. Ihre Haut glühte, doch innerlich fror sie. Kein Gegensatz, sondern eine Vereinigung von unterschiedlichsten Emotionen.

»Machts rasch«, meinte der Vollzugsbeamte, der Werner Strauter hereinführte. »Gern wird es nicht gesehen, möchte ich betonen. Regeln sind Regeln.«

Er blieb am ersten Tisch stehen, während der Betrüger zu Mitzi und Agnes aufschloss. »Darf ich?«, fragte er und nahm in derselben Sekunde den Frauen gegenüber Platz.

»Du kannst mich jetzt allein mit ihm reden lassen.« Mitzi hatte Agnes' Hand aus ihrer gelöst. »Bitte.«

Langsam erhob sich Agnes. »Ich bin direkt vorne beim Kollegen, ja?«, teilte sie Mitzi lautstark mit.

»Ich habe nicht vor, Mitzi etwas anzutun. Der Punkt ist vorbei.« Die Feststellung von Werner Strauter fand Mitzi ein wenig zum Lachen.

Bevor sie ihm ihre erste Frage stellen konnte, faltete er die Finger auf der Tischplatte und schaute sie nachdenklich an. Heute waren seine Hände mit Handschellen aneinandergebunden. »Es tut mir leid. Ehrlich. Ich habe dich sehr schnell gemocht, was ich mir nicht hätte vorstellen können. Hätte mein Plan geklappt und du wärst gestorben, hätte ich um dich getrauert.« In seiner Art zu reden war kein Funke Dialekt mehr. Die Veränderung in seinem Sprachduktus war Mitzi schon am Berg aufgefallen. Ihn in der Gefängniskleidung, ohne Lederhose und Steirerhut zu sehen, war zusätzlich befremdlich für sie. Plötzlich wurde ihr das ganze Ausmaß der Inszenierung bewusst. Wie ausgefeilt die einzelnen Szenen gestaltet gewesen waren. Gezielte Brocken hatte der Betrüger ihr hingeworfen. Die Informationen wurden spärlich gehalten, die einzelnen Begegnungen wohldosiert. Sein Auftreten und Gebaren hatte er überzeugend gestaltet, ganz so, wie sich Mitzi ihren kleinen Bruder als Erwachsenen hätte vorstellen können. Er hatte beste Arbeit geleistet und ein großartiges Ein-Personen-Stück präsentiert.

Agnes hatte in der Zwischenzeit recherchiert, dass es einen echten Ben Horvath an der Adresse in Ljubljana gab. Doch der war für ein halbes Jahr beruflich in Dubai. Von der feindlichen Übernahme seiner Lebensdaten hatte er überhaupt nichts mitbekommen. Genial eingefädelt war der Betrug Werner Strauters gewesen.

Nein, rief sich Mitzi in ihrem Kopf zu. Nicht von dem Kerl, der ihr nun gegenüberhockte, mit einem ehrlichen Bedauern in der Stimme und einem Tape auf dem Nasenrücken. Der wäre nie dazu fähig gewesen, sie täuschend echt zu umgarnen. Der war bloß die Puppe an den Fäden.

Sie nahm sich für ihre ersten Sätze an ihn nach den Geschehnissen Zeit. »Sam hat es geschafft, dass du ihn magst, nicht wahr? Sehr sogar. Dass du ihn bewunderst. Wie er möchtest du sein, aber du weißt, dass dir das nie gelingen wird.« Dass sie damit eröffnen würde, hatte sie nicht geplant.

»Er hat dir Dinge eingeflüstert, die dich fasziniert haben. Hat von der Sekunde des Sterbens geredet, wenn die Seele entflieht. Hat dir geschildert, wie er is, der Moment des Todes. Und er hat mit dir seine Lieblingswörter geteilt. Die sammelt er wie andere

Leute Knöpfe oder Servietten. Ich kenne einige davon. Sam is wunderbar für Leut wie dich und mich.«

Werner Strauter konnte Mitzis Blick nicht standhalten, er senkte den Kopf. »Er hätte dich gern selbst den Berg hinuntergestoßen.«

»Da irrst du dich.« Mitzi beugte sich vor.

Zwei Tische weiter spannte sich Agnes sichtbar an.

»Wenn ich wie er wäre, wärst du tot.« Werner Strauter zischte.

»Ich bin ein Versager. Es ist richtig, dass ich hier sitze und auf meine Bestrafung warte.«

»Falsch und falsch, Werner.« Den Mann das erste Mal bei seinem echten Namen anzusprechen, verstärkte die Hitze in Mitzi. Die Kälte auch. Es war abstrus.

»Zum Ersten, ich war mit Sam unterwegs. Ich lebe noch. Zum Zweiten: Ich hab es g'macht, dass er ganz stinkbanal, wie du auch, verhaftet worden is. Meinetwegen is er damals hinter Gitter gelandet. Ha! Und ich lebe immer noch. Was is dann passiert? Jahre hat es gebraucht, bis er einen Deppen wie dich gefunden hat, der bereit war, mich reinzulegen. Hat es was verändert? Nein – denn ich lebe, ich lebe, ich lebe – zum Dritten.«

Werner Strauter sprang auf, Agnes dahinter ebenfalls. Der Vollzugsbeamte als Letzter. Bevor der Betrüger eine weitere Bewegung machen konnte, war Agnes bei ihm und packte ihn an den Schultern.

»Schön ruhig.«

»Ich bin ruhig.«

»Schaut nicht so aus.«

»Herr Strauter, der Besuch is beendet.« Nun war der Beamte ebenfalls auf gleicher Höhe. »Wir gehen wieder zurück.«

»Eines noch, Mitzi.« Werner Strauter beugte sich, so weit es Agnes zuließ, ein Stück zu Mitzi hin. »Du bist die, die nicht versteht. Es stimmt, ich sollte dich gänzlich davon überzeugen, dass ich Benni bin. Alles hat er mir erzählt und geübt mit mir. Die Sache mit den Überfällen mit den Pfeilen war zu schön, als dass ich sie nicht hätte benutzen müssen. Nachdem ich mir die

Wunde zugefügt habe, warst du voll auf meiner Seite, das konnte ich spüren.«

»Ja und?« Mitzi saß immer noch, sah zu ihm hoch.

»Und?« Werner Strauter blinzelte, als hätte er ein Staubkorn im Auge. »Es war meine Entscheidung, dich umzubringen. Das wollte Sam nie. Stimmt. Dich emotional fertigmachen, ja. Dich quälen aus der Ferne, ja. Aber du solltest am Leben bleiben. Das war einzig und allein meine Entscheidung und auch mein Fehler. Wer weiß, was mir bald vielleicht blühen wird? Sicher vor Sam bin ich in keinem Gefängnis der Welt. Du aber auch nicht.«

»Jetztda gemma aber, Herr Strauter.«

Der Vollzugsbeamte übernahm den Betrüger von Agnes. Ohne Widerstand ließ sich Werner Strauter aus dem Besucherraum führen. Er drehte sich nicht noch einmal um.

Agnes kam auf Mitzis Seite und schlang ihre Arme um sie. »Herrje, das ist schlechter gelaufen als von mir erhofft.«

»Gar nicht, Agnes.« Mitzi legte ihren Kopf auf Agnes' Schulter. »Ich hab alles erfahren, was mich beschäftigt hat. Es war perfekt.«

»Ja? Ehrlich? Aber was er am Ende gesagt hat …«

»War wichtig. Ich hab es nämlich vermutet, dass Sam mich seelisch brechen wollte, nicht umbringen.« Mit einem langen Seufzen setzte sie sich wieder aufrecht hin. »Weißt, was ich jetzt aber unbedingt brauch?«

»Oh ja.« Agnes hob beide Daumen. »Einen Kaffee. Vielleicht eine Melange und ein Topfentascherl dazu.«

»Genau.«

»Wir fahren in die Innenstadt und suchen uns ein schönes Platzerl.«

»Ich würde lieber nach Kufstein zurück und mit dir ins Buchcafé gehen, Agnes.«

9

Lieber Benni,
ich weiß, dieser Brief kann dich in diesem, meinem Leben nicht mehr erreichen. Aber im hintersten Winkel meines Herzens glaubt etwas daran, dass du ihn auf irgendeine Art und Weise lesen wirst.
Und verstehst.
Darum geht es mir nämlich.
Der Betrüger, der falsche Benni, sitzt in Untersuchungshaft. Agnes kann einen weiteren Fall als erfolgreich gelöst verbuchen. Ich selbst werde wieder heile werden. Körperlich, aber auch in meinem Inneren.
Stärker bin ich geworden, Benni, nicht mehr das schräge Hascherl, das ich war, als ich auf Sam getroffen bin.
Zum Glück, denn sonst wäre die Geschichte wohl anders ausgegangen.
Warum ich dir trotzdem schreibe?
Weil ich mehrfach um Entschuldigung bitten möchte.
Bei dir und bei mir.
All die Bilder in meiner Erinnerung, die ich von dir immer noch habe: du, als Bub, mit deinem blauen Segelboot. Wie du und ich gespielt haben, wie wir uns gegenseitig manchmal geärgert, aber auch zusammen gelacht haben.
Du und ich, Benni.
Diese Szenen, aus der Zeit gerissen, werden bleiben, das ist sonnen- und glasklar. Niemand und nichts kann sie mir nehmen.
Aber dass ich neue dazu finden wollte, neue Bilder und Erinnerungen mit jemandem, der nicht du sein konnte, das tut mir leid. Dass ich nämlich meinen egoistischen Wunsch größer habe werden lassen als mein Bauchgefühl. Darüber ärgere ich mich, oder anders, darüber bin ich traurig. Sehr

sogar. Es ist verständlich, würde Agnes sagen, aber nicht
für mich. Ich hätte es von Anfang an besser wissen müssen.
Zum zweiten Pardon, das ich erbitte.
Ich hätte den Betrüger umbringen mögen. Ja, Benni, das
kannst du dir von deiner Schwester wahrscheinlich nicht
vorstellen, aber ich war so böse, so wütend und voller Hass.
Ein schlimmes Wort, doch ich will ehrlich sein.
Die Tage danach hatte ich Träume, in denen ich ihn getötet
habe. Ich, die jeden noch so kleinen Kriminellen auf den
rechten Pfad zurückführen möchte, die selbst Sam nie auf-
gegeben hat. Dabei sind bei dem Hopfen und Malz verloren,
wie es so schön heißt.
Diese Emotionen möchte ich nie wieder empfinden, aber
ich ahne, dass sie nur wieder in die Tiefe meines Unter-
bewusstseins abgetaucht sind und durchaus einmal mehr
hochkommen könnten. Braucht nur jemand der Konstanze,
meiner Patentochter, was antun wollen.
Bitte, Benni, sieh mir nach, dass ich auf den Falschen herein-
gefallen bin und ihn deswegen abmurksen wollte.
Entschuldigung und tut mir leid.
Kaum schreibe ich darüber, wird mir leichter.
Ich habe vorhin auf dem Markt einen wunderschönen Ver-
giss-mein-nicht-Pflanzentopf gekauft. Gerade noch in der
Blütezeit. Mit dem fahr ich in die Steiermark, zu unserem
Familiengrab, und pflanz ihn in der offenen Mitte ein. Mit
ein bisschen Glück wurzelt er und kommt nächstes Jahr
wieder. Zuunterst aber gebe ich den Brief dorthinein. Erde
drüber und fertig.
Du fehlst mir, Benni – Deine Mitzi

Eine Woche nachdem Mitzi den Brief vergraben hatte, rief Axel
sie bei ihrem Besuch in Kufstein zu sich in sein Arbeitszimmer.

Er zeigte ihr eine Software, mit der man Kindergesichter erwachsen werden lassen konnte. Zumindest digital.

»Ich glaube zwar nicht, dass dein Bruder exakt so aussehen

würde, aber das Programm ist ziemlich klasse. Ich habe es mit meinen eigenen Fotos aus meiner Jugend probiert, dann mit Agnes' ihren. Erstaunlich, dass wir beide heute tatsächlich Ähnlichkeit mit den Vorschlägen der KI haben. Deshalb dachte ich, wir versuchen es mit einem Foto deines kleinen Bruders.«

»Wow, Axel. Toll.«

Axel sah sie prüfend an. »Nur, wenn du willst, Mitzi.«

»Leg los.«

Mitzi spürte eine Aufgeregtheit, die sich wahrhaftiger anfühlte als die erste Begegnung mit dem Betrüger. Zugleich drückte sie beim Entstehen des imaginären Fotos die Daumen, dass der virtuelle erwachsene Benni nicht die geringste Übereinstimmung mit dem falschen haben würde.

Sie schloss die Augen und griff nach Axels Hand.

Er drückte sie, solange das Programm arbeitete. »Fertig, Mitzi.«

»Auf drei«, sagte Mitzi, öffnete ihre Augen aber bereits bei eins.

Benni auf dem Bildschirm sah gut aus. Er ähnelte Mitzi.

10

Der Raum schien nur auf Gäste zu warten. Mitzi stand in der Mitte. Sie klatschte in die Hände. Es gab einen leichten Widerhall. Was bedrohlich wirken könnte, bereitete ihr Vergnügen. Noch einmal das Klatschen, dann drehte sie sich langsam im Kreis. Ein wenig wie eine Beschwörung der kommenden guten Zeiten, dachte Mitzi. Als gutes Omen wertete sie, dass sie bisher keinen einzigen Alptraum mehr gehabt hatte. Nicht vom falschen Bruder, nicht von Sam. Was hinter ihr lag, hatte bereits jetzt etwas Verwaschenes angenommen, als würde sie durch einen Regenschauer eine Landschaft betrachten. Aber die nahe Zukunft, die war klar zu erkennen. Das tat unendlich gut. Nicht nur der körperlichen Heilung. In genau fünfzehn Tagen sollte das Café Therese eröffnen. Der Fußboden glänzte, die Wände strahlten in Weiß. Die Seite, die man zu den Toiletten entlangging, hatte genau den grünen Anstrich, den Mitzi sich vorgestellt hatte.

Die runden Tische riefen nach Dekoration. Wie auch die Bistrostühle. Gehäkelte Spitzendeckchen und weiche Polstergarnituren waren bestellt und bereits auf dem Weg. Ebenso das Geschirr. Was noch fehlte, waren ein Kühlschrank und eine Kasse. Darum kümmerte sich gerade Rudolfo. Am Eröffnungstag würde Mitzi allen Besuchern und Besucherinnen kleine Töpfe mit Blumen als Präsent überreichen.

»Kommen Sie bald wieder. Das Café Therese dankt für Ihren Besuch. Servus, ihr Leut, pfiat euch und tschau.« Mitzi probierte es lautstark aus.

»Oma«, setzte sie hinterher. »Es heißt wie du. Das kann nur Glück bringen.«

Palatschinken würde es auf der Karte geben. Süß mit Wachauer Marillenmarmelade oder Schokosoße und Schlagobers drüber.

Natürlich Marillenknödel. Topfengolatschen, Buchteln, Scheiterhaufen und Mohnknödel. Auch Omas Apfeltommerl, passend zu jeder Art von Kaffee. Wer es deftig liebte, konnte sich für die dunkelrote Gulaschsuppe entscheiden, Vegetarier und Veganer nahmen die Kartoffelsuppe. »Ein frisches Semmerl dazu, wem's genehm is.« An heißen Tagen vielleicht lieber ein belegtes Brötchen oder eine Brettljause mit scharfem Kren.

Die Karte für den Anfang.

Dazu Kaffee in vielen Varianten. Frisch zubereitet an der riesigen Kaffeemaschine, Rudolfos ganzer Stolz.

Mitzi stellte sich gegenüber der Theke hin und wackelte mit dem Kopf.

Ihr Spiegelbild im blank polierten Chrom der Kaffeemaschine wackelte mit, was sie zum Kichern brachte. Dass sie sich wieder derart freuen konnte, war wunderbar. Noch dazu war es eine ehrliche und wahrhaftige Freude. Es hatte nichts mit ihrer Vergangenheit zu tun. Keine Gebäude aus Sehnsucht und Schuld, kein Abdriften in Welten, die mit ihr nichts mehr zu tun hatten. Handfestes stand an.

Mitzis Café in der Wachau. Wie wunderbar. Mitten in einer Landschaft, die, vom Fluss geprägt, den Menschen üppige Wiesen, Wälder, Weinterrassen und Obstgärten bot. Städte mit herrlichen Sehenswürdigkeiten, die sie bei ihren eigenen Besuchen erneut erkunden würde. Das Stift in Melk mit seiner weltbekannten Bibliothek, Krems, die Kunsthalle und das Steinertor. Oder auch Dürnstein, das sie noch nicht kannte. Den blauen Turm der Stiftskirche zu erspähen, würde großartig werden.

Abgesehen davon gehörte Lilienfeld zu einem der schönsten Plätze, die Mitzi je kennengelernt hatte. Sie traute sich zu wetten, dass Rudolfo das Café gewinnbringend führen würde. Es würde klappen, es würde laufen. Es gab kein anderes Szenario.

Ganz hierherzuziehen hatte sie ausgeschlossen. In Salzburg zu leben, gefiel ihr. Von Zeit zu Zeit brauchte sie das Alleinsein, das wusste sie über sich und ihre Bedürfnisse inzwischen ganz genau.

Ein Dreieck würde ihr Leben weiterhin bestimmen. Das Salzburger Land, die Wachau und natürlich Tirol, mit Agnes als Mittelpunkt. Revierinspektorin und Mutter von Konstanze, die beiden absoluten Lieblingsmenschen in Mitzis Leben. Bei aller Zuneigung für Rudolfo stand er mit Axel an dritter Stelle, wenn es überhaupt eine Reihung geben sollte.

Was war mit Graz? Und der Steiermark?

Grazerin bleib ich ja sowieso, setzte Mitzi dagegen. Mein grünes Steirerherz, mit dem ich geboren bin, schlägt brav in meiner Brust.

Aus einem tiefen Gefühl heraus hätte Mitzi am liebsten ganz Österreich umarmt. Es gab eine Riesenanzahl an Ecken, die sie noch nicht kannte, die sie erobern wollte. Immer mit dem Zug, der – haha, nimm das, Axel aus Köln – meist pünktlich wie ein Uhrwerk war.

Aus Mitzis Kichern wurde ein schallendes Lachen. Ihre Gedanken hörten sich wie ein Werbespot für den Tourismus an.

Aber all das Dunkle, das sie an diesen Orten erlebt hatte? Die Angst, die Erschütterungen, die Kämpfe und gefährlichen, manchmal aussichtslosen Situationen?

Die machten die Gesamtheit, das Ganze aus. So war das. Das Böse gab dem Guten seinen Halt. Das Erlebte hatte Mitzi erst stark werden lassen, erkannte sie. Sie war kein Hascherl mehr, das der Schuld und dem Leid ausgeliefert war. Naiv, das gab sie zu, war sie immer noch. Fast damit kokettierend, wollte sie sich diese Eigenschaft behalten. Die Naivität war der Staubzucker auf den Marillenknödeln des Lebens.

Die angelehnte Eingangstür bewegte sich. Da war ein Schatten, der tief am Boden hereinhuschte.

Mit einem Schlag waren die neuen, mutigen Überlegungen wie weggeblasen. Obwohl Mitzi vom Verstand her wusste, dass es nicht Sam sein konnte, überfiel sie die Panik in Zehntelsekunden.

Weggeblasen waren das Erwachsene, das Großmütige und das Glück.

Sie wirbelte herum und verlor das Gleichgewicht. Automatisch krallte sie sich mit den Fingern an der Theke fest, schaffte es gerade noch, nicht vollends nach unten zu rutschen. Seitlich an der Tür erklang ein schriller Laut, den Mitzi nicht einordnen konnte.

Wen hat er mir nun geschickt?, schoss es ihr durch den Kopf. Oder würde er es diesmal höchstpersönlich sein?

Mit einem Ächzen zog sich Mitzi hoch. Den Kopf hebend, fiel ihr Blick erneut auf die spiegelnde Oberfläche der Kaffeemaschine. Hinter ihr, am Fenster, stand er.

Mit dem Cowboyhut auf dem Kopf. Dunkel und groß. Selbstverständlich war Sam am Ende selbst erschienen, um seinen eigenen Auftrag an Mitzi zu erfüllen. Das Glitzern, das sie wahrnahm, konnte nur von der scharfen und tödlichen Klinge des Messers stammen, Sams liebstes Verrichtungsinstrument.

»Geh weg, du Arschloch!« Mitzi schrie. »Hau ab, du depperts Mistvieh.«

Dann, flüsternd. »Oder bleib und trink einen Kaffee mit mir. Aber bitte, lass uns zu einem Ende kommen, so oder so.«

Wieder ein Laut, diesmal kläglicher und durchaus zu identifizieren.

Ein Miauen.

Mitzi zuckte zusammen. Sie kniff die Augen zu, riss sie wieder auf.

Dort am Fenster bauschten sich die neuen Vorhänge, die Rudolfo aufgehängt hatte. Das Fenster war gekippt, das Spiel von Wind, Sonne und Schatten erzeugte die Illusion einer Gestalt.

Das Miauen wiederholte sich.

»So viel zu meinem neuen Ich«, stellte Mitzi fest, sich Richtung Tür bewegend.

Auf halbem Weg kam ihr das Kätzchen entgegen. Grau mit einer weißen Pfote und einem weißen Fleck auf der Brust. Zerbrechlich, jung, entzückend. Aber möglicherweise ausgesetzt.

»Hallo, du.« Mitzi war schockverliebt.

Agnes und Konstanze führten Mitzis Herzensliste an. Rudolfo

und Axel würden auf Platz vier rutschen. Dessen war sich Mitzi schon nach dieser ersten Begegnung sicher.

»Wo kommst du denn her, du kleines Spatzerl? Ich meine natürlich Katzerl ...«

FINE

Epilog

Ein anderes Fenster, eine andere Jahreszeit. Wieder Gitter. Doch nur die Vergitterung an einer Gartentür. Nicht einmal aus Eisen waren die Stäbe, sondern aus Holz. Ein Tritt, und man hätte sie demolieren können.

Der Sommer neigte sich dem Herbst zu. Die drei Obstbäume hinter dem Gemüsebeet hatten bereits ihre Erntezeit hinter sich. Jeder von ihnen hatte jede Menge Zwetschgen getragen. Nein, er korrigierte sich: Zwetschken. In Österreich fand man die Schreibweise der blauen Köstlichkeiten mit k einfach etwas richtiger.

Einige Früchte hingen immer noch überreif an den Ästen, andere lagen verfaulend am Boden. Obwohl mehrfach abgeerntet worden war, war die Fülle zu groß gewesen.

»Gut für die Vögel«, hatte er gesagt.

Davon gab es in den Bäumen auch heute eine Menge. Allen voran Spatzen. Sie zwitscherten, als ob sie sich Tausende von Geschichten zu erzählen hätten. Die gefiederten Freunde in Freiheit zu beobachten, war jedes Mal von Neuem ein Erlebnis. Er gestand sich ein, dass es ihm an der frischen Luft und in einem Garten wesentlich besser gefiel als in einem Gefängnishof.

Er mochte den Lärm, den die Vögel fabrizierten, und verhielt sich ganz still, um die Tiere nicht aufzuschrecken.

Aus der Hecke am Gartenzaun huschte am Boden ein Tier heran. Beim näheren Hinschauen erkannte er eine Maus. Ihr hatten es die Leckereien auf der Erde angetan. Sie musste hungrig sein, wenn sie sich vor der Dämmerung herauswagte.

Auch er verspürte Hunger.

Aber keinen, den man mit eingekochter Zwetschkenmarmelade, Zwetschkenknödeln oder auch Zwetschkenkuchen ganz hätte stillen können. Zugegeben, die Nachspeisen in diesem schönen Land waren verführerisch. Er hatte zugenommen. Ein

Wohlstandsbäuchlein, würde er behaupten, eine Wampen nannte man es im hiesigen Dialekt.

Sein Gusto zielte allerdings auf andere Dinge als Desserts. Sein Hunger auf Mitzi war nicht gestillt worden. Das kleine Zwischenspiel, das er für sie inszeniert hatte, war ein Flop gewesen, auch das räumte er ein. Auf ganzer Linie eine Niete. Weder war Mitzi darüber zerbrochen noch zumindest in ihr altes rastloses Verhalten zurückgefallen. Viel schlimmer war, dass Werner, der Mitzi als wiederauferstandener kleiner Bruder Benni aufsuchte, sie hatte töten wollen. Ganz gegen die Anweisungen, die er gehabt hatte. Die Inszenierung um Mitzi herum war wirkungslos geblieben. Außer einem Schrecken, ein paar unbedeutenden Verletzungen und der Verhaftung von Werner war nichts so gelaufen wie vorgesehen.

Sein Informant hatte ihn über alles auf dem Laufenden gehalten. Das aktuelle Foto von Mitzi, das er auf seinem Handy neu gespeichert hatte, zeigte ihm eine fröhliche Frau vor dem Café Therese. Ihr Haar war länger, was sie jünger aussehen ließ.

Wenn er ihr Gesicht heranzoomte, meinte er, in ihren Augen eine Spur der früheren Melancholie zu erkennen. Das Einzige, was ihn an der Gesamtsituation erfreute. Sonst gab es nichts zu beschönigen. Werner hatte versagt. Im Gefängnis würde der Idiot zu spüren bekommen, was das bedeutete.

»Verdammt!«, stieß er aus, konnte sich nicht mehr beherrschen und trat Richtung Maus. Auch sie verfehlte er, und sie nahm in Panik Reißaus. Aber Laut und Bewegung ließen ebenfalls die Spatzen aufflattern. Außer ein paar trägen Wespen waren die Obstbäume mit einem Mal von allen tierischen Besuchern verlassen.

»Hast du dir wehgetan?« Eine helle Frauenstimme meldete sich von der Terrasse her.

Er verließ den Platz unter den Zwetschkenbäumen. »Alles gut, Liebes.«

Zurück bei der hübschen Frau in Mitzis Alter, setzte er sich neben sie auf die hölzerne Gartenbank. »Und bei dir?«

»Ich wollte auf den Markt und uns für heute Abend einen frischen Vogerlsalat holen. Der würd zum Schnitzel passen. Mit warmen Kartoffeln und Kernöl.«

»Du bist die beste Köchin, die ich kenne.« Er küsste die Frau auf die Schläfe. Sie lächelte.

Wenn sie wüsste, wer ich bin, würde sie schreiend die Flucht ergreifen. Der Gedanke erheiterte ihn wieder etwas. Dass er ein Meister der Tarnung war, hatte er sich selbst oft bewiesen. Noch einmal würde er sich nicht einsperren lassen.

Vielleicht doch, wenn du Mitzi nicht aufgibst, Sam.

Er riss den Kopf zur Seite. Wer hatte ihm diesen Satz zugeflüstert? Wer sprach ihn mit diesem Namen an, der ausschließlich fürs Töten reserviert war? Sam war er, wenn er Aufträge annahm, was seit einigen Wochen wieder der Fall war. Sam war er bei Mitzi gewesen. Hier war er … Für Sekunden konnte er sich nicht an den neuen Namen erinnern.

Wer wagte es?

Niemand. Bloß eine Gedankenstimme, die ihn kurz aus der Fassung gebracht hatte. Die Klarheit kam zurück. Nur er und die hübsche Frau lehnten hier aneinander.

»Begleite mich doch. Vorher trinken wir einen Espresso.« Die hübsche Frau strich sich das blonde Haar hinter das Ohr. Für einen Moment meinte er, Mitzi in ihr zu sehen. Doch natürlich war sie es nicht. »Ich brauch Koffein. Heut is mir ein bisserl blümerant. Der Kreislauf.«

Es gab nur eine einzige Mitzi.

»Blümerant? Was für ein herrliches Wort, Liebes. Das merk ich mir.«

Café Therese

Bewertung: 5 Sterne

Rezension: *Es gibt ein neues Café in Lilienfeld in der Wachau.*
An dem schönen Ort finden die Gäste gemütliche Atmosphäre
und Kaffeespezialitäten. Ich war schon dort und bin begeistert.

12 Kaffeespezialitäten:

1 Melange
Der Name stammt aus dem Französischen und bedeutet Mischung. Heißes Wasser in eine Tasse, Espresso dazu, dann wird
das Ganze mit geschäumter Milch aufgefüllt. Ein Hochgenuss.

2 Verlängerter
Ähnlich dem Caffè Americano oder auch dem Espresso Lungo
oder dem Schweizer Schümlikaffee. Etwas heißes Wasser
kommt in eine Tasse – ein bereits fertig zubereiteter Espresso
dazu.

3 Kaffee verkehrt
Bedeutet, dass im Getränk mehr heiße Milch und Milchschaum
als Kaffee sind – gleichzusetzen mit dem Latte macchiato.
Macht so einen hübschen Milchschaumschnurrbart.

4 Häferlkaffee
Kaffee und heiße Milch, serviert in einer großen Tasse, sprich
einem Häferl. Das Lieblingsgetränk meiner Oma.

5 Großer oder Kleiner Schwarzer
Der klassische Espresso oder Doppelespresso ohne alles,
schwarz wie die Nacht bei Neumond.

6 Einspänner
Früher haben die Fahrer der einspännigen Pferdefuhrwerke ihn gern getrunken. Über den einfachen oder doppelten Espresso wird eine schöne Schlagobershaube gegeben. Achtung: Nicht umrühren vor dem Trinken.

7 Mokka
Ist die Basis für alle Kaffeespezialitäten. Er wird mit etwas mehr Wasser als der klassische Espresso zubereitet. Und es wird eine andere Bohnensorte verwendet. (Es gibt auch griechischen und türkischen Mokka.)

8 Großer oder Kleiner Brauner
Das Pendant zum doppelten oder einfachen Espresso. Serviert mit einem Kännchen Obers zum Selbstmischen. Der Name erzählt von seiner Farbe.

9 Kapuziner
Ist schlicht und einfach der Urvater des Cappuccinos. Vielleicht stammt doch jede Kaffeeidee ursprünglich aus Österreich …

10 Franziskaner
Ist eine noch mal verlängerte Melange mit heißer Milch und Schlagobers. Die schöne braune Farbe ähnelt der typischen Mönchskutte der Franziskaner.

11 Biedermeier
Doppelter Espresso, Milch, obendrauf Schlagobers und als Krönung darüber noch Marillenlikör. Gemütlich und lecker.

12 Fiaker
Bedeutet eigentlich Pferdekutsche. Ist ein doppelter Espresso mit einem Schluckerl Alkohol (Kirschwasser, Sliwowitz oder Rum) und etwas Zucker. Trinkt nie mehr als drei!

Und zu jeder Art von Kaffee empfehle ich:

»Oma Thereses Apfeltommerl«

Zutaten
50 g Fett bzw. etwas Öl
ca. 300 ml Milch
120 g Weizenmehl
Prise Salz
2 oder 3 Äpfel
2 Eier
Zucker und Zimt (gern drüber auch Staubzucker)

Zubereitung
Den Backofen vorerhitzen. Das Backblech mit dem Fett oder Öl einstreichen, damit nichts ankleben kann.
Los geht's: Milch mit Mehl und Salz verquirlen und kurz ziehen lassen.
In der Zeit die Äpfel schälen, das Apfelfleisch in dünne, blättrige Scheiben schneiden. Oder auch Ringe.
Die Eier zum Teig geben, alles gut verrühren.
Dann den Teig auf das Blech gießen, von außen nach innen gleichmäßig verteilen.
Jetzt die Apfelscheiben oder Apfelringe auf dem »Tommerl« verteilen, ins vorgeheizte Backrohr schieben: bei 230 °C ca. 10–12 Minuten backen. Der Apfeltommerl sollte leicht angebräunt ausschauen. Gern noch etwas im ausgeschalteten Ofen nachziehen lassen.
Ganz am Schluss mit Zucker und Zimt bestreuen – am besten noch warm servieren! (Auch etwas Staubzucker kann drüber …)
Extratipp: Je dünner der Teig ist, umso knuspriger wird der Apfeltommerl.

Glossar

ausfratscheln – ausfragen

baba – tschüss

blümerant – leicht schwindlig

brutzeln – braten

Depp – Idiot

fladern – stehlen

Frittaten – geschnittene Pfannkuchenstreifen

Gfrast – schlimmes Kind

Goschn – Maul, Mund

G'schichteldrucker – Schwindler

Gspusi – Verhältnis

Gusto – Geschmack

Häferl – Tasse

Hascherl – Kind

Hefn – Gefängnis

hudeln – sich beeilen

larifari – unsinnig

letschert – schlapp

Miachn – Rindvieh

Ober – Kellner

Oida – Alter

pumpern – klopfen

Spital – Krankenhaus

stierln – durchsuchen

Trafik – Kiosk

Tschick – Zigarette

Tschopperl – Dummchen

verfluacht no amol eini – verdammt

Verhackertes – Brotaufstrich aus geräuchertem Speck

Viech – Vieh

Wampen – Bauch

Zwugscherl – winziges Ding

Schauplätze

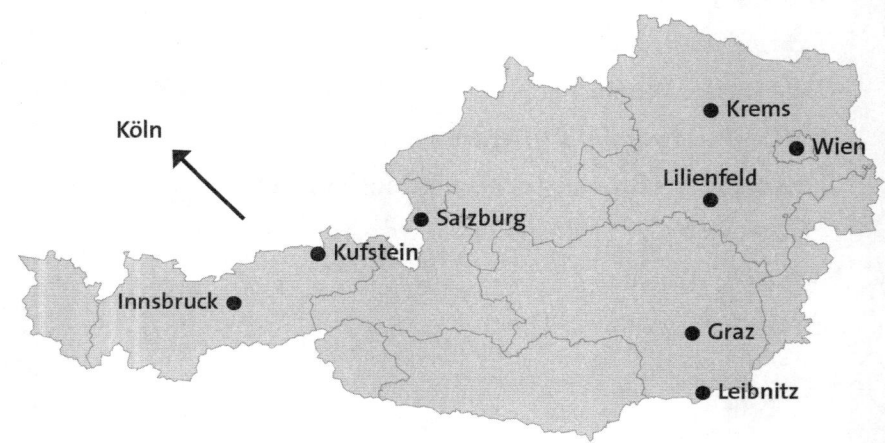

Danksagungen

Ein Bussi und ein Dankeschön gehen jeweils an:
Gabriela mit Nonni und Fengur, Chris, Sandra und Michael,
Brigitte und Herbert mit Tiger, Cornelia, Claudia mit Rocka,
Alma und Setay, Katharina und Dustin mit Diego und Carlito,
Christina, Mike, Carl und Marwin mit Malou, Beate und Stephan
mit Whiskey, Chipie und Cherry, Brigitte, Tatjana, Jutta, Elke
mit Steffi und Herbert, Susanne, Charlotte, Irene und Julian mit
Sandro, Regina und Peter mit Nala, Melanie, Jörg, Jule, Bennet
und Lennart mit Sam, Lennart und Laurens, Frank und Birgit,
Leslie, Astrid, Else, Andrea und Martin, Dorrit, Antonia und
meinen Vater Seppi.

In Erinnerung an Josefine, Erika und Gudrun mit Terry,
Muschi, Auris, Xyla, Horatio, Gryphius, Salome und Isis.

Danke an meine Lektorin Hilla Czinczoll.

Und ein besonderes Dankeschön in Erinnerung an Hejo
Emons.

Isabella Archan
DIE ALPEN SEHEN UND STERBEN
Broschur, 352 Seiten
ISBN 978-3-7408-0541-8

»*Großartig erzählt, todtraurig, gleichzeitig vor Leben sprühend und
spannend bis zum Schluss.*«   SR 3 Krimitipp

www.emons-verlag.de

ISABELLA ARCHAN
WENN DIE ALPEN TRAUER TRAGEN
Kriminalroman

emons:

Isabella Archan
WENN DIE ALPEN TRAUER TRAGEN
Broschur, 320 Seiten
ISBN 978-3-7408-0761-0

»*Die Handlung ist nicht nur äußerst spannend, sondern, wie von Archan gewohnt, auch sehr amüsant. Liebevoll stattet sie ihre Figuren mit kleinen Macken oder Besonderheiten aus. Gratis dazu gibt es einen Schnellkurs in österreichischen Schimpfworten.*«
Kölnische Rundschau

www.emons-verlag.de

Isabella Archan
DREI MORDE FÜR DIE MÖRDERMITZI
Broschur, 336 Seiten
ISBN 978-3-7408-1109-9

»Eine spannende Urlaubslektüre, die Vorfreude auf den Besuch in den Alpen macht.« Westdeutsche Zeitung

www.emons-verlag.de

Isabella Archan
DIE MÖRDERMITZI UND DER SENSENMANN
Broschur, 336 Seiten
ISBN 978-3-7408-1397-0

»Isabella Archans Bücher sind mörderisch: mörderisch spannend, mörderisch lustig und mörderisch gut!« Mike Altwicker, Literaturkritiker

www.emons-verlag.de

Isabella Archan
SCHIESST NICHT AUF DIE MÖRDERMITZI
Broschur, 336 Seiten
ISBN 978-3-7408-1676-6

»Gemeinsam mit Inspektorin Agnes Kirschnagel geht die MörderMitzi wieder auf Verbrecherjagd – das mit viel Humor, Gänsehaut.«
Bezirksblätter Kufstein

www.emons-verlag.de